EIN HAUCH VON SCHNEE UND LIEBE

WEIHNACHTEN IN HOPE VALLEY

JO BERGER

Ein Hauch von Schnee und Liebe

Weihnachten in Hope Valley

Liebe sieht nicht mit den Augen, sondern mit dem Herzen.

WILLIAM SHAKESPEARE

Ich wünsche wundervolle Lesemomente mit

Adam & Eve

©Jo Berger 2022
c/o Die Bücherfee Karina Reiß Heiligenhöfe 15 c
37345 Am Ohmberg
E-Mail: kontakt@jo-berger.com
Website: www.jo-berger.com

Korrektorat: Sybille Weingrill www.swkorrekturen.eu
Coverdesign: Jo Berger
unter Verwendung von:
Depositphotos ©kapitonenko 233126076, ©myronstandret_115005638

ISBN: 9783756275625
Herstellung und Verlag: BoD-Books on Demand, Norderstedt

Bibliografische Information der Deutschen Nationalbibliothek: Die deutsche Nationalbibliothek verzeichnet diese Publikation in der Deutschen Nationalbibliografie; detaillierte bibliografische Date sind im Internet über dnb.dnb.de abrufbar.

INHALT

PROLOG

Eve

Warum bin ich eigentlich so durch den Wind? Oder ist das nur die Aufregung? Schließlich gehe ich äußerst selten fürstlich dinieren. Korrigiere: nie.

Heute schon.

Mein Bruder Ethan hat Geburtstag. Die Tatsache, dass er jetzt seinen dreißigsten feiert, stimmt mich nachdenklich.

Dreißig …

Beschäftigt mich die magische Zahl, die uns Frauen oft als Maßstab dient? *Was, du hast noch keine Kinder? Wie, du bist immer noch Single? Jetzt wird es aber mal langsam Zeit für den Hafen der Ehe und Kinder, oder?* Gut, mir bleiben noch vier Jahre. Mit sechsundzwanzig bin ich die Jüngste, meine Schwester Ruby ist die Mittlere von uns. Und irgendwie habe ich das Gefühl, auf dem Beifahrersitz des eigenen Lebens zu sitzen.

Ich schüttle diese blödsinnigen Gedanken aus dem Kopf, gehe zum mannshohen Flurspiegel und ziehe ein paar lockige, brünette Strähnen aus dem hohen Zopf, den ich mir für das edle Dinner gebunden habe, und lasse sie verspielt seitlich der Ohren und am Nacken herunterhängen.

Ob ich angemessen angezogen bin für diesen gehobenen Rahmen? Ich bin unsicher, ob und welcher Dresscode in dem Nobelschuppen vorherrscht.

Was solls. Selbst wenn ich Ahnung hätte, würde ich kein geeignetes Outfit im Schrank finden. Haute Couture ist nichts für eine kleine Londoner Friseurin wie mich. Die Hälfte meines Gehalts geht für die Mietkosten der Ein-Zimmer-Wohnung drauf. Souterrain, dunkel, feucht. Unabhängig davon trage ich gerne das, worauf ich Lust habe und worin ich mich gut fühle. Das kleine Schwarze gehört nicht dazu.

Vielleicht sollte ich mich etwas mehr anpassen?

Immerhin ist die Frisur perfekt. Ich kann es kaum erwarten, dass mein Leben endlich jene Kurve nimmt, die ich mir erträume. Will ich zu viel? Andere schaffen es doch auch, sich eine Existenz in Wohlstand aufzubauen.

»Oder sich zumindest einen vermögenden Mann zu angeln«, murmele ich in den leeren Raum hinein und muss kurz auflachen. Eve baut wieder Luftschlösser, würde meine Schwester mich necken.

»Wer angelt sich einen reichen Typen?«, fragt Ethan, der gerade aus dem Wohnzimmer auf mich zukommt.

»Niemand. Vergiss es«, antworte ich. »Gott, du siehst aus wie James Bond.«

»Das werte ich als Kompliment.«

»Soll auch eines sein. Du bist verdammt attraktiv.«

»Danke, Schwesterchen.« Er betrachtet mich eingehend und zwischen seinen Augenbrauen bildet sich eine kleine Falte. Ich ahne, was jetzt kommt.

»Bist du sicher, dass so ein tiefer Ausschnitt und ein knapper Lederrock das passende Outfit für heute ist? Bisschen eng, das Shirt, oder?«

»Äh …«

»Ich sag ja nur …« Ethan zuckt mit den Schultern und geht grinsend nach draußen.

»Ja, du mich auch, Bruderherz!«, rufe ich ihm hinterher, doch der Schaden ist bereits angerichtet.

Kritisch betrachte ich jeden Zentimeter meines Körpers und bekomme sofort das dringende Bedürfnis nach einer Handvoll Lakritz.

Zugegeben, das Shirt ist ein bisschen eng und wenig schmeichelhaft in Bezug auf kleine Bauchröllchen. Verdammt, es ist aber auch total schwer, dem Winterspeck an den Kragen zu gehen und die fünf Pfund abzunehmen, die ich mir gemütlich über ein Jahr angefuttert habe.

Da wären sie wieder, meine drei Probleme: molliger Single in minderwertigem Outfit mit Hang, den Kopf in den Sand zu stecken.

Ich sollte vielleicht doch mit Sport anfangen? Furchtbare Vorstellung.

»Kommst du, Darling?« Mom flaniert mit Dad und Ruby im Schlepptau an mir vorbei. »Du siehst hübsch aus.«

»Danke«, murmle ich. »Und ihr total elegant.«

»Ein bisschen knapp, der Rock, oder?«, bemerkt mein Vater lakonisch, und bevor ich etwas entgegnen kann, ist er mit den anderen schon zur Tür raus.

»Das trägt man so, Cleve!«

Ich möchte mir einen Müllsack überstülpen. Mit Glitzer. Und Puschel. In Regenbogenfarben.

Letzter Blick in den Spiegel. Sexy! Und wie! Jawohl! Ich bin gut aussehend und fraulich. Kein Klappergestell.

Nicht die Kleidung macht die Frau, sondern das Auftreten und die Ausstrahlung.

Also, Eve, Schultern zurück, Brust raus, Kinn hoch, lächeln. Du bist verdammt attraktiv. Und der Lederrock ist einfach nur heiß. So!

Das französische Fünf-Sterne-Restaurant Didier La Chapelle gilt laut meinem Bruder als beste Adresse für die illustre Gesellschaft.

Hohe Steindecken, riesige Rundbogenfenster und vier Säulen aus braunem Stein mitten im saalartigen Raum, eingerahmt von schweren dunklen Vorhängen, lederne Stühle, schneeweiße Tischdecken und überall Kristall-leuchter, edel gekleidete, vornehm flüsternde Menschen, verhaltenes Klappern von Besteck. Internetbilder sagen ja schon einiges, aber tatsächlich mittendrin zu stehen, ist noch mal etwas anderes. Hier ist es so exquisit und pompös, dass mich mein tief ausgeschnittenes Shirt förm-lich anschreit, ich solle es bedecken, austauschen, Serviette draufkleben.

Tja, da muss ich jetzt wohl durch. Am besten, indem ich mir wiederholt in Erinnerung rufe, dass ich es nicht nötig habe, mich zu verstecken.

Die Realität ist: Ich fühle mich wie ein buntes Gummi-bärchen unter edlen, mit Goldpuder bestäubten Scho-kosticks.

Ich rutsche so nah an den runden Tisch, dass mir die Kante in den Bauch drückt. Über den Rand der Speise-karte hinweg lasse ich meine Blicke schweifen.

Überall sitzen Männer in feinen Maßanzügen und Frauen in exklusiven und wahrscheinlich schweineteuren Cocktail- und Abendkleidern. Gedeckte Farben herrschen vor. Hauptsächlich Schwarz, gelegentlich ein Tupfer Blau.

»Was ist denn das hier?«, frage ich Ruby und deute in

der Karte auf *Foie Gras, Carbonnade Flamande* und *Escargots au beurre persillé*. Aussprechen kann ich das nicht. »Die servieren doch hier hoffentlich keine Schnecken oder Froschschenkel auf Marihuana?«

Ethan sieht mich stirnrunzelnd an und deutet ein Kopfschütteln an.

Ruby beugt sich zu mir. »Gänseleberpastete und flämischer Rinderschmorbraten. Escargots sind Burgundschnecken in Kräuterbutter.«

»Super. Ich nehme den Braten.«

Irgendwo neben mir ertönt lautes Gelächter, das so gar nicht in die vornehm steife Atmosphäre dieses Etablissements zu passen scheint. Zwangsläufig drehe ich mich im Stuhl um – und erstarre.

Das Lachen kommt von einer Gruppe aus der Kategorie: gehobene Gesellschaftsschicht. Bestehend aus sechs Personen, zwei Tische weiter. Sie wirken, als ob sie einer Vogue-Werbung für unbezahlbare Mode und hippe Accessoires entsprungen wären, die sich kein Normalsterblicher je leisten könnte.

Was haben diese Frauen, was ich nicht habe?

Die Antwort liegt auf der Hand: ein immenses Vermögen. Und wahrscheinlich eine veritable Essstörung, wenn ich mir die knochigen Schultern so ansehe.

Automatisch ziehe ich den Bauch ein und richte mich gerade. Gleichzeitig versuche ich, nicht zu offensichtlich zu starren. Denn dort, am Rand des Speisesaals neben dem großen Fenster mit Blick auf den Spital Square, sitzt ein Mann, der mit seinem unglaublich attraktiven Lachen und seiner Erscheinung aus der Masse heraussticht. Er ist der Inbegriff von reich, schön und so heiß, dass mein Herz ein paar Takte schneller schlägt und sich die Schweißtropfen im Ausschnitt sammeln.

Dunkle, perfekt gestylte Haare. Gesichtszüge wie aus Stein gemeißelt. Eine lange Nase, hohe Wangenknochen, sinnlicher Mund, ein leicht gebräunter Teint und so schöne Augen, dass ich mich selbst über diese Entfernung sofort darin verliere. Er hört gerade einer Miss Perfect zu, einer etwas zu hageren Blondine zu seiner Rechten. Sie himmelt ihn an, er lächelt gnädig, antwortet, ist charmant, sieht jedoch gelangweilt aus.

Wieso kann nicht *ich* mir einen von dieser Sorte angeln? Ich könnte genauso gut an diesem Tisch sitzen, bin attraktiv genug, um … Okay, vielleicht nicht so exklusiv gekleidet, aber clever und tough. Letzteres zumindest nach außen hin.

Es ist warm hier. Der Lederrock pappt mir am Schenkel, als wolle er eine Symbiose mit meinen Beinen eingehen. Auf ewig verbunden.

Ich kichere kurz in die Speisekarte, fange mir einen scharfen Blick von Dad ein und erinnere mich, wie stolz ich gewesen bin, ebendieses klebende Schnäppchen im Ausverkauf in einem Laden in der Bond Street ergattert zu haben. Aber nur, weil ich einer anderen Kundin mit einem Hechtsprung zuvorgekommen bin.

Ich seufze und wende den Kopf wieder zu dem heißen Gentleman.

Was er wohl von Beruf ist? Investment-Banker? Broker, CEO? Oder verdient er sein Geld mit etwas, das sexy klingt, von dem aber niemand genau weiß, was es zu bedeuten hat?

Was diesen scharfen Typen noch viel interessanter wirken lässt.

Ich frage mich, ob es irgendeine Möglichkeit geben könnte, mit ihm in Kontakt zu treten.

»Erde an Eve?«, höre ich meine Mutter sagen und zucke nach rechts.

»Hm?«

»Eve ist abgelenkt, Mom«, sagt Ethan und grinst breit.

»Mitnichten, Bruder! Ich betreibe Gesellschaftsstudie.

Bin ja nicht oft von High Society umgeben.« Insgeheim klopfe ich mir auf die Schulter. Gute Antwort. Schlagfertige Antwort.

»Der Mittelpunkt deiner Studie ist eine Nummer zu groß für dich, meinst du nicht, Schwesterherz?«

»Keine Ahnung, wovon du sprichst«, sage ich und greife zum Wasserglas.

Zu allem Überfluss dreht sich nun auch der Rest der Familie in jene Richtung, in die Ethan mit dem Kinn deutet.

Geht es noch ein bisschen auffälliger?!

»Oh, ein sehr faszinierender Mann. Guter Geschmack«, sagt Mom. »Der Herr neben ihm sieht aber auch zum Anbeißen aus.«

»So wie ich.« Mein Vater nimmt ihre Hand und Mom lächelt ihn liebevoll an.

»Bei Weitem nicht so attraktiv wie du, Darling.«

»Seine Begleitung ist ein steiler Zahn«, erwidert Ethan und stupst mir in die Seite.

»Möglich, aber leider dämlich. Ihr entschuldigt mich, ich muss mal ganz unelegant zur Toilette.« Ich zucke mit den Schultern und stehe auf.

»Beeil dich, die Vorspeisen kommen gleich«, sagt Dad.

An der Bar stoppe ich. Wo zur Hölle geht es lang? Ich sehe nirgends ein Schild.

»Kann ich Ihnen behilflich sein?«, fragt der Barkeeper und lächelt mich unterkühlt an.

»Ja, danke, sehr freundlich. Wo sind denn die Damentoiletten?«

»Neben dem Eingang links die Treppe hinunter.«

Ah, da ist er, der Treppengang. Hat sich gut getarnt. Das winzige Schild ebenfalls.

Beim nächsten Wimpernschlag versteife ich spontan.

Och nö, ne? Ich muss am Tisch von Mr Unwiderstehlich vorbei.

Außer ich nehme den Umweg durch das komplette Restaurant. Das allerdings würde meinen Eltern auffallen und sie würden Fragen stellen. Eben gerade winkt mir Mom verhalten zu und deutet zur Treppe.

»Mist«, stoße ich leise aus und mache mich auf den Weg. Brust raus, Schultern zurück, Kinn nach oben. Wer weiß? Vielleicht bin ich ja sein Typ?

Ich schreite selbstsicher los, den Blick wie hypnotisiert auf den besagten Tisch gerichtet, das feuchte Gefühl von Kunstleder an den Beinen ignorierend. Moment … Wenn ich schon einen Minirock trage, kann ich ihn auch bestmöglich zur Schau stellen.

Hüftschwungmodus wird umgehend eingeleitet.

Sieh her. Hier bin ich! Na? Heiß, nicht wahr? Übrigens: Du gefällst mir.

Ach, wenn ich doch nur den Mut hätte, diese Worte tatsächlich auszuspre… Was zur Hölle!?

Ein Schlag gegen meine Schulter bremst mich unsanft ab. Ich stoße ein unweibliches »Uh!« aus, es klirrt, alle sehen zu mir.

Alle. Einfach alle!

Auch er!

Auf dem Boden vor mir liegt ein Silbertablett, darum und darauf jede Menge zerbrochenes Kristall. Perlende Flüssigkeit bahnt sich den Weg in die Ritzen des Parketts. Daneben ein Kellner. Er rappelt sich auf. Meine Schulter muss härter sein als gedacht.

»Kann ich helfen?!« Ich strecke ihm die Hand hin. »Tut mir unglaublich leid, ich habe Sie nicht gesehen.«

»Kein … Problem«, presst er angesäuert zwischen den Zähnen hervor und ignoriert meine Hand.

Ich gehe in die Knie, will ihm helfen, doch sofort stürzen zwei weitere Kellner herbei und bugsieren mich freundlich, aber bestimmt zur Seite. Ich trete ein paar

Schritte zurück und rutsche auf meinen hochhackigen, mit Champagner besudelten Schuhen aus. In letzter Sekunde greife ich nach einem Stuhl hinter mir.

»Aua! Geht's noch, du Trampel?«, fährt mich eine Frau an.

Ups! Jetzt weiß ich auch, warum der Stuhl eine Hilfe gewesen ist. Er ist beschwert. Die Blondine sitzt drauf. Okay, ein bisschen beschwert. Reine Knochenmasse mit Haut drumrum wiegt nicht viel. Doch immerhin genug, um meinen Sturz abzufangen. Nach wie vor klammere ich mich an die Stuhllehne – und an ein paar langen, blonden Haarsträhnen, die darüber hängen.

Hastig ziehe ich die Hand zurück, als hätte sie sich an Barbie verbrannt.

»Entschuldigung, Verzeihung. Tut mir leid«, sage ich, ohne die Frau dabei anzusehen.

Stattdessen blicke ich zu Mr Ultrahot. Der starrt mich an, als stünde ein Wesen aus einem anderen Universum vor ihm. Womit er nicht ganz falschliegt. Das französische Edeluniversum ist sonst eher nicht mein bevorzugtes Revier.

Ich würde mich gerne bewegen. Geht nicht, ich muss ihn anstarren. Und der Rock klebt. Das Zeug auf den Schuhen auch. Und ich an seinen Augen.

Was macht er denn jetzt?

Langsam steht er auf, bleibt einen kurzen Moment neben seinem Stuhl stehen und kommt auf mich zu.

Er kommt auf mich zu? O Gott! Ganz ruhig, Herz, sonst galoppierst du mir noch davon.

»Hi.« Ich lege den Kopf in den Nacken. Die Welt um mich herum verschwimmt. Es gibt keine zerbrochenen Gläser mehr, keine mürrischen Kellner, keine Champagner-Pfütze. Nur uns beide.

»Das war im Übrigen unser Champagner.« Er hebt

hoheitsvoll eine Augenbraue. »Ich gehe davon aus, dass Sie ihn ersetzen werden?«

»Wie bitte?«, frage ich.

»Ich sagte, ich gehe davon aus, dass …«

»Ja, ja, ich bin ja nicht taub. Nur etwas fassungslos. Deswegen brauche ich Zeit für eine passende Erwiderung. Zum Beispiel durch Gegenfragen. Oder man erklärt umständlich, was nicht erklärungsbedürftig ist. Außer man möchte, wie gesagt, Zeit gewinnen.«

»Wie bitte?«, fragt nun er.

»Sehen Sie? Das meinte ich.«

»*Was* meinten Sie?« Er scheint verwirrt.

»Sie schinden Zeit. Finden Sie das in Ordnung?«

Was rede ich denn da? Egal. Barbie guckt mich an wie ein Auto. Sie versteht wahrscheinlich nur Bahnhof. Na bitte. Was nützt ihr der teuerste Fummel, wenns im Hirn nur matt leuchtet?

»*Ich*?«, gibt er amüsiert zurück. »Sie sind mir ja eine Wortverdreherin. Der Champagner geht auf Sie. Ist das deutlich genug?«

»Nicht im Geringsten. Was bilden Sie sich überhaupt ein?«

Oje, mein Hirn schaltet auf Autopilot. Das ist nicht einer meiner besten Eigenschaften und hat mir schon als Jugendliche immer mal wieder Probleme bereitet. Ein Schutzmechanismus, um die Situation, diese überdimensionale Peinlichkeit und den abwertenden Blick meines anbetungswürdigen Gegenübers möglichst zeitnah wegzupacken!

Kein Zweifel, ich habs auf der ganzen Linie versaut.

»Was ich mir … einbilde?«, fragt er konsterniert nach.

Jetzt sind alle beiden Brauen oben. Barbie kichert, sagt irgendwas Abfälliges und alle am Tisch lachen. Ich möchte dieser geschniegelten Dummstrunze jetzt so gern den Hals umdrehen.

»Ja, genau. Was zur Hölle bilden Sie sich eigentlich ein? Sie sitzen hier mit popeligen Parodien der Hilton-Schwestern und in Outfits mit dem Gegenwert des Jahresgehalts eines Fabrikarbeiters, der eine vierköpfige Familie ernähren muss. Wahrscheinlich ist sogar Ihre Zahnseide vergoldet. Widerwärtig! Und Sie verlangen von mir, Ihre Kack-Moët-Prickelbrühe zu ersetzen?«

»Moët & Chandon«, korrigiert er mich.

Vollpfosten, überheblicher!

»Ihr blasiertes Lächeln kippen Sie am besten direkt in die Sektpfütze, Mister! Spendieren Sie mal lieber dem ganzen Saal hier eine Runde, das zahlen Typen wie Sie ohnedies aus der Portokasse! Und vom Rest des Geldes kaufen Sie sich eine Seele. Angenehmen Abend noch! Und – ach ja – es hat mich *nicht* gefreut, Ihre erlauchte Bekanntschaft gemacht zu haben!«

Bevor er antworten kann, stürme ich an ihm vorbei, stolpere über irgendwas, wahrscheinlich die eigenen Füße, fluche ein klein wenig zu laut und haste die Treppe hinunter.

Meine Wangen glühen, in den Lidern brennen Tränen der Beschämung. Und der Wut.

Auf diesen Kerl. Auf mich. Auf diese Prickelbrause Mo-Ä-Dingsda. Ach, einfach auf alles.

Adam

Ihr blasiertes Lächeln kippen Sie am besten direkt in die Sektpfütze, Mister!

Dieser Satz verfolgt mich schon seit Tagen, unsicher, ob

ich über die Unverfrorenheit der jungen Dame wütend oder amüsiert sein soll.

Obwohl … Dame ist nicht die korrekte Bezeichnung. Ihre Kleidung ist eher dem Billigsegment zuzuordnen gewesen, und ihr Verhalten lässt vermuten, dass sie aus einer niedrigen bis mittleren Bildungsschicht kommt. Dennoch war sie ganz niedlich.

Natürlich habe ich sie die Kosten nicht übernehmen lassen – um nicht als Arschloch dazustehen. Die Rolle des Gönners steht mir einfach besser. Was sind schon ein paar Gläser Champagner. Dafür muss sie bestimmt lange arbeiten, also was solls.

»Hey, sind die Aktien an der Börse abgestürzt oder warum machst du ein Gesicht, als wäre dein Whiskey Sour sauer?« Jake wankt bedenklich, im Arm eine Blondine, deren Namen ich vergessen habe, und lässt sich neben mich auf den mit grünem Leder bezogenen Barhocker fallen.

»Whiskey Sour *ist* sauer, mein Freund. Ich denke nach, das ist alles.«

»Er denkt nach! Guter Witz!«, grölt er völlig unpassend heraus. Nicht angemessen in der edlen Atmosphäre der Connaught Bar, der exklusivsten Hotelbar in London – und ganz nebenbei unser liebster Ort an mehreren Abenden der Woche. »Heute gilt: Trink oder vögele, aber denke nicht.«

Zur Bekräftigung seiner Worte packt er seiner Begleitung an den Hintern und grinst lüstern. Sie kichert und ich wende mich seufzend meinem Glas zu. Der Spaß sei ihm gegönnt.

Jake hat eine ansprechend gut proportionierte Blondine für den heutigen Abend, ich übe mich ausnahmsweise in Enthaltsamkeit. Manchmal tut es gut, einfach nur an der Bar zu sitzen und sich gepflegt einen hinter die Binde zu kippen. Sex hatte ich diese Woche ausreichend, brauche ich heute nicht. Man muss auch mal eine Pause einlegen.

Ich genieße die vornehme, elegante Kühle der grausilbernen Bar. Sie setzt einen stilvollen Akzent zum Grün und dunklen Grau der Loungemöbel und den mit platinfarbenem Blattsilber texturierten Wänden. Das Personal ist erstklassig, die Cocktails weltberühmt, und das Connaught steht zum zweiten Mal in Folge an der Spitze der Bestenliste aller Londoner Bars. Ihre Einrichtung besitzt den Hauch der zeitlosen Eleganz und erinnert an die englische und irische kubistische Kunst der Zwanzigerjahre. Ein Ort, an dem ich mich gern aufhalte. Zumal er an den grünen Hyde Park grenzt und sich in Mayfair befindet, einem gehobenem Viertel Londons. Hier wimmelt es von Gourmetrestaurants, eleganten georgianischen Stadthäusern und exklusiven Hotels, Maßschneidern an der Savile Row und hochpreisigen Designerboutiquen in der Bond Street. Ein kleiner Stopp in einer der Boutiquen mit der Dame meiner Wahl, Anprobe bei Champagner und ein anschließender Besuch in Jakes und meiner Lieblingsbar lässt Frauen dahinschmelzen wie Butter im Backofen.

Ich sehe zur Uhr. Zeit für einen Dry Martini. Ich bestelle und beobachte aus dem Augenwinkel, wie Jakes Eroberung ihm einen enttäuschten Blick zuwirft und mit übertriebenem Hüftschwung Richtung Ausgang stöckelt.

»Was ist los?«, will ich wissen und kippe den Rest des Whiskey Sour hinunter.

»Hab sie heimgeschickt. Ihr Parfüm ist widerlich. Zu süß, zu aufdringlich.« Er gibt dem Barkeeper ein Zeichen und kurz darauf stehen zwei Martinis vor uns.

»Trink nicht so viel«, sage ich mit schwerer Zunge. »Du fährst, schon vergessen?«

»Vergessen? Glaubst du doch selbst nicht. Ich fahre heute mit meinem brandneuen, rattenscharfen Bugatti Veyron! Die Lenden vibrieren schon bei dem Gedanken, dir zu zeigen, wie ich satte 1.200 PS in 2,4 Sekunden von 0 auf 100 bringe. Das unterm Arsch zu haben ist besser als die Schenkel einer Frau um die Hüften. Cheers. Rate, was das Baby gekostet hat.«

»Fünfhundert?«

»Bisschen mehr«, sagt er und wirft sich in die Brust. »Eins Komma drei Millionen. Pfund, nicht Dollar.«

»Heftig.« Ich blase die Wangen auf. Jake kann sich ein Auto dieser Klasse und mit dieser Power eigentlich nicht leisten. Er tut es trotzdem. Will mich beeindrucken. Deswegen hat er angeboten, mich mitzunehmen bis zu seinem Haus. Von dort kann ich dann mit meinem Ferrari weiterfahren, den ich bei ihm in der Auffahrt geparkt habe.

»Ich liebe den Touch von Exklusivität, wenn ich aufs Gaspedal trete«, schwärmt er.

»Mhm«, sage ich und merke, wie mir der Alkohol zu Kopf steigt. Kein Wunder nach drei Whiskey Sour, zwei Champagner und einem dry Martini. Oder waren es vier Whiskeys? Egal. Und dass Jake schwankt, liegt wahrscheinlich an meiner Wahrnehmung. Mir ist leicht schwindelig, da kommt es vor, dass sich die Umgebung zu drehen scheint. Trotzdem hake ich nach. »Sag mal, du bist auch nicht mehr ganz nüchtern, oder?«

»Nicht mehr ganz.« Er grinst. »Aber fahren kann ich noch.«

»Na dann.«

Jake macht große Augen, verschluckt sich am Martini und klopft mir hustend auf die Schulter. »Du bist ein echter Freund. Mein einziger, Bro.«

Wir prosten uns zu. »Auf die einzig wahre Männerfreundschaft, Jake.«

Ich habe viele Freunde. So viele, dass ich sie nicht mehr zählen kann. Adam Slater ist ein gern gesehener Gast auf Empfängen, Charitys und Rooftop-Partys. Die Frauen liegen mir zu Füßen und versuchen, sich gegenseitig auszustechen. Jede Einzelne von ihnen will von mir zum Altar geführt und im Hochzeitskleid für das Titelblatt der The Guardian abgelichtet werden.

Sie sind scharf drauf, die Frau des CEO der *Slater Corporation* zu werden.

Unser Familienunternehmen ist ein weltweit agierendes Imperium für die Herstellung alkoholischer Getränke und in mehr als 180 Ländern tätig. Unsere Aktien werden an der New York Stock Exchange und der London Stock Exchange gehandelt. Die Hauptabsatzmärkte liegen in Europa und Nordamerika mit einem Jahresumsatz im zweistelligen Milliardenbereich.

Geld ist Macht. Macht ist sexy. Die Frauen stehen drauf.

Eine halbe Stunde und zwei weitere Martini später schwanken wir lachend zum Bugatti und ich lasse mich wie ein nasser Sack auf den Beifahrersitz fallen.

Jake öffnet die Fahrertür und stützt sich ab, steht breitbeinig am Wagen. »Huh, die Frischluft föhnt … Echt. Warte, muss nur … Okay, jetzt gehts wieder. Genieße die Fahrt.«

Kurz darauf drückt er das Gaspedal durch und jauchzt vor Begeisterung wie ein Cowboy auf, als wir fast in die Sitze gedrückt werden, so schnell beschleunigt der Wagen.

Mir ist so schlecht, dass ich das Fenster öffnen muss. Besser auf die Straße als auf die Ledersitze kübeln. Aber noch kann ich den galligen Brei runterschlucken, sobald er hochkommt. Trotzdem freue ich mich für Jake. Der fühlt sich wie der King.

»Wohooo«, stößt er immer wieder aus und ich stimme mit ein. Er fährt raus aus der Stadt und sagt was von kleinem Umweg. Ich winke ab und schließe die Augen. Soll er seinen Spaß haben, ich schlafe eine Runde.

»YEAH!«, schreit Jake plötzlich und ich schrecke hoch. Wo sind wir? Um uns herum ist es stockduster. Wald?

Ja, Wald. Egal. Der Wagen rast durch die Dunkelheit in eine lang gestreckte Kurve, Jakes Augen glänzen.

»Komm, Baby, gib mir alles.«

Unter der Motorhaube befinden sich eintausendzweihundert PS – und die reizt Jake bis zum Letzten aus.

DER BARLEY-WEIHNACHTSBRAUCH

Eve

18 Monate später …

D a liegt sie, die Streichholzschachtel. Wie jedes Jahr thront auf dem üppig mit Kerzen, Tannenzweigen und Goldbändern verzierten Tisch. Für mich ist sie zum Inbegriff des Christfests unserer Familie geworden.

Wir Barleys beginnen Wochen vor dem Fest mit den Vorbereitungen. Mom kocht bereits das Weihnachtsmenü, damit am Tag der Tage auch nichts schiefgeht, und Dad testet wiederholt die Weihnachtsbeleuchtung und verbringt mehr Samstage auf dem Dach als bei seiner Frau. Und einer aus der Familie wird der Festlichkeit nicht beiwohnen. Denn der jährliche Besuch bei meiner Tante steht an. Und dazu werden die Streichhölzer benötigt.

Mabel Middleton ist die ältere Schwester meiner Mom. Sie wohnt in einem winzigen Nest in den East Midlands, wo sich Fuchs und Hase Gute Nacht sagen. Dort will ich nicht mal tot überm Zaun hängen. Tantchen reist ungern und setzt nur im Notfall einen Fuß raus aus dem Dorf.

Schon vor Jahren hat sie sich für das Leben in diesem Kaff entschieden und ist, um es mit Moms Worten zu sagen: entweder eine Hexe oder total verrückt.

»Wer lebt denn so?«, hat meine Mom früher oft gefragt, bis sie schließlich endgültig mit ihrer Schwester gebrochen hat, die sich in keiner Weise verhält, wie es ihrem Alter gebührt. Sagt Mom.

Mabel ist ihr zu unangepasst, zu anders und zu bunt. Zu abgedreht. Sie hat weder Mann noch Kinder und Mom schämt sich für sie. Meine Tante ist das schwarze, sonderbare Schaf unserer Familie, seit ich denken kann. Man meidet den Umgang mit ihr. Was sollen denn die Leute sagen?

Außer an Weihnachten. Das Fest der Liebe. Das muss gewürdigt werden. Um der Tradition willen. Darauf legt Mom Wert.

Einer von uns wird demnach noch dieses Jahr Richtung Hope Valley aufbrechen.

Und jeder hofft, eines der langen Hölzchen beim traditionellen Barley-Streichhölzer-Ziehen zu erwischen. Da gibt es kein Entkommen.

»Ein dämlicher Brauch«, flüstere ich und nippe am Pflaumenpunsch.

Dad schüttelt die Schachtel. »Alle noch drin.«

»Also wirklich, Cleve!«, wettert Mom. »Glaubst du, sie sind gestohlen worden?«

»Warum nicht? Wir könnten das einfach lassen und allesamt zu ihr fahren.«

»Kommt überhaupt nicht infrage!«, bestimmt meine Mutter und augenblicklich bilden sich hektische Flecken an ihrem Hals. »Ich will nichts heraufbeschwören. Und Gott gebe, dass unser erster Familienbesuch bei deiner Tante auch der letzte bleibt. Für alle Zeiten. Wer lebt denn so? So kann man doch nicht leben!« Sie setzt sich und wedelt sich mit der Hand Luft zu.

»Nicht aufregen, Elinda. Wir bleiben hier. Keine Sorge«, beruhigt Dad und gibt ihr die Schachtel.

Ethan seufzt auf. »Du warst noch zu klein, aber ich kann mich gut erinnern. Mom und Mabel haben ständig gestritten, du hast geheult und geschrien, Ruby hat sich versteckt und Dad …«

»Ich habe überhaupt nicht gestritten! Nur Vorschläge unterbreitet, wie sie sich etwas … gesellschaftskonformer verhalten könnte«, unterbricht Mom aufgebracht.

»Und Dad hat getrunken, wollte ich sagen.« Ethan grinst breit und zwinkert mir zu.

Dad verzieht das Gesicht. »Es gibt Anlässe, da bleibt einem nichts anderes übrig.«

»Dad?!«, stoße ich aus. So kenne ich ihn gar nicht.

»Scherz, Süße. Aber deine Tante ist … wie soll ich sagen? Anstrengend.«

Das hört sich weniger dramatisch an als Hexe, denke ich mir und bete insgeheim, dieses Jahr erneut verschont zu bleiben.

»Long story short«, bringt Ruby sich ein. »Es ist wie immer, nur einer fährt nach Hope Valley. Alles andere birgt zu viel Spannungspotenzial und unnötige Gesprächsspitzen.«

»Sehr richtig, Ruby!« Mom hält eine Faust mit den präparierten Streichhölzern in die Mitte des Tisches. Zuerst zieht Ethan, dann Ruby, dann ich, am Ende mein Dad. Mom zieht nicht.

Wir halten unsere Hölzchen hoch – und ich den Atem an. Ich muss noch nicht mal zu den anderen sehen, um zu wissen, dass ich das kürzeste gezogen habe.

»Tja, dieses Jahr bin dann wohl ich dran.«

Zum ersten Mal.

Ich schwanke gefühlsmäßig irgendwo zwischen neugieriger Aufregung und dem drohenden Schatten der Apokalypse.

»Wurde auch mal Zeit«, sagt Ethan lächelnd und klopft mir auf die Schulter. »Du hattest die letzten Jahre immer Glück!«

»Wie man es nimmt. Wir werden sehen«, nuschele ich halbherzig. Mir ist etwas mulmig zumute, so, als würde ich freiwillig in ein Hexenhaus ziehen. Rückkehr ungewiss.

Ich werfe meiner Mom einen flehentlichen Blick zu, der so viel sagen soll wie: *Muss ich wirklich?*

Doch wenn ich denke, dass sie sich von ihrer Jüngsten erweichen lässt, habe ich mich geschnitten. Mom steht energisch auf und sammelt die Streichhölzer ein.

»Du wirst in vier Jahren 30, mein Kind. Du schaffst das. Willst du fliegen oder mit dem Wagen fahren?«

»Ach, ich nehme den Hexenbesen«, platzt es aus mir heraus und ich ernte einen vernichtenden Blick von Mom. Schnell rudere ich zurück. »Okay, Flugzeug. Ich bin im Winter ungern weite Strecken mit dem Auto unterwegs. Gibt es überhaupt noch Flüge?«

Ein Hoffnungsschimmer. Wenn nicht, bleibe ich hier. Zack, so einfach kann es sein.

»Bestimmt«, sagt Ethan, zückt sein Handy und wischt darauf herum. Mom schenkt Punsch nach und stellt selbst gebackene Mürbeplätzchen auf den Tisch.

»Hast du Lakritz da?«, frage ich.

»Leider nein, Eve«, sagt Mom. »Aber ich besorge gleich morgen welche. Versprochen.«

Kurzes Holz und kein Lakritz. Armageddon!

»Na bitte!« Ethan strahlt mich an und klopft mir auf die Schulter. »Es sind noch Flüge frei. Habe soeben gebucht. Du fliegst nach Manchester und nimmst dir dort einen Mietwagen. Die Fahrt dauert etwa eine Stunde, bei Schneetreiben vielleicht auch zwei. Keine Sorge, du findest Hope Valley schon. Folge einfach den Schildern mit der Aufschrift ›Hier geht's zum Arsch der Welt‹.«

Ich boxe ihn gespielt in die Seite und Ruby lacht.

»Ethan!«, fährt meine Mutter ihn an. »Mach der Kleinen keine Angst. Es ist schlimm genug.«

»Ich bin kein Kleinkind, Mom.«

»Für mich bleibst du immer mein Baby. So, und jetzt muss ich in die Küche. Für morgen möchte ich noch einen Kuchen backen. Ruby, hilfst du mir?«

Mein Vater setzt sich auf den jetzt freien Platz neben mich und legt mir einen Arm um die Schulter. »Es ist nicht alles schlecht dort, Darling«, sagt er tröstend. »Deine Mutter ist da sehr empfindlich. Mabels Haus ist recht … wohnlich. Kannst du dich erinnern? Ach, wahrscheinlich nicht, du warst ja noch so winzig. Das Gästezimmer ist hübsch. Es wird dir gefallen. Sie hat mich letztes Jahr ziemlich verwöhnt, deine sonderbare Tante. Ist bei Elinda gar nicht gut angekommen.«

»Ich geb dir mein kurzes Streichholz gerne ab, Dad.«

»Guter Versuch, Liebes.«

ALLES WIRD GUT. ODER?

Eve

*E*ine Woche später fliege ich etwas mehr als eine Stunde vom London-Heathrow Airport bis Manchester. Bei blauem Himmel und Sonnenschein bin ich losgeflogen, im Schneegestöber komme ich an.

»Das geht ja gut los«, murmele ich und stapfe unmotiviert Richtung Mietwagenschalter.

In London ist es unnötig, motorisiert zu sein. Aus diesem Grund besitze ich kein Auto. Dementsprechend habe ich wenig Fahrerfahrung. Schon gar nicht bei Schnee. Ich kann nur hoffen, dass das Navi mich zumindest halbwegs verlässlich auf festen Routen in Tante Mabels Kaff schickt und die Straßen gut geräumt sind.

Ah, da ist der Schalter.

Den Mietwagen habe ich noch am selben Tag der Streichholzziehung gemietet. Viel zu überteuert, finde ich. Aber gut, in Ferienzeiten muss man damit rechnen. Immerhin wird die komplette Anreise aus der extra für diesen Zweck eingerichteten Familienkasse beglichen.

Gerade als ich die kundenorientiert lächelnde Mitarbeiterin begrüße, mich vorstelle und die Reservierungsbestätigung überreiche, klingelt mein Handy.

»Hi, Mom.«

Die Angestellte schiebt mir den Leihvertrag über den Tresen.

»Bist du gut angekommen, Eve? Sie sagen, es ist grauenvolles Wetter in Derbyshire.«

»Danke, ich kann es vom Mietwagenschalter aus sehen.«

»Ah, gut. Du holst ihn gerade ab. Du hast einen verlässlichen Wagen gebucht, nehme ich an? Hat er Allradantrieb?«

»Denke schon. Wie? Nein, ich habe. Alles schick, Mom, mach dir keine Sorgen.«

Das ist gelogen. Ich habe den billigsten und kleinsten Wagen mit der günstigsten Versicherung gebucht. Ich brauche ihn ja nur für eine Stunde hin zum Dorf und am Ende wieder zurück. Aber das muss ich meiner Mutter nicht auf die Nase binden, sie würde sich nur unnötig Gedanken machen.

»Und du rufst sofort an, wenn du gut bei Tante Mabel angekommen bist.«

»Klar.«

»Denk dran, du wirst dort keinen Empfang haben.«

»Wer soll mich denn dort empfangen außer Tante Mabel.« Das meine ich nicht ernst, die Steilvorlage hat sich schlichtweg angeboten. Aber die Sache mit der Netzverfügbarkeit passt mir gar nicht. Die Mitarbeiterin hält mir einen Kugelschreiber hin, Mom lacht.

»Handyempfang, meine Süße. Der ist dort sehr schlecht. Aber es gibt ja zum Glück noch Festnetztelefone, auch wenn ihr jungen Leute diese Technik nicht mehr zu schätzen wisst.«

Ich starre die Angestellte der Mietwagenfirma irritiert an, als hätte sie irgendetwas mit dem Gespräch zu tun, und unterschreibe den Vertrag. Dann nehme ich die Schlüssel entgegen, und die nette Dame deutet mit der Hand in die Richtung, in die ich gehen soll.

»Danke«, sage ich und gehe los.

»Keine Ursache«, erwidert meine Mutter, die gar nicht gemeint war.

»Wieso hat mir keiner das mit dem Handyempfang gesagt?«

»Das müssen wir vergessen haben.«

Mom kann nicht lügen. Ich sehe die roten Flecken an ihrem Hals förmlich vor mir.

»So, habt ihr das …«

»Nein, natürlich nicht, Eve. Du wärst die Reise nicht angetreten, wenn …«

»Verdammt richtig!«

Keine Ahnung, wieso mich diese Tatsache so aufregt. Seit Tagen bin ich mies gelaunt und habe herzlich wenig Lust auf diese Reise. Auf einen Aufenthalt außerhalb jeglicher Zivilisation, ohne die Möglichkeit, mit dem Handy eine Verbindung zur Außenwelt herzustellen. Ich kann nicht mal mit meiner Freundin chatten? Was für eine …

»Aber Tante Mabel hat ein Festnetz und die Leitungen funktionieren meistens ganz gut, also ruf bitte …«

»Meistens?!«, unterbreche ich sie.

»Ja. Bei Schneesturm allerdings nicht. Oder wenn sehr viel Schnee gefallen ist und die Böden frieren, dann kann es sein, dass …«

»Mom! Wohin zur Hölle schickst du mich?«

»Jetzt stell dich nicht so an, du bist mit fast dreißig kein Kleinkind mehr. Auch wenn du immer mein Baby bleibst.«

Die Augen verdrehend stapfe ich Richtung Parkplatz.

»Herrgott, Mom! Ich bin *sechsundzwanzig* und …«

»… nur vier Jahre vom runden Geburtstag entfernt.«

»Danke, Mom. Ich liebe dich auch.«

»Ach Mäuschen, du bist ja bald wieder zurück. Was

mir gerade siedend heiß einfällt: Hast du ein Geschenk für deine Tante?«

Ich unterdrücke ein Schnauben. »Jaaaaaaaa, Mom. Eine knallbunte Stola.«

»Wunderbar. Das wird ihr gefallen. Oh, ich muss Schluss machen, der Braten muss aus dem Ofen. Pass gut auf dich auf, ja?«

»Mach ich.«

»Und ruf an.«

»Mach ich. Wenn die Leitungen nicht tot sind.«

Na, da freue ich mich ja so richtig drauf!

Meine Mutter kichert nervös. »Lass die Späßchen. Ich will mir keine Sorgen machen müssen.«

Zehn Minuten später sitze ich in meinem Mietwagen, friere mir den Hintern ab und hauche mir die Hände warm. Hoffentlich heizt sich der Wagen schnell auf.

Das Navi kennt die Adresse nicht, die meine Mom mir gegeben hat. Gut, dann eben nicht. Der Ortsname muss reichen. So groß ist das Kaff ja nicht. Mit steifen Fingern tippe ich »Hope Valley« ein und warte, bis mir die Route angezeigt wird.

»62 Minuten. Nicht so wild«, sage ich, sehe mir den Streckenverlauf an, der durch ein langes Waldgebiet führt, und gebe probeweise Gas. Ich muss mich an den Wagen gewöhnen. Und auch ans Fahren. Im Schnee. In einer unbekannten Gegend.

Hasenfuß! Es gibt Schlimmeres.

Aber auch Schöneres. Füße ausstrecken vorm offenen Kamin und dazu eine Tasse heiße Schokolade zum Beispiel.

Der Motor heult protestierend auf, und ich würge ihn fünfmal ab, bevor es endlich losgeht.

Zeit für Beruhigungslakritz.

Ich krame in der Tasche auf dem Beifahrersitz, bis ich die Lakritztüte finde, und stecke mir gleich drei davon in den Mund. Kauen beruhigt.

Das Schneetreiben scheint sich verstärkt zu haben. Vielleicht kommt es mir aber auch nur so vor wegen der Geschwindigkeit, mit der ich durch die Straßen tuckere. Zwar könnte mich jeder geübte Rennradfahrer überholen, aber immerhin bin ich schneller unterwegs als auf zwei Beinen.

Die Scheibenwischer arbeiten auf Hochtouren, das Gebläse der Innenheizung ebenfalls. Ich ziehe den Ärmel meiner Jacke über die Hand und wische damit an der Innenseite der Windschutzscheibe entlang. Sie ist komplett angelaufen. Die Klimaanlage scheint defekt zu sein.

Vielleicht hätte ich doch einen der kostspieligeren Leihwagen nehmen sollen.

Na, das kann ja heiter werden.

Endlich verlasse ich das Verkehrsgetümmel von Manchester, biege auf die Landstraße Richtung Osten ab und atme erleichtert auf. Hier sind nur wenige Autos unterwegs.

Etwa eine halbe Stunde bin ich noch von Zivilisationsmerkmalen umgeben, doch dann wird es immer einsamer. Der Schnee fällt jetzt in dicken Flocken. Eigentlich schön. Nur nicht, wenn ich auf nicht geräumten, schneebedeckten Straßen am Arsch von England unterwegs bin.

Ich drossele das Tempo. Das Letzte, was ich brauche, ist ein Unfall im Niemandsland. Außerdem habe ich so etwas mehr Zeit, mich gedanklich auf meine Ankunft vorzubereiten.

Seit ich denken kann, haben Mom und Dad sich mit den Besuchen bei Tante Mabel abgewechselt. Als Ethan 18 wurde, begann die Streichholz-Tradition, die ich so lange lustig gefunden habe, bis ich selbst volljährig war.

Mom spricht wenig über ihre Schwester, und wenn,

dann mit gerümpfter Nase. Ich versuche, Erinnerungen an sie heraufzubeschwören, doch da ist nichts, woran ich mich festhalten könnte. Jedes noch so verschwommene Bild wird durch die negativen Äußerungen meiner Eltern verzerrt. Keine gute Basis für das Fest der Liebe mit Tantchen, wirklich nicht.

»Dann heißt es wohl: gespannt bleiben«, sage ich mit verengten Lidern und beuge mich nach vorn, bis meine Nase fast am Lenkrad klebt. Schnee, dichter Schnee. Und viel Wald um mich herum. Ich habe Schwierigkeiten, die Straße vor mir zu erkennen, und tuckere im Schneckentempo über die weiße Piste. Häuser sehe ich mittlerweile keine mehr. Nicht mal ein Häuschen. Auch der Empfang des Autoradios wird zunehmend schlechter, sodass ich es irgendwann ganz abdrehe.

Oh, es geht bergab. Nicht bremsen. Nicht bremsen. Wenn ich bremse, rutscht der Wagen.

Mein Herz klopft und ich gehe vom Gas, krieche den Hang runter. Nicht mehr weit. Da vorn verläuft die Straße wieder eben. Straße … Guter Witz.

O Mann, da bin ich ja zu Fuß schneller am Ziel.

Kaum gedacht, ruckelt der Wagen, als wäre er beleidigt. So stark, dass ich erschrecke und instinktiv auf die Bremse trete. *Nicht bremsen, verdammt!*

Natürlich bricht die Karre aus. Und sie rutscht auch noch nach rechts weg.

Mist!

Hektisch lenke ich dagegen, doch auf der schneebedeckten Fahrbahn hat das überhaupt keinen Effekt. Im Gegenteil. Der Wagen dreht sich plötzlich. Ich lasse das Lenkrad los. Nein, ganz falsch. Verzweifelt und voller Angst springen mir die Grundregeln in den Kopf, die ich kurz vor der Abreise durchgelesen habe. Fein, ich funktioniere unter hochgradigem Stress. Muss ich mir merken.

Vermeide ruckartige Bewegungen. Nicht hektisch am Lenkrad

reißen, sondern das Steuer möglichst ruhig mit beiden Händen festhalten. Ich halte fest. Ganz ruhig. Atmen nicht vergessen. *Keine Vollbremsung, nur leicht bremsen!* Okay, krieg ich hin. *Nicht zu stark gegensteuern.* Sanft gegensteuern. Bingo. Funktioniert. *Dem ABS vertrauen.* ABS? Guter Witz.

Geschafft. Der Wagen dreht sich nicht mehr, aber er rutscht seitlich weg. Die Straße ist wohl etwas abschüssig. Was auch sonst …

Mit einem dumpfen Geräusch bleibe ich abrupt am Rand der Fahrbahn stehen.

Danke, Baumstamm. Du kommst wie gerufen.

In diesem Moment geht der Motor aus.

»Dein Scheißernst!?«, brülle ich und drücke wiederholt den Startknopf. Ein paar bunte Lichter leuchten auf, als müssten sie Discokugel spielen, ansonsten tut sich nichts. Doch, jetzt passiert was. Die komplette Beleuchtung fällt aus.

»Komm schon! Das kannst du doch nicht machen?! Ich brauch dich, verdammt!«, rufe ich aus und schlage mit den flachen Händen aufs Lenkrad.

Nach einer Weile mit bewusstem Atmen und Herzklopfen bis zum Hals setze ich die Mütze auf, die neben mir auf dem Beifahrersitz liegt, und steige aus. Eiskalter Wind bläst mir Schnee ins Gesicht, und ich muss ein paarmal blinzeln, um klar sehen zu können.

Mein Auto steht mit den Vorderreifen auf der Fahrbahn, im vorderen Drittel vom Baumstamm gebremst, der Hinterreifen hängt über einem Graben. Da komme ich nicht allein raus. Oder doch? Wenn der Wagen anspringt, vielleicht.

Aber er springt nicht an.

»Das darf doch alles nicht wahr sein!«

Ich weiß nicht, welche Ankunftszeit meiner Tante mitgeteilt wurde, aber die schaffe ich jetzt ohnehin nicht mehr. Ich stapfe um den Wagen herum, setze mich wieder hinein, knalle die Fahrertür zu und greife zum Handy.

»Keine Panik«, sage ich vor mich hin. »Nur keine Panik. Alles wird gut. Ich rufe die Mietwagenfirma an und danach ein Taxiunternehmen. Oder sie schicken mir jemanden. Es gibt immer ein Licht am Ende des Tunnels.«

Ich schalte das Display meines Handys ein und erstarre.

Kein verdammter Empfang!?

Verzweifelt lache ich auf, steige erneut aus und halte das Handy mit gestreckter Hand in die Luft. Ein paar Schritte nach links, dann wieder nach rechts. Nichts. Okay, ich tue es. Ich klettere auf den Wagen.

Auch da absolut tote Hose. Kein einziger Balken wird angezeigt.

»Mist, Mist, Mist, verfluchter Kackmist!«

Ich klettere wieder vom Autodach und überlege. Wann habe ich zuletzt Häuser gesehen?

Das ist nicht so lange her, vielleicht zehn Minuten? Fünfzehn? Wenn ich den Weg auf der Straße zurückgehe, muss ich irgendwann Empfang bekommen. Dort, wo Menschen leben, wird es auch Handyempfang geben. Oder zumindest ein Telefon.

Ich hole meine Reisetasche aus dem Wagen, schließe das Auto ab und mache mich auf den Weg in die Zivilisation.

»Das fängt ja echt super an«, schimpfe ich vor mich hin, stapfe durch den eisigen Schnee. »Einfach super!«

Sollte ich in dieser verdammten Einöde erfrieren, suche ich meine Familie künftig als Geist auf.

VIEL SCHNEE UND EIN KNALLROTER MANTEL

Eve

Kein verdammtes Haus. Kein Netz.

Nicht nach zehn Minuten Fußmarsch begleitet von dicken Schneeflocken, die ich regelmäßig von Mantel und Schal klopfe. Auch nicht nach fünfzehn. Ich verfluche mein Leben und jede einzelne beschissene Flocke gerade zum zehnten Mal hintereinander, als ich plötzlich Motorengeräusche höre.

Sofort verharre ich auf der Stelle. Habe ich mir das eingebildet? Wunschdenken?

Nein, da ist tatsächlich ein Geräusch! Dunkel, grollend. Ein Laster?

O danke. Danke, danke, danke!

Niemand kann mich in dem knallroten Mantel übersehen, nicht mal bei diesem dichten Schneefall. Zur Sicherheit schalte ich die Taschenlampe am Handy ein und halte den Arm hoch.

Endlich. Zwei Scheinwerfer bewegen sich im Dunst des Schneetreibens auf mich zu.

»Hier!«, rufe ich blödsinnigerweise und schwenke die Arme energisch von links nach rechts, als müsste ich ein Flugzeug in den Hangar lotsen.

Ich kann nicht in Worte fassen, wie erleichtert ich bin, als der weiße Lieferwagen langsamer wird. Knapp vor mir kommt er zum Stehen und der Fahrer öffnet von innen die Beifahrertür.

So schnell, wie ich kann, stapfe ich durch den knöchelhohen Schnee am Fahrbahnrand zum Wagen und klettere auf den Sitz.

»Danke! Sie sind meine Rettung!«

»Was ist denn passiert, Miss?«, fragt er mich.

»Ich hatte eine Autopanne. Der Wagen hängt über einem Graben und springt nicht mehr an. Und hier gibt es keinen Handyempfang. Sie schickt der Himmel!«

Für einen Moment drängen sich sämtliche Warnungen von Lehrern, Kinderbüchern und meinen Eltern aus der frühen Kindheit auf: Steig niemals zu Fremden ins Auto.

Doch in dieser Situation pfeife ich auf Vernunft. Zudem sieht der Fahrer recht normal und freundlich aus. Und ziemlich müde. Er ist Brillenträger, sein Haar ist braun mit etwas Grau an den Schläfen. Wie automatisch geht mein Blick zu seiner Hand und sucht nach einem Ehering, weil ich mir einrede, dass Familienväter harmlos sein *müssen*. Ja, da ist ein Ring. Sogar zwei. Na, bitte. Entwarnung. Er ist einfach ein Mann mittleren Alters, der wahrscheinlich froh ist, wenn er seine Tour heute beendet hat und bei seiner Familie ist. Wer weiß, wie lange er schon unterwegs ist.

»Gott sei Dank sind Sie gerade vorbeigekommen«, sage ich. »Ich bin Eve. Eve Barley.«

»Nennen Sie mich Dug«, sagt er heiser, räuspert sich und fährt los.

Kritisch betrachte ich ihn von der Seite und überlege, ob er vielleicht krank ist. Hoffentlich nicht, denn wenn ich eines neben einer Panne nun wirklich nicht brauchen kann, dann ist es ein grippaler Infekt zu Weihnachten. Gut, die Beleuchtung im Wageninneren ist nicht schmeichelnd und lässt Dug möglicherweise fahler wirken, als er ist.

»Wohin wollten Sie denn?«, fragt Dug mit kratziger Stimme und hustet.

Okay, er ist definitiv krank. Mist.

Die runde Brille auf der Knollennase ist leicht beschlagen und Schweißtropfen glänzen auf seiner Stirn. Dabei ist es im Wagen nicht sonderlich warm. Angenehm, ja, nicht zu warm, nicht zu kühl.

»Ich besuche meinen Freund in Hope Valley«, sage ich wie automatisch. »Er ist hier über die Feiertage bei seiner Tante. Er kommt aus London, genau wie ich. Er ist … Kampfsportler.«

Keine Ahnung, warum ich solchen Blödsinn rede. Dug wirkt nett, aber das ändert nichts an der Tatsache, dass ich hier ganz allein mit einem Fremden im Wagen sitze – mitten im Wald ohne Handyempfang.

»Da seid ihr …« Der Mann keucht einmal, beginnt schwer zu atmen und hüstelt in seine Hand. »Sorry, ich muss mir wohl etwas eingefangen haben.«

»Kein Wunder bei dem Wetter.«

Dug lacht rau. »Da haben Sie recht. Ich wollte sagen, da seid ihr jungen Leute bestimmt nicht sehr begeistert, Weihnachten hier verbringen zu müssen, was? London hat da schon mehr zu bieten.«

Ich zucke mit den Schultern. »Angetan bin ich davon nicht, nein. Und ja, London hat einiges zu bieten. Aber ich mag auch die Natur. In der Stadt bekomme ich viel zu wenig davon, weil einfach die Zeit fehlt.«

»Kann ich … verstehen«, sagt er abgehackt. Seine Stimme wird immer rauer und er bekommt einen Hustenanfall.

Schnell ziehe ich den Schal hoch und bedecke Mund und Nase in der Hoffnung, dass diese Maßnahme in einem geschlossenen Wagen und auf so engem Raum einen Effekt hat.

»Im nächsten … Dorf ist … ist eine Apotheke. Da … mache ich kurz Halt. Und Sie … können dort … jemanden anruf…« Die letzten Silben gehen in einem heftigen Hustenanfall unter.

»Okay, danke. Das ist sehr freundlich von Ihnen«, sage ich und blicke den Mann zweifelnd von der Seite an. »Wie weit ist es denn noch bis dahin?«

Dug macht eine wegwerfende Handbewegung, weil er nach wie vor von dem Hustenanfall gebeutelt wird. Seine Arme zucken und kurz reißt er das Lenkrad zur Seite. Mit einem Aufschrei greife ich instinktiv zum Haltegriff über mir und starre erschrocken nach vorn auf die Straße.

Alles, nur kein Unfall! Bitte, nicht noch eine Panne!

»Da …!«, sagt Dug und deutet mit einer vagen Geste nach vorn.

Ich beuge mich vor und erkenne durch den Schneesturm ein paar Lichter und die Umrisse von Häusern.

Gott sei Dank!

»Gleich sind wir …« Plötzlich keucht er so gequält auf, dass ich hektisch ins Lenkrad greife.

Seine Hände rutschen nach unten und er kippt gegen die Tür.

»Fuck!«, schreie ich auf. »Was ist mit Ihnen! Dug?!« Geistesgegenwärtig packe ich das Lenkrad mit beiden Händen. Wir müssen auf der Straße bleiben, doch sein Fuß drückt sich aufs Gaspedal. Wir werden schneller und schneller.

»Dug, verdammt, was ist los?!«, kreische ich panisch den bewusstlosen Mann an.

Ich muss ans Pedal kommen! Ich muss!

Alles in mir zittert vor Angst, trotzdem versuche ich, mit einem Bein in seinen Fußraum zu kommen. Dazu muss ich halb auf seinen Schoß klettern, verreiße dabei das

Lenkrad und der Wagen schlingert kurz. Ich rutsche von ihm runter und habe alle Mühe, den Lieferwagen wieder auf die Spur zu bringen.

»Fuck. FUCK!«

Und der kurze Schlenker hat den Mann auch noch zu meiner Seite kippen lassen. Mit aller Kraft drücke ich ihn mit dem Ellenbogen von mir weg, woraufhin der Fuß sich ruckartig vom Gaspedal löst und der Kerl über dem Lenkrad nach vorn klappt.

»Nein!«, schreie ich, will das Steuer noch irgendwie herumreißen, doch es ist zu spät. Der Wagen bricht aus, rast auf irgendwas zu – und es kracht ohrenbetäubend.

Dann wird alles dunkel.

SÜSSES BOBTAILMÄDCHEN

Adam

Unschlüssig bleibe ich vor der Eingangstür stehen und fühle mich wie immer, wenn ein Besuch ins Dorf ansteht, um die Lebensmittelvorräte aufzurüsten.

Es fühlt sich bedrückend an, weil ich nach wie vor Schwierigkeiten habe, offen und unbefangen mit Menschen umzugehen.

Das war nicht immer so. Früher, in meinem alten Leben, war ich ständig von Menschen umgeben. Reiche Freunde, schöne Frauen und Personen, die unbedingt dazugehören wollten. Das war meine Realität. Meine Normalität.

Doch dieses Leben gibt es nicht mehr. Nicht seit dem Unfall vor über einem Jahr, der *alles* verändert hat. Jeden Tag wache ich auf und erkenne mich kaum wieder. Fühle mich fremd im eigenen Körper.

Doch es wird besser. Seit ich hier lebe, wird es langsam besser.

Zurückgezogen in einem Holzhaus am Rande von Hope Valley zu leben, hilft mir. Hier komme ich zur Ruhe. Hier kann ich in Ruhe nachdenken, wie ich mit mir und dem neuen Adam zurechtkomme.

»Ein neues *Ich*«, flüstere ich und öffne die Haustür.

Meine Hündin Penny freut sich so sehr, als wäre heute der beste Tag ihres Lebens, und scharwenzelt um mich herum. Weil ich da bin. Weil sie bei mir sein darf. Das genügt ihr.

Tatsächlich schafft sie es mit ihrem Hundeblick regelmäßig, mein Herz zu erwärmen. Mein Vater hatte das kleine Bobtail-Mädchen mit im Gepäck, als er mich kurz nach meinem Umzug besucht hat. Obwohl er nicht wissen konnte, wie ich zu einem Haustier stehen würde. Ich erinnere mich noch gut an das Entsetzen in seinem Blick, als er mich gesehen hat. Er hat mich kaum erkannt und mir wortlos die kleine Penny in die Arme gelegt. Und ich bin sofort verliebt in das süße Hundemädchen gewesen.

»Wenn du dich schon entscheidest, in den letzten Winkel Englands zu ziehen und als Einsiedler zu leben, dann lass zumindest zu, dass ich dir eine kleine Mitbewohnerin schenke«, erklärte er mir, und ich hatte das Gefühl, einen Hauch Verbitterung in seiner Stimme zu hören.

»Du weißt genau, warum ich hierhergezogen bin«, antwortete ich.

»Der Unfall ist kein Grund, Adam! Unfälle passieren! Andere Menschen müssen mit wesentlich größeren Schicksalsschlägen zurechtkommen.«

»Richtig. Und *ich* muss *ebenfalls* lernen, mit dem Makel der Entstellung zurechtzukommen.«

»Du siehst noch immer wie mein Junge aus.«

»Ach ja? Mein Körper ist von Brandnarben zerfressen. Und die Narbe in meinem Gesicht? Und das hier? Hm?« Ich habe ihm die Hand vor die Nase gehalten, an der nicht mehr fünf, sondern nur noch drei Finger sind, und mein Vater wendet den Blick ab.

Mein Vater liebt mich, und ich weiß, dass ich ihm Unrecht getan habe. Ich habe ihn nicht in meinem neuen Haus willkommen geheißen, war kalt und abweisend und er ist gleich am nächsten Tag wieder abgereist. Seitdem telefonieren wir gelegentlich.

Ich seufze und schüttle den Kopf, um die Erinnerungen zu vertreiben. Dann blicke ich mich nach Penny um, die, sofort als ich die Tür aufgemacht habe, nach draußen gestürmt ist.

»Penny?«, rufe ich und stapfe durch den hohen Schnee ums Haus herum. Ich finde sie neben dem kleinen, offenen Schuppen sitzen, der fast bis zum Dach mit Feuerholz gefüllt ist. Sie liebt es, mir beim Holzhacken zuzusehen, weil immer ein Ast zum Spielen für sie abfällt.

Ich zucke mit den Schultern, streiche ihr über den Kopf und greife nach der Hacke. »Was soll's, Kleine, hm? Dann hacken wir noch eine Runde Holz, bevor wir ins Dorf gehen. Ist ja nicht so, als ob ich es eilig hätte.«

Ich brauche ein paar Momente, um die Hacke richtig zu greifen. Es hat eine Weile gedauert, mit den drei übrig gebliebenen Fingern an meiner linken Hand klarzukommen, zumal sie oft steif sind, weil die Sehnen beim Unfall geschädigt worden sind.

Ich lege einen Klotz auf den Baumstumpf und schlage zu. Penny bellt begeistert auf. Ich werfe ihr einen kleinen Ast zu, was dazu führt, dass sie ihn mir immer wieder bringt und das Holzhacken zur Nebensache wird.

»Guten Tag, Adam«, höre ich plötzlich jemanden rufen. Man kennt hier nur meinen Vornamen. Und das ist auch gut so.

Der ältere Mann ist in einen dicken Fellmantel gehüllt und hat seinen Rauhaardackel angeleint. Ich kenne ihn vom Sehen, er lebt mit seiner Frau in einem kleinen Haus neben der Kirche.

Wider Erwarten kommt er zu mir, bleibt aber einen Steinwurf entfernt von mir stehen.

»Holzhacken, hm?«, ruft er.

»Hallo, Mr Parker. Ja, es ist kalt.«

Penny rennt zu ihm und begrüßt den Dackel schwanzwedelnd. Sie beschnuppern sich und befinden offensichtlich, dass sie sich mögen. Hunde sind viel offener im Umgang miteinander. Da wird kurz am Hinterteil geschnuppert und entschieden, ob man sich grün ist oder nicht.

Mir war von Anfang an bewusst, dass ich Aufsehen erregen würde, wenn ich, ein Fremder, in eine kleine, eingeschworene Dorfgemeinschaft ziehe. Die Leute würden tuscheln, würden mich anstarren, mir fragende Blicke zuwerfen, mich mit schierer Gedankenkraft dazu bewegen wollen, mehr von mir preiszugeben. Doch da gibt es nichts zu enthüllen. Meine Vergangenheit geht niemanden was an und handelt von einem Leben, das nicht ich, sondern ein anderer geführt hat. Die Bewohner lassen mir meine Ruhe und scheinen auch nicht strikt gegen mich zu sein. Nur offen, herzlich und ziemlich neugierig.

Mr Parker leint den Dackel los und die beiden Hunde spielen miteinander im Schnee.

»Der Schneesturm legt nur eine Pause ein. Nutze ich für einen langen Spaziergang«, teilt er mir mit. Ich hebe den Daumen.

»Richtig so. Wünsche eine schöne Zeit.«

Mir ist nicht nach reden. Ich pfeife und Penny hört sofort. Als sie bei mir ist, kraule ich sie zärtlich hinter den Ohren.

»Na dann, Adam. Gut Holz«, ruft er, tippt an seine Mütze und geht seiner Wege.

Und ich bin froh, wieder allein zu sein.

Weitab vom Schuss zu wohnen kommt mir nur gelegen. Einsamkeit, Schnee oder Kälte machen mir nichts aus. Ganz im Gegenteil. Ich habe hier alles, was ich brauche. Ich fühle mich hier wohl.

Ich schlage die Axt in den Hackklotz und rufe Penny. Zeit, loszugehen.

Das Leben am Rande des kleinen Dorfes fernab jeglicher Zivilisation hat jedoch auch Nachteile. Ein Auto würde mir die Einkäufe leichter machen, das ist mir bewusst. Viele fahren hier in dieser Gegend Englands einen Geländewagen mit Allradantrieb, alles andere ist im Herbst und Winter nicht sinnvoll. Doch ich kann nicht. Nie wieder werde ich mich hinter ein Lenkrad setzen.

Ich schüttele die Gedanken an meine Vergangenheit, an den Unfall, die Schmerzen, das Feuer, die Qualen energisch ab. Es ist lange her, über ein Jahr. Und immer noch frisch. Fast jede Nacht träum ich davon. Zum Glück immer seltener.

Ich bin ein anderer geworden. Und ich muss mich erst kennenlernen, bevor ich dies einem Außenstehenden gestatte. Der Prozess ist noch nicht abgeschlossen.

Wie automatisch streiche ich mir über den immer dichter werdenden Bart. Ich stutze ihn ab und zu, mehr nicht. Er ist der Schutzschild gegen die Welt, genauso wie die langen Haare, die mir inzwischen über die Schultern fallen. All das verdeckt mein Gesicht, die Haut und all die vielen Narben.

Die permanenten Stimmen in meinem Kopf, die fragen, warum alles so gekommen ist, sind von Woche zu Woche leiser geworden. Irgendwann sind sie gänzlich verstummt.

Es beginnt zu schneien. Mal wieder. Das kümmert mich nicht, ich bin gut gegen jede Art Wetter gerüstet. Als ich vor Einbruch des letzten Winters nach Hope Valley gezogen bin, wurde der Schneefall so stark, dass ich das Haus eine Woche lang nicht verlassen konnte, weil die Tür vom Schnee blockiert wurde. Doch ich hatte ausreichend Feuerholz sowie genügend Nahrungs- und Wasservorräte. Es ging mir gut. Um ehrlich zu sein, hätte es mich nicht gestört, ein oder zwei weitere Wochen eingesperrt im Haus verbringen zu müssen.

Ich habe die Isolation gebraucht. Ich brauche sie immer noch.

Penny läuft einige Meter vor mir, schnüffelt am Boden und dreht sich regelmäßig nach mir um. Irgendwann bleibt sie stehen, hebt den Kopf und blickt links in den Wald hinein.

»Was ist da, Penny? Ein Reh?«

Ich stelle mich neben sie und warte. Wenn sie Tiere wittert, bellt sie einmal kurz, dann setzt sie sich hin. Doch diesmal ist das nicht der Fall. Sie steht einfach nur da, starrt in den Wald hinein, dann springt sie auf und rennt los.

»Penny, Herrgott! Was soll das?«, rufe ich und folge ihr.

Normalerweise hört sie auf jeden meiner Befehle. Warum jetzt nicht?

Ich folge ihr atemlos, um sie nicht aus den Augen zu verlieren. Irgendwann bleibt sie abrupt stehen.

»Penny! So etwas geht nicht!«, schimpfe ich, doch sie beachtet mich nicht. Sie schnüffelt am Waldboden, dreht sich einmal im Kreis, läuft zu einer Kiefer und gräbt mit einer Pfote im Schnee. Dann setzt sie sich hin und sieht mich aufmerksam an.

»Hast du Hunger? Durst? Hast du etwas gefunden?«, frage ich und gehe in die Knie, betrachte die freigebuddelte Stelle, tätschle Penny den Kopf und richte mich wieder auf.

»Da ist nichts. Komm. Wir gehen.«

Sie bellt einmal kurz, folgt mir und läuft sogar mit erhobener Rute voraus.

Nach etwa zehn Minuten erreichen wir den Ortskern von Hope Valley.

Mein Weg führt mich in den Gemüseladen, der mehr Laden für alles ist, aber so genannt wird. Er bietet so ziemlich die ganze Palette an, die ein Haushalt benötigt. Von Lebensmitteln über Kosmetikartikel bis hin zu Werkzeug.

Aus Gründen, die ich nie verstehen werde, sammeln sich hier regelmäßig einige Damen, um den neuesten Tratsch auszutauschen.

Am Anfang bin wochenlang ich das Thema gewesen. Das weiß ich, weil ich unfreiwillig durch ein hohes Regal mit Putzmitteln mitgehört habe.

»Der ist aber seltsam. Ist das nicht spannend? Ein Grizzly Adams. So sieht er aus. Kennt ihr die Fernsehserie noch? Ja, wirklich, das ist das Interessanteste, seit Tilly Mitchells vom Bürgermeister geschwängert wurde, als seine Frau auf Kur war«, äffe ich die quiekende Stimme der alten Meyer nach und Penny dreht sich verwundert um.

»Die haben alle einen Knall«, sage ich zu ihr und sie bellt freudig. »Hund müsste man sein«, setze ich nach.

Ich nehme Penny an die Leine, als wir uns dem Ortskern nähern.

Als ich durch das Schaufenster des Ladens nicht nur Mrs Meyer, eine weitere Person und Fran, die Inhaberin des Dekoladens, entdecke, ziehe ich die Schultern hoch und die Mütze tiefer ins Gesicht. Fran ist die Einzige, die mir nie irritierte Blicke zugeworfen hat. Trotzdem ist es mir unangenehm.

Ich binde Penny draußen an und atme einmal tief durch. »Tja, dann … Showtime.«

Ich öffne die Tür und richte den Blick zu Boden. Sofort verstummen alle Gespräche.

»Hallo«, sage ich knapp. Ich mag es nicht, wenn sie mich so anstarren.

»Hey, Adam«, höre ich Frans Stimme und hebe den Kopf nur angedeutet in ihre Richtung.

»Hi, Fran.«

»Alles klar bei dir?«

»Jap«, antworte ich knapp.

Ich will nicht unhöflich wirken, wirklich nicht. Aber ich weiß, wie die Menschen mich wahrnehmen. Der lange

Bart, die Haare, die geflickten Flanellhemden. Vermutlich ist der einzige Grund, warum sie mich noch nicht mit Heugabeln und Fackeln davongejagt haben, meine süße Hündin. Die wartet schon drauf, mit Leckerchen und Streicheleinheiten beglückt zu werden.

»Was für eine Süße!«, gurrt die alte Meyer und sieht aus dem Fenster. »Sie hat bestimmt Hunger. Ich bringe ihr eine Kaustange.«

»Sie ist ja so ein bezauberndes Ding!«, sagt eine andere, und ich bin erleichtert, weil die Aufmerksamkeit jetzt auf Penny liegt und nicht auf mir.

Schnell schnappe ich mir einen Sack Kartoffeln und einen Korb mit Äpfeln. Damit gehe ich zur Kasse.

»Wir haben heute schöne Möhren«, sagt die Kassiererin und stiert mich an, als sei ich ein Wesen aus dem All.

»Danke, die brauche ich nicht«, sage ich leise und beschämt, als müsste ich mich dafür entschuldigen, dass ich ihr Angebot ablehne.

Irgendwo hinter mir tuschelt jemand, doch ich versuche, es zu ignorieren. Ich bezahle und verlasse den Laden, noch bevor Mrs Meyer die Kaustange zücken kann.

WAS IST MIT DUG PASSIERT?

Eve

Atmen!
Sauerstoff strömt in meine Lungen, ich ziehe ihn in mich hinein, als wäre ich zu lange unter Wasser gewesen. Ich blinzele. Uh! Grelles Licht! Reflexhaft kneife ich die Lider zusammen.

Wo bin ich? Wieso ist es nicht kalt? Was riecht so penetrant nach Desinfektionsmittel?

»Eve? Hey, Schätzchen, bist du wach?«, höre ich eine mir unbekannte Stimme wie aus weiter Ferne. Sie klingt angenehm weich.

Ich öffne den Mund, will etwas sagen, doch meine Lippen sind trocken wie Sandpapier und die Zunge klebt mir am Gaumen. Jemand streicht mir mit einem kühlen, weichen Tuch über den Mund und die Wangen, dann spüre ich eine Hand an der Stirn und Wasser an meinen Lippen. Das tut gut.

Nach zwei Schlucken fühlt sich meine Mundhöhle besser an. Ich öffne die Augen einen winzigen Spalt, ohne dass mir das Licht zu wehtut. Sie beginnen zu tränen, alles ist verschwommen.

»Hey, da ist sie ja.« Eine Gestalt schiebt sich zwischen

mich und das grelle Licht. Zuerst sehe ich nur einen Schatten und die Umrisse eines Kopfes. Allmählich schärft sich mein Blick.

»Eve, hörst du mich?«, fragt die Frau mit dem melodischen Stimmklang.

»Ja«, krächze ich wie ein kranker Papagei.

»Ich bin es. Tante Mabel.«

»Wer?«

Die Frau greift nach meiner Hand und drückt sie. Ein lautes Klingeln ertönt und plötzlich wird es unruhig um mich herum.

Oh, mein Kopf tut weh. Ich bin so müde.

Ich schließe die Augen und die Stimmen werden leiser.

Das ist alles ein Traum, ganz sicher.

Irgendwann wache ich auf. Das grelle Licht ist weg und der Kopf tut nicht mehr so weh.

Mein Blick geht Richtung Fenster – das definitiv nicht mein Fenster ist –, und ich stelle fest, dass es draußen dunkel ist. Und dass ich in einem Krankenhaus liege.

Was ist bloß passiert?

Als ich versuche, mich aufzusetzen, wird mir schwindelig und ich sinke wieder zurück in die Kissen.

»Eve?«, höre ich diese angenehme Stimme erneut. »Geht es dir besser?«

Langsam drehe ich den Kopf zur anderen Seite. Auf dem Stuhl neben meinem Bett sitzt eine ältere, schlanke Dame. Ganz in Schwarz gekleidet. Bis auf die Perlenkette über dem gerippten Rollkragenpulli. Ansonsten trägt sie schwarze Leder-Leggings im Biker-Stil mit kniehohen Stiefeln und Blazer.

»Hallo«, sage ich leise.

»Ausgeschlafen?«, fragt sie, steht auf und streicht mir liebevoll über die Wange.

Ich blicke sie konzentriert an. Ist das Tante Mabel? Ich meine, mich an ihre Gesichtszüge zu erinnern. Von

Fotos, als sie noch jünger gewesen ist. Sie ist eine große Frau, schlank und drahtig, mit langen brünetten Haaren. Wie meine. Nur mit ein paar grauen Strähnen durchsetzt. Und diese geheimnisvollen grünen Augen. Außer mir hat niemand sonst aus meiner Familie diese Augenfarbe. Nur ich. Ethans Augen sind blau genauso wie die meines Vaters. Und Rubys sind blaugrau wie die meiner Mutter.

»Deine Augen sind grün«, sage ich und blicke meine Tante fasziniert an.

»Ja, mein Kind. So wie deine. Wie geht es dir? Du lieber Himmel, du hast bestimmt Durst.« Sie öffnet eine Flasche Wasser, die auf dem Nachttisch steht und die ich eben erst bemerke, schenkt ein Glas halb voll und reicht es mir. »Hier, trink etwas. Warte, ich helfe dir.«

Ich mag ihre beruhigende Stimme. Und ihre Fürsorge. Tante Mabel hilft mir, mich langsam aufzusetzen. Dieses Mal wird mir nicht schwindelig.

»Danke«, sage ich und trinke ein paar kleine Schlucke. Himmel, tut das gut. »Was ist überhaupt passiert? Wo bin ich?«

Sie nimmt mir das Glas ab und stellt es zurück. »Du bist im Krankenhaus, Liebes. Im Newholme Hospital in Bakewell. Du hattest einen schrecklichen Unfall. Kannst du dich erinnern?«

Ich wende den Blick ab und starre zur Decke. Kann ich? Ich weiß es nicht. Alles ist verschwommen.

»Bakewell?«

»Ja. Im Newholme Hospital. Es ist das nächste Krankenhaus bei Hope Valley. Du warst auf dem Weg zu mir. Vom Flughafen Manchester.«

Langsam fügen sich die Puzzleteile zusammen. Ich im Flugzeug, der Mietwagenschalter, der Wald, Schneetreiben. Kein Handyempfang.

»Ich hatte eine Panne«, sage ich träge.

»Ja, das hat die Polizei auch festgestellt«, erwidert Mabel und sieht mich sorgenvoll an.

»Die Polizei?«

»Dein Auto stand verlassen am Graben vor Hollingworth. Das ist ein kleiner Ort an der Landstraße Richtung Hope Valley. Jemand hat dich in seinem Wagen mitgenommen.«

In ihrer Stimme schwingt etwas mit, das ich nicht einordnen kann.

»Was ist los, Tante Mabel? Bin ich verletzt?«

Ich fahre mit den Handflächen über meinen Oberkörper und hebe die Decke an. Nichts tut weh, außer der Kopf. Sonst ist alles noch da.

Ich bewege die Zehen und hebe nacheinander die Beine an. Mit meinen Körperfunktionen ist offensichtlich alles in Ordnung.

»Du hast keinen Kratzer abbekommen, Kindchen. Nur den Kopf geschlagen. Du warst bewusstlos, als man dich in dem Lieferwagen gefunden hat.«

Schlagartig fällt mir der Rest ein und ich sehe meine Tante erschrocken an.

»Dug! Was ist mit Dug passiert?«

Meine Tante blinzelt, seufzt, neigt den Kopf und schüttelt ihn.

»O nein!«, flüstere ich durch die Finger hindurch. »Er ist … Ist er … tot?«

»Tut mir leid, Eve. Ja, er ist noch am Unfallort verstorben. Hast du ihn näher gekannt?«

»Nein. Nein, überhaupt nicht. Er hat mich nur bis Hope Valley mitnehmen wollen. Und dann … dann. O mein Gott, der arme Mann. Er war so ein netter Mensch. Was ist jetzt mit seiner Familie?«

Tante Mabel sieht mich immer noch äußerst besorgt an. Nein, nicht nur besorgt. Traurig. Warum ist sie traurig? Mir geht es doch gut.

»Was siehst du mich so seltsam an?«, frage ich sie.

»Ach Kindchen, ich habe mir so große Sorgen gemacht. Und auch deine Eltern informiert. Sie reisen morgen Nachmittag an, konnten keinen früheren Flug bekommen.«

»Mom und Dad kommen? Oh. Okay. Aber … mit mir ist alles in Ordnung, oder? Ich fühle mich gut.«

»Das ist wunderbar, mein Kind«, flötet sie eine Spur zu fröhlich und nimmt meine Hand in ihre.

Irgendwas stimmt hier nicht. Das spüre ich.

Plötzlich geht die Tür auf und ein Arzt kommt herein. Er blickt zuerst meine Tante an, dann mich.

»Ah, die Patientin ist wach und offenbar guter Dinge. Sehr erfreulich. Ich bin Dr. Wright. Wie geht es Ihnen, Miss Barley?«

»Hallo, Dr. Wright. Ganz gut. Danke. Wie lange war ich denn bewusstlos?«

»Nur ein paar Stunden. Wir haben Sie bereits durchgecheckt, alle Knochen sind heil, keine inneren Blutungen. Nur eine minimale Gehirnerschütterung, die in längstens einer Woche überstanden ist. Darf ich um Ihren Arm bitten?« Er zeigt mir eine Manschette, wie man sie zur Blutdruckmessung verwendet.

»Klar. Solange Sie nicht um meine Hand bitten?«

»Humor ist auch vorhanden. Sehr schön.«

Wir warten schweigend, bis er fertig gemessen hat, und ich erfahre, dass der Wert etwas zu niedrig ist, aber das wäre zu erwarten gewesen und wird sich einpendeln.

»Wenn Sie aufstehen können, tun Sie das. Gehen Sie umher, aber langsam, keine ruckartigen Bewegungen. Trinken und schlafen Sie viel. Wir müssen Sie noch eine Weile hierbehalten, nur zur Beobachtung. Höchstwahrscheinlich können Sie übermorgen nach der Visite nach Hause.«

»Klingt verlockend.«

»Fühlen Sie sich stark genug, um der Polizei ein paar Fragen zu beantworten? Sie wartet draußen auf dem Flur und möchte Sie zum Unfallhergang befragen.«

»Polizei? O Gott! Gibt es weitere Verletzte? Haben wir jemanden überfahren?«

Dr. Wright schüttelt den Kopf. »Nein. Nicht, dass ich wüsste. Es geht nur um den Unfall. Wenn es für Sie in Ordnung ist, würde ich die Herren hereinholen.«

»Ja, natürlich, klar«, antworte ich etwas verwirrt.

Der Arzt lächelt mir zu, nickt und geht nach draußen. Erst jetzt merke ich, dass Tante Mabel die ganze Zeit meine Hand gehalten hat.

»Tante Mabel, weißt du, warum …?«

Weiter komme ich nicht. In diesem Moment treten zwei Polizisten ins Zimmer.

»Miss Barley?«, fragt einer, als wäre das nicht klar.

»Ja. Nennen Sie mich bitte Eve.«

»Eve. Schön, dass es Ihnen gut geht und Sie uns ein paar wenige Fragen beantworten können.«

Der Polizist wirft seinem Kollegen einen warnenden Blick zu, woraufhin dieser verstummt. Einer der beiden geht zum Fenster, lehnt sich gegen das Fensterbrett und zückt einen Notizzettel. Der andere bleibt an meinem Bett stehen.

»Können wir loslegen, Eve?«

»Ich warte bereits.«

»Sie hatten eine Autopanne mit Ihrem Mietwagen?«

»Ja.«

»Wissen Sie, was dann passiert ist?«

»Denke schon, ich kann mich langsam wieder an alles erinnern. Nachdem mein Auto nicht mehr angesprungen ist, bin ich ausgestiegen und wollte telefonieren. Doch ich hatte keinen Empfang mit dem Handy. Und da ich kurz vor der Panne vereinzelt Häuser gesehen hatte, bin ich zu Fuß los. Ich wusste ja nicht, wie lange es in die andere

Richtung geht. Alle paar Minuten habe ich meinen Handy-empfang überprüft. Und dann kam plötzlich der Wagen auf mich zu.«

»Der Wagen?«

»Weißer Lieferwagen. Ich stand mitten auf der Straße und hatte meinen roten Mantel an. Der Fahrer stoppte bei mir und fragte, was passiert ist. Ich … ich habe gezögert, einzusteigen. Doch ich hatte ja keine andere Wahl, also nicht wirklich. Aber er war recht nett, dieser Dug.«

»Sie kannten Mr Williams nicht persönlich?«

»Nein. Er heißt Williams? Nun, er hat sich mir nur als Dug vorgestellt. Ich habe gesehen, dass er einen Ehering trägt. Das fand ich irgendwie beruhigend. Der arme Mann. Weiß seine Familie schon Bescheid?«

Zu meiner Verwunderung geht der Polizist nicht auf die Frage ein.

»Worüber haben Sie sich unterhalten, Sie und Mr Williams?«

»Ähm …«, beginne ich und sehe zu meiner Tante, weil ich nicht weiß, was ich darauf antworten soll. Sie nickt mir zu. »Über nichts Besonderes«, spreche ich weiter. »Wir haben Namen ausgetauscht, und er hat mich gefragt, was passiert ist und wo ich hinwill.«

»Haben Sie über seinen Beruf gesprochen? Oder wo er herkam? Wo er hinwollte?«

»Nein, ich glaube nicht.«

»Worüber haben Sie sonst geredet?«

»Dass ich meine Tante besuche. Okay, ich habe auch einen Freund erfunden, der Kampfsport kann. Nur zur Sicherheit. Man weiß ja nie, zu wem man da ins Auto steigt. Sie wissen schon.« Es ist mir unangenehm, die kleine Schwindelei zuzugeben, und ich ziehe etwas die Schultern hoch.

»Du bist eine clevere junge Frau«, sagt Mabel. »Alles richtig gemacht.«

»Ich stimme Ihrer Tante zu.« Nun lächelt der Polizist mich doch mal sanft an. »Das war schlau, Eve. Hat Williams Ihnen sonst etwas erzählt?«

»Nur, dass London sicher mehr zu bieten hätte als dieser Landstrich hier.«

»Ist Ihnen irgendetwas Ungewöhnliches aufgefallen? Am Auto? An Dug Williams?«

Wieder sehe ich zu meiner Tante. Sie wendet den Blick ab. »Nein. Wieso?«

»Wie wirkte der Mann auf Sie?«

»Nett. Wie ein Familienvater, der schnell nach Hause will.« Ich lege den Zeigefinger ans Kinn und überlege. »Wie ein müder Mann, der endlich Feierabend haben möchte. Oh, und er war erkältet, hat gehustet. Ich habe mir den Schal hochgezogen, um nicht angesteckt zu werden. Wieso wollen Sie das denn alles wissen?«

»Beantworten Sie bitte nur die Fragen, Eve. Das ist reine Routine. Er litt also an einem Husten. Ist Ihnen noch was an ihm aufgefallen?«

»Ja, er war blass und hat schwer Luft bekommen. Manchmal geriet er beim Reden ins Stocken, irgendwann hatte er einen schlimmen Hustenanfall oder so was und dann ist er plötzlich zusammengebrochen. Einfach zur Seite weggekippt. Seine Hände sind vom Lenkrad gerutscht und ich habe sofort danach gegriffen und versucht zu lenken. Aber sein Fuß war noch am Gaspedal. Wir wurden so schnell und …«

»… und sind in eine Mauer gekracht«, beendet der Polizist meine Erzählung.

»Ich weiß nicht. Ich habe nichts mehr mitbekommen. Eine Mauer? Wie ist Dug … Woran ist er …?« Ich breche ab, sehe Hilfe suchend zu Mabel, und mir fällt der bedeutungsschwere Blick auf, den sie mit dem Polizisten wechselt.

»Vielen Dank für die Antworten, Eve. Im Gegensatz zum Fahrer haben Sie Glück gehabt. Mr Williams wurde obduziert und liegt noch in der Pathologie.« Er steckt seinen Notizblock weg. »Gute Besserung weiterhin.«

Bevor ich etwas sagen kann, verlassen die beiden Männer das Zimmer. Ich blicke ihnen hinterher, bis die Tür ins Schloss fällt, und schließe erschöpft die Augen. Mein Kopf schmerzt.

Tante Mabel streicht mir sanft über die Haare.

»Liebes, du solltest dich jetzt ausruhen, ja?«, sagt sie leise. »Ich komme morgen wieder, zusammen mit deinen Eltern. Und übermorgen nach der Visite gehts los mit den Vorbereitungen fürs Fest. Du magst doch hoffentlich Derbyshire Oatcakes?«

Am nächsten Tag weckt mich eine kompakte Krankenschwester mit fröhlichem Singsang.

»Guten Morgen, Miss Barley. Ausgeschlafen? Es ist schon hell. Heute soll die Sonne scheinen. Ein wunderbarer Tag wartet!«

»Ähm, ja, guten Morgen. Wie spät ist es?«

»Kurz vor sieben.« Sie steckt mir im Halbdunkel ein Fieberthermometer in den Mund, zapft mir Blut ab und versichert mir, dass ich so frisch aussehe wie der Frühling. Und gleich gibt es Frühstück.

»Kaffee oder Tee?«, will sie wissen, zieht mir das Teil aus dem Mund und kontrolliert die Temperatur. »Alles im grünen Bereich. Kein Fieber.«

»Super. Und ich hätte gern Kaffee. Eine Kanne voll. Ähm, ab wann ist denn Besuchszeit?«

»Nach dem Mittagessen. Kaffee kommt dann in einer Stunde.« Damit entschwindet sie.

Sagte sie nicht, dass es *gleich* Frühstück gibt?

Ich schließe die Augen, drehe dem Fenster den Rücken zu und schlafe wieder ein.

Als ich aufwache, sitzen Mom und Dad an meinem Bett.

»Hallo, Schlafmütze«, begrüßt mich Dad und stupst mich zärtlich an der Schulter. Das ist seine Art, Zuneigung zu zeigen. Mom ist in dieser Beziehung etwas emotionaler. Sie sitzt bei mir auf dem Bett und hält meine Hand, als wolle sie mich nie wieder loslassen.

Selbst als ich das lauwarme Mittagessen zu mir nehme, das auf dem winzigen Tisch am Fenster steht, weicht sie nicht von meiner Seite.

»Mom«, sage ich lachend. »Ich habe nur eine Gehirnerschütterung und werde morgen entlassen. Was ist denn mit euch los?«

»Ach Eve, mein Kind, ich …«, beginnt Mom und wischt sich neue Tränen von den Wangen.

Mein Dad übernimmt. »Wir haben beschlossen, Weihnachten miteinander zu verbringen, weil … weil wir so froh sind, dass du noch lebst. Uns ist bewusst geworden, wie schnell etwas vorbei sein kann.«

»Ja!«, stößt meine Mutter aus und drückt mich so fest, dass ich kaum Luft bekomme. »Das kann es.«

»Ähm, Mom, ist ja gut. Darf ich weiteressen?« Ihr Verhalten befremdet mich. Aber gut, sie hätte mich fast verloren, wie sie vorhin sagte. Und vielleicht spielt bei ihr auch die Tatsache eine Rolle, dass sie sich so ungeplant – und eigentlich ungewollt – mit ihrer Schwester auseinandersetzen muss. Das kostet sie höchstwahrscheinlich große Überwindung.

»Natürlich. Verzeih, Liebes. Ich gehe mal auf die Toilette.«

Als sie die Tür hinter sich schließt und Dad ihren Platz neben mir einnimmt, erfahre ich, dass sie tatsächlich bei Mabel wohnen und Mom sich ausgesprochen schwer damit tut.

Mir liegt die Frage auf der Zunge, warum sie wegen

einer einfachen Gehirnerschütterung angereist sind, doch bevor ich sie aussprechen kann, tritt der Arzt ins Zimmer.

»Meine Lieblingspatientin hat Besuch. Und Appetit. Wunderbar. Was macht der Kopf?«

»Besser, danke. Darf ich morgen raus?«, frage ich, weil ich am liebsten sofort gehen möchte.

Das Essen schmeckt nach nichts, draußen scheint die Sonne auf den Schnee und lässt ihn glitzern. Mich drängt es, endlich in Weihnachtsstimmung zu kommen. Zwar hängen hier ein paar Tannenzweige an einem roten Band am Fenster, das war es aber auch schon mit Christmasfeeling.

»Von meiner Seite spricht nichts dagegen.« Wieder misst er mir den Blutdruck und nickt zufrieden, als er die Manschette abnimmt. »Sieht gut aus. Alles im Normbereich.«

Ich freue mich und atme erleichtert aus. Noch einmal schlafen, dann ist es geschafft.

Zu meiner Verwunderung wirkt mein Vater angespannt. Seine Lippen bilden plötzlich einen schmalen Strich und er sieht an mir vorbei aus dem Fenster.

»Dad? Alles okay?«

»Was?«, reagiert er wie ertappt. »Ja, alles wunderbar. Ich dachte nur gerade an den fehlenden Schnee in London. Dort ist alles grau in grau. Und matschig. Nicht schön.«

»Da sagst du was«, stimme ich zu und bin zum ersten Mal froh, jetzt nicht im trüben London zu sein. Die Landschaft vor meinem Fenster ist zu herrlich. Sanfte, schneebedeckte Hügel, dazwischen Wäldchen mit weißen Kronen, kleine Häuser aus Ziegelstein, aus deren Schornsteinen malerisch der Rauch in den blauen Himmel steigt.

Meine Mutter gesellt sich wieder zu uns und setzt sich ebenfalls zu mir. »Guten Tag, Dr. Wright. Gibt es Neuigkeiten?«

»Alles unverändert. Morgen darf Ihre Tochter nach Hause«, antwortet er, und ich spüre, wie Mom für einen winzigen Moment verkrampft. Komisch. »Mr und Mrs Barley, soll ich …?«

»Danke, Herr Doktor. Nicht nötig«, unterbricht mein Vater den Arzt. »Wir regeln das schon.«

»Selbstverständlich.« Doc Wright wendet sich wieder mir zu. »Sie sehen wirklich aus wie das blühende Leben, Eve. Sollte es Ihnen jedoch schlechter gehen, zögern Sie nicht, den roten Knopf neben Ihrem Bett zu drücken.«

Ich bedanke mich für die Info, der Arzt geht, und ich frage meine Eltern, was denn geregelt werden muss.

»Wie du morgen nach Hause kommst. Also zu Tante Mabel. Das regeln wir.«

ICH HABE DOCH NOCH SO VIEL VOR!

Eve

Zwei Tage später bin ich mit Mom in einem Taxi unterwegs nach Hope Valley und heilfroh, den typisch sterilen Krankenhausgeruch endlich hinter mir lassen zu können.

Bald ist Weihnachten und ich sehne mich nach dem unglücklichen Urlaubsstart nach Entspannung, Kaminfeuer, Kerzenschein, einer Tasse heißer Schokolade, dem Duft frisch gebackener Plätzchen. Nach meiner Familie.

Ich kann es immer noch nicht fassen, dass meine Eltern angereist sind. Und im Haus der Hexe wohnen, wie Mom ihre Schwester nennt. Völlig zu Unrecht, wie ich finde. Hexen sehen ganz anders aus.

Weihnachten scheint tatsächlich die Zeit der Wunder zu sein. Wie schön.

Von der leichten Gehirnerschütterung ist nur noch ein ganz kleines bisschen Kopfweh übrig. Und das auch nur, wenn ich den Kopf schnell drehe. Dr. Wright meinte, ich solle die nächsten Tage sportliche Aktivitäten vom Plan streichen. Finde ich super, hatte ich sowieso vor, mache ich seit Jahren so.

Wir fahren durch die schneebedeckte, fast schon

kitschig romantische und hügelige Landschaft der Grafschaft Derbyshire, vorbei an malerischen Höfen und verwunschenen Cottages. In dieser Gegend scheint tatsächlich die Zeit stehen geblieben zu sein.

»O wow, was ist denn das?« Ich deute zu einem Schloss auf einer Hügelkuppe, und mir bleibt fast die Luft weg, so romantisch wirkt das alte Gemäuer mit seinen drei Türmen. Das Gelände fällt von den Außenmauern der Burg steil ab und bildet eine Felswand, die, soweit ich es erkennen kann, komplett mit Dornenranken überwuchert ist.

»Das ist Rosehill Castle«, erklärt Mom und ich seufze leise auf. Wie ein Märchenschloss thront Rosehill Castle über der weiß gezuckerten Landschaft. »Deine Tante hat mir erzählt, dass der Earl of Derbyshire vor nicht allzu langer Zeit eine Bürgerliche geheiratet hat. Eine kleine Journalistin. Dabei ist er mit einer anderen verlobt gewesen, die sich aber als Erbschleicherin entpuppt hat. Vielleicht triffst du sie ja mal. Mabel hat erzählt, dass sie sich oft unters gewöhnliche Volk mischt und hie und da einen Plausch hält. Sie heißt Holly.«

»Die Erbschleicherin?«

Mom lacht und drückt mir einen Kuss auf die Wange. »Natürlich nicht, mein Kind. Die Frau des Earls. Oh, wir sind da.«

In diesem Moment erreichen wir Hope Valley. An den Seiten der schmalen Straße türmen sich die Schneemassen meterhoch auf. Autos sehe ich wenige, und wenn, sind sie mit einer dicken Schneeschicht bedeckt. Drei Kinder bei einer Schneeballschlacht, ein Mann, der mit seinem Hund spazieren geht, ein anderer schaufelt Schnee.

»Sag mal, ihr habt immer von einem schönen Dorfplatz erzählt. Fahren wir da vorbei? Und warum bist du nicht mit Tante Mabels Auto gekommen?«, frage ich.

»Das sind aber viele Fragen«, antwortet Mom lächelnd

und drückt mir einen Kuss auf die Wange. »Der Dorfplatz wäre ein Umweg, und deine Tante besitzt keinen Wagen. Dein Vater und ich haben einen Shuttleservice ab dem Flughafen genommen. Du weißt doch, wir fahren nicht so gern Auto. Schon gar nicht in fremden Regionen. Also bleibt nur das Taxi.«

»Wieso hat Mabel keinen Wagen?«

Ich könnte mir nicht vorstellen, in dieser Einöde unmotorisiert zu sein. Ich bin es zwar gewohnt, in London mit öffentlichen Verkehrsmitteln unterwegs zu sein, aber hier wäre das etwas anderes. Die Zivilisation ist meilenweit entfernt.

Mom zuckt leicht mit den Schultern und streicht mir über den Kopf. »Keine Ahnung. Am besten, du fragst sie selbst.«

Wir sind da. Das Haus meiner Tante liegt am Ende einer kleinen Gasse.

Staunend steige ich aus und raffe den Kragen des Mantels zusammen. Es ist ganz schön eisig, aber trotzdem wunderschön. Nur am Rande bekomme ich mit, dass der Fahrer mein Gepäck aus dem Kofferraum hebt und Mom sich bei ihm bedankt.

Efeu rankt an den steinernen Mauern empor bis zu den zwei spitzen Giebeln. Ich habe das verwunschene Häuschen bereits auf Fotos gesehen, aber in Wirklichkeit sieht es viel schöner und verträumter aus als auf den Bildern. Die kleinen Sprossenfenster sind übersät mit Eisblumen, dahinter stehen brennende Kerzen. Obwohl es noch hell ist. Ich freue mich schon jetzt, hinter einem dieser Fenster für eine kurze Zeit zu wohnen. Der Vorgarten ist nicht mit einem Zaun eingefasst und von unzähligen LED-Lämpchen beleuchtet. Wie wunderbar es aussieht, wenn der Schnee in weichen, glitzernden Hügeln auf den knorrig kahlen Ästen des funkelnden Apfelbaums und den zugeschneiten Buchsbäumchen liegt.

Das Motorengeräusch hinter mir reißt mich aus meiner Betrachtung. Tatsächlich passt ein solches Brummen nicht in diese Umgebung. Eine Kutsche wäre angemessener.

»Lass uns reingehen, bevor wir noch festfrieren«, bestimmt Mom und stapft mit meinem Gepäck voran.

»Warte, ich kann das selbst tragen, du musst das nicht tun.« Ich will ihr die Tasche abnehmen, doch sie lächelt nur.

»Das Stückchen ist nicht der Rede wert, Liebes. Außerdem darfst du dich nicht anstrengen, hat der Arzt gesagt.«

»Aber …«

Mein Protest wird durch das Öffnen der Tür im Keim erstickt.

»Da seid ihr ja endlich!« Eine äußerst bunte Mabel strahlt uns entgegen. Sie trägt einen knallorangenen Roll-kragenpulli und ein gleichfarbiges Haarband. Ihre Füße stecken in apfelgrünen Homeboots mit Puschelbommeln und in ihren Haaren hält eine Klammer einen kleinen Tannenzweig. Ja, ich denke, die Stola passt zu ihr. »Die Oatcakes sind fertig. Ich hoffe, ihr habt Lust auf Tee und Süßes? Kommt rein, kommt rein. Eve, auspacken kannst du später, jetzt wird erst einmal was gegessen. Die Oatcakes müssen warm gegessen werden, dann schmecken sie am besten.«

»Das kann ich nur bestätigen«, ruft mein Vater aus der Küche, und es hört sich an, als rede er mit vollem Mund.

Mom runzelt die Stirn, stellt mein Gepäck im Flur ab und hilft erst mir aus dem Mantel, bevor sie ihren eigenen auszieht. Tante Mabel nimmt uns die Mäntel ab und hängt sie an die Garderobe.

»Cleve hat mir beim Backen geholfen. Er ist nicht oft in der Küche, oder?«

»Eigentlich nie«, murmelt Mom säuerlich.

Kurz darauf stelle ich fest, dass man sich auch an

einem runden Tisch gegenübersitzen kann. Der steht in der geräumigen Küche, in der sich alles abzuspielen scheint. Meine Eltern sitzen dicht nebeneinander mit dem Blick zum Fenster, Mabel und ich an der anderen Seite mit Blick in die Küche. Und in jedem Zimmer spendet ein Ofen gemütliche Wärme. Außer im kleinen Wohnzimmer, dort übernimmt der offene Kamin diese Aufgabe.

Meine Tante ist ein unglaublich liebevoller Mensch. Ich weiß nicht, was ich erwartet hatte, aber nicht so eine herzliche, lebensfrohe und – okay, auch ein bisschen durchgeknallte Frau.

Geprägt durch die negativen Beschreibungen und bissigen Kommentare meiner Eltern hat sich in mir ein anderes, ein übleres Bild manifestiert. Und das verflüchtigt sich gerade wie Nebel in der Sonne.

Tante Mabels herzliche Art nimmt mich im Handumdrehen für sie ein. Sie redet viel, sieht dabei aufmerksam ihre Gesprächspartner an, und bereits beim zweiten Oatcake habe ich das Gefühl, die wichtigsten Dorfbewohner zu kennen, so bildhaft beschreibt sie die Menschen. Gerade so, als handle es sich bei jeder einzelnen Person um etwas ganz Besonderes. Es ist mir ein Rätsel, wie man Mabel nicht mögen kann. Gut, ein bisschen sonderbar ist sie schon. Sie und das Haus, in dem sie lebt. Die Möbel scheinen aus allen möglichen Ländern zu stammen. Roter chinesischer Wäscheschrank, ein deckenhohes Bücherregal voll mit Büchern, die kreuz und quer stehen und übereinanderliegen, altenglische Clubsessel, ein mit rotem Samt bezogenes Sofa mit Löwenfüßen, riesige Tücher mit bunten Mandalas an den Wänden. Überall hängen Bilder und Fotografien an den Wänden. Kuscheltiere, kleine Statuen und unzählige Kerzen sind überall verteilt. Traumfänger an Fenstern, über Türen und im Flur. Ein Stilmix, bei dem nichts zusammenpasst und der sich trotzdem harmonisch zusammenfügt. Und es ist sehr ordentlich.

Alles ist sauber und scheint seinen angestammten Platz zu haben.

Alles in allem ist Mabels Stil einzigartig, skurril, außergewöhnlich und unglaublich gemütlich.

»Noch Tee?«, fragt sie und hebt die Kanne an.

»Danke, für mich nicht«, sagt Mom ein bisschen steif.

Sie ist etwas still, seit wir gemeinsam am Tisch sitzen. Ihre Lippen bilden einen schmalen Strich, und sie wirkt, als würde sie am liebsten aufstehen und nach oben gehen. Ich kenne Moms Blick, wenn sie von etwas überfordert ist. Dad dagegen hört interessiert zu, was Moms Schwester vom Dorf berichtet, und scheint sich pudelwohl zu fühlen. Von den Derbyshire Oatcakes ist nur noch einer da. Und der wird von meinem Vater hypnotisiert.

»Jetzt nimm ihn schon, Cleve. Wir sind alle satt. Stimmt doch, oder? Elinda? Eve?«

»Durchaus«, sagt Mom steif, und ich tätschele mit der flachen Hand meinen Bauch.

»Die Pfannkuchen sind absolut köstlich. Sie sind ab sofort mein Lieblingsgericht. Aber drei Stück sind mehr als genug.«

Kurzzeitig breitet sich Stille aus, dann seufzt mein Dad selig auf, rollt sich den letzten Pfannkuchen und beißt hinein. »Einfach ein Träumchen«, murmelt er kauend und mit geschlossenen Augen.

»Die meisten Touristen – also wenn sich einer hierher verirrt – denken, unsere Derbyshire Oatcakes wären Kekse wie die schottische Variante. Er wird auch Derbyshire-Kuchen genannt und meist zum Frühstück gegessen. Ich liebe ihn als Nachmittagsgebäck mit Marmelade oder Honig. Er schmeckt auch wunderbar mit geriebenem Käse, Pilzen und gebratenen Zwiebeln, mit Hummus, Lachs oder Spinat.«

»Muss ich unbedingt probieren. Bereiten wir die zusammen zu?«

»Sehr gern«, freut sich meine Tante. »Lilly? Wollen wir Frauen die nächsten Tage gemeinsam kochen?«

Lilly? Das wusste ich ja noch gar nicht. Ich verkneife mir ein Grinsen.

Meiner Mom steht die Antwort bereits ins Gesicht geschrieben. »Nenn mich nicht Lilly. Das kann ich immer noch nicht leiden.«

»Aber ich, *Elinda*.« Sie holt tief Luft und lächelt. »Und ihr fühlt euch wohl im Schlafzimmer?«

»Ja, sehr sogar, aber … das ist doch nicht notwendig, Mabel«, sagt mein Vater. »Wir können in ein Hotel.«

Mom nickt zustimmend und meine Tante lacht. »Wir haben nur ein Hotel in Hope Valley. Glaubt mir, dort wollt ihr keine Nacht verbringen. Es hat stark geschneit, das Hotel ist wahrscheinlich ohne Strom und die ganze Zeit läuft das Stromaggregat. Und das singt euch nicht gerade ein Schlummerliedchen. Außerdem möchte ich euch an Weihnachten gern um mich haben. Ihr wohnt bei mir. Unter meinem Dach. Ich finde das schön.«

»Aber wir können dir doch nicht dein Schlafzimmer nehmen, Mabel«, bekräftigt meine Mutter und wirkt, als wäre ihr dieser Gedanke äußerst unangenehm.

»Doch, natürlich. Wo sonst? Auf dem Sofa? Da ist nur Platz für eine Person. Außerdem werdet ihr wunderbar schlafen. Dafür sorgen die Traumfänger. So, ich denke, Eve möchte jetzt ihr Zimmer sehen. Nicht wahr, Liebes?«

Bevor meine Eltern oder ich etwas erwidern können, steht Tante Mabel auf, hakt sich bei mir unter und zieht mich mit sich hinaus aus der Küche.

Im Flur greife ich mir meine Reisetasche und habe kaum Zeit, mich richtig umzusehen, als sie mich auch schon die knarrigen Holztreppen hochbugsiert.

»Dort ist dein Reich, Liebes. Klein und gemütlich.« Sie öffnet mir die Tür und ich gehe an ihr vorbei.

Wie hübsch! Als Erstes fällt mir das riesige Doppelbett

ins Auge. Es dominiert das Zimmer und auf ihm liegen unzählige bunte Kissen. Mit Fransen, Bordüren, einfarbig aus Samt, gepunktete, gestreifte, gestrickte mit Zopfmuster oder wie die Tagesdecke im Patchworkstil genäht. An der Decke hängt zwischen einem der kleinen Sprossenfenster, die von schweren, goldfarbenen Vorhängen eingerahmt sind, und dem Bett ein großer Traumfänger. Noch einer am Kopfende. An der gegenüberliegenden Seite steht ein massiver, uralter Holzschrank aus dunklem Holz, der mit zahlreichen, asiatisch aussehenden Schnitzereien verziert ist. In der Ecke neben der Tür steht ein grünsamtener Ohrensessel, auf dem ein kleinkindgroßer Paddingtonbär sitzt. An den Wänden eine helle, freundliche Blumentapete und Unmengen von Postkarten und Fotos hinter Bilderrahmen, wie sie auch im ganzen Haus zu sehen sind.

Ein letzter, schwacher Sonnenstrahl bahnt sich durch das Fensterglas seinen Weg und scheint direkt aufs Bett. Gerade so, als wolle er mir sagen: Willkommen, Eve. Mach es dir bequem, fühl dich wohl.

»Wow. Hier gefällt es mir!« Ich stelle meine Tasche neben dem Sessel ab.

»Das freut mich. Nicht jeder mag diesen … Stil.«

»Ich schon. Was hat es mit den Postkarten auf sich? Ich dachte, du reist nicht gerne.«

»Tue ich auch nicht. Aber ich kenne viele Menschen und bitte sie, mir aus allen Teilen der Welt Karten zu schicken. Über die Jahre hat sich einiges angesammelt.«

»Das ist ja eine nette Idee. Vielleicht übernehme ich das für mich.« Ich stelle meinen Rucksack auf den Boden. Es brennt mir etwas auf der Seele, und der Zeitpunkt scheint günstig, es anzusprechen. »Darf ich dich etwas fragen?«

»Natürlich. Alles, was du möchtest.«

»Mom hatte gestern Tränen in den Augen. Warum sind sie überhaupt hier? Es geht mir gut. Ich würde ja verstehen, dass sie kommen, wenn ich schwer verletzt wäre und im Krankenhaus bleiben müsste.«

Meine Tante legt ihre Hand auf meine und drückt sie. »Mach dir keine Gedanken, Liebes. Komm jetzt erst mal an, pack deine Sachen aus. Du möchtest sicher eine Weile für dich sein, kann ich mir vorstellen?«

Ich nicke etwas ertappt. »Ist das okay?«

»Aber natürlich, Liebes. Komm einfach um sieben zum Abendessen runter. Wenn du dich frisch machen möchtest, das Badezimmer ist auf dem Gang. Vielleicht magst du ein entspannendes Schaumbad nehmen? Auf dem Rand der Wanne steht ein Badeöl, das ich dir nur empfehlen kann. Eine kleine, braune Flasche mit der Aufschrift: Stille. Es duftet sehr angenehm und hat durch die Beigabe von Honig, Patschuli und Tonka eine positive Wirkung auf Körper, Geist und Seele.«

»Was ist Tonka?«

»Die Bohne vom Tonkabaum, Schätzchen.« Sie streicht mir lächelnd über die Wange, dann geht sie aus dem Zimmer und schließt leise die Tür hinter sich.

Die Idee mit dem Schaumbad ist gar nicht so übel, auch wenn ich immer noch keine Ahnung habe, was Tonka ist.

Ich hole mein Handy, setze mich aufs Bett und will den Begriff googeln. Kein Netz. Ich seufze. War ja irgendwie klar. Macht nichts. Digital Detoxing ist angesagt. Unfreiwillig zwar, aber es gibt Schlimmeres.

In aller Ruhe packe ich die Tasche aus und verstaue das bisschen, was ich mitgenommen habe, in dem hübsch verzierten Schrank. Mein Zimmer ist unglaublich gemütlich und hat seinen ganz besonderen, einzigartigen Charme. Anders als alles, was ich aus London kenne, so viel persönlicher und herzlicher. Ruhiger und entspannter.

Hope Valley und das Haus meiner Tante gefallen mir ausgesprochen gut. Von der Autopanne und dem Horrorunfall mal abgesehen, kommt bei mir in dieser fast schon märchenhaften Umgebung allmählich so etwas wie Weihnachtsstimmung auf.

So, dann sehe ich mir mal das Badezimmer an. Mit frischer Unterwäsche, einem dicken Kuschelpulli und rosafarbenen Jazzpants unter dem Arm trete ich auf den Flur hinaus – und verharre, als ich Stimmen höre. Ich verstehe nicht, was genau gesagt wird, aber mein Name fällt. Und der Ton, den Mom in diesem Augenblick anschlägt, ist scharf.

Ich ahne, dass hier irgendetwas nicht stimmt. Nur was?

Yorkshire Pudding, Roastbeef, Kartoffelsalat und als Dessert Blackberry Crumble. Das ist das Beste an diesem Abend. Zu später Stunde und nach einem anstrengenden und überaus verkrampften Beisammensein gehe ich zurück in mein Zimmer. Der Wunsch, die Familie versöhnt zu sehen und eine entspannte, fröhliche Zeit zu verbringen, ist geplatzt wie Seifenblasen.

Tante Mabel hat mehrfach und erfolglos versucht, ein Gespräch zu beginnen. Alle Bemühungen, die Stimmung zu lockern, sind fehlgeschlagen. Meine Eltern hatten den ganzen Abend einen Stock im Arsch. Irgendwann ist Mom mit einem gemurmelten *Gute Nacht* einfach aufgestanden und nach oben gegangen.

Mein Dad hat sie entschuldigt, bevor er ihr gefolgt ist: »Es tut mir leid. Sie ist noch nicht bereit, denke ich. Sie braucht Zeit. Es fällt ihr schwer, sich auf Neues einzustellen. Du kennst sie. Schon eine kleine Änderung im Terminplan wirft sie aus der Bahn. Ich vermute, sie überdenkt gerade alles in Bezug auf Mabel. Stören wir sie nicht dabei.«

Und ich kann nicht schlafen, lausche in die Stille. Ob Tante Mabel noch wach ist? Ich würde so gerne mit ihr reden, ihre Sicht der Dinge erfahren. Schwestern müssen sich doch lieb haben, oder? Ich glaube, dass sie ebenfalls mit mir sprechen möchte und nur den richtigen Zeitpunkt abwartet.

Leise öffne ich die Tür und lausche. Das Schlafzimmer, in dem meine Eltern untergebracht sind, liegt dem Gästezimmer schräg gegenüber. Stille. Genauso wie im ganzen Haus.

Auf Zehenspitzen schleiche ich nach unten. Licht benötige ich keines, der gemütlich flackernde Lichtschein des Kaminfeuers genügt.

Mabel sitzt gedankenverloren aus dem Fenster blickend im Ohrensessel am Erkerfenster, die Füße auf einem mit blauem Samt bezogenen Hocker. Das silbrige Licht des Vollmondes zaubert ihr ein magisches Schimmern aufs Gesicht.

Ich betrachte meine Tante zwei, drei Atemzüge lang und überlege, was ich sagen kann und ob ich sie überhaupt stören soll.

Als ob sie gespürt hätte, dass ich im Raum bin, dreht sie den Kopf zu mir und lächelt. »Eve, Liebes, komm her, setz dich zu mir.«

Sie nimmt die Füße vom Hocker.

Ich setze mich ihr gegenüber und schlinge die Arme um meine Knie.

»Tante Mabel, ich habe Fragen«, beginne ich, weiß aber nicht so recht, ob ich gleich mit der Tür ins Haus fallen oder erst mit etwas Belangloserem anfangen soll. Ich habe so einige Punkte, die ich gern geklärt haben möchte.

»Fragen? Fang einfach an. Ich höre.«

»Bist du eigentlich schon öfter im Krankenhaus gewesen?« Das ist das Erste, das mir einfällt.

»Ein paarmal, um Freunde zu besuchen. Warum?«

»Weil ich den Eindruck hatte, dass gefühlt alle dich kennen und mögen. Also vom Personal, meine ich.«

»Danke für das Kompliment, ich fühle mich geschmeichelt. Wenn du es so empfindest, macht mich das froh. Weißt du, ich mag es, mich mit Menschen zu umgeben. Schon immer. Als Kind habe ich ständig mindestens eine Handvoll Freunde mit nach Hause gebracht.«

»Mom auch?«

Tante Mabel zuckt mit den Schultern. »Deine Mom und ich … wir sind sehr unterschiedlich.«

»O ja, das ist nicht zu übersehen. Freust du dich eigentlich, dass meine Eltern bei dir wohnen? Ich meine …«

Tante Mabel lächelt gütig. »Aber natürlich. Ich freue mich immer, wenn Besuch da ist. Je voller das Haus, desto schöner. Insbesondere in dieser Jahreszeit.«

Ich nicke und blicke aus dem Fenster auf die vom Mondlicht beleuchtete und mit Schnee gezuckerte Landschaft.

»Wieso hast du eigentlich kein Auto?«, fällt mir die Frage wieder ein, die ich meiner Mutter schon gestellt habe.

»Nun ja, ich mag Autos schlichtweg nicht. Genauso wenig wie Mikrowellen, Eierkocher, elektrische Mixer. Alles unnötig. Frisst Sprit, verbraucht Strom. Braucht kein Mensch. Einen Fernseher besitze ich ebenfalls nicht. Wir müssen uns wohl oder übel miteinander unterhalten.« Sie zwinkert mir zu. »Der Mensch soll sich mit dem umgeben, was ihn glücklich macht. Ob das bei mir irgendwann mal ein fahrbarer Untersatz sein wird, weiß der Geier. Und welcher Art, steht ebenfalls in den Sternen. Ein Motorrad, ein Auto, vielleicht ein Mann. Wer weiß das schon. Ich bin offen für alles. Und was heute gilt, kann morgen schon überholt sein.«

»Gute Antwort.«

Tante Mabel sieht mir ganz offensichtlich an, dass mir eine viel gewichtigere Frage auf der Seele brennt. Sie beugt sich vor und nimmt meine Hände in ihre.

»Okay, Liebes. Da ist doch noch was, nicht wahr? Oder täusche ich mich?«

»Nein, ganz und gar nicht.« Ich seufze lange auf. »Ich … ich habe von oben gehört, wie ihr gestritten habt. Viel habe ich nicht verstanden, also eigentlich so gut wie gar nichts, aber … mein Name ist gefallen.«

»Ich weiß, mein Kind.« Plötzlich legt sich für einen kurzen Moment eine Traurigkeit in ihr Gesicht, dir mir überhaupt nicht gefällt.

»Ihr verschweigt mir etwas?«

Sie nickt. »Deine Eltern wollen dich schützen. Und ich auch …«

Das Gefühl drohenden Unheils erwischt mich hinterrücks. Auf der Stelle krampft sich mein Magen zusammen. Wenn ich mit allem gerechnet habe, mit dieser Antwort definitiv nicht.

»Schützen? Wovor? Ich verstehe nicht …«

»Vor der bitteren Wahrheit, Liebes.«

»Ich bin ein großes Mädchen und kann Wahrheiten eher verkraften als Schweigen oder Lügen.«

Ihr Blick wird weich. »Du und ich, wir sind uns recht ähnlich.«

»Das Gefühl habe ich auch, aber … Bitte … Sag mir, was los ist.«

»Sosehr ich möchte, Liebes, ich habe deinen Eltern versprochen, dass sie es dir sagen. Sie sind der Überzeugung, es steht mir nicht zu. Und sie suchen noch den richtigen Zeitpunkt.«

»Den gibt es nie«, platzt es aus mir heraus. Ich lasse Mabels Hände los und fahre mir mit den Fingern durch die Haare. Jetzt bin ich echt sauer. »Und ganz nebenbei: Meines Wissens bin ich volljährig und kann durchaus selbst entscheiden, wer mir Rede und Antwort steht. Schließlich geht es um mich. Aber okay, wenn du nicht willst …«

Ich winke ab und stehe auf.

»Setz dich, Eve. Lass den Abend nicht mit aufge-wühlten Emotionen enden.« Ich setze mich wieder, die Knie zusammengepresst, die Hände auf den Oberschen-keln gefaltet. »Von Wollen ist nicht die Rede, deine Mom hat mir einen Maulkorb verpasst.«

»Fein. Den hebe ich hiermit auf. Es geht um mich. Und ich möchte jetzt wissen, was zur Hölle los ist.«

Mabel atmet tief durch. »Direkt und ohne Umschweife?«

»Ja. Her damit.« Mein Mund ist plötzlich so trocken, als wäre ich tagelang durch die Sahara gekrochen. Ohne Aussicht auf eine Oase.

»Einverstanden. Vorher schaffen wir jedoch eine Grundlage.« Tante Mabel steht auf, geht durch den dunklen Raum zu einer knallgelb gestrichenen Vitrine, die mit Porzellanfiguren, Gläsern, Schüsseln und ein paar edel aussehenden Flaschen gefüllt ist, öffnet die Glastüren und nimmt eine Flasche und zwei Gläser heraus. Dann füllt sie bernsteinfarbene Flüssigkeit in die Gläser.

»Was ist das?«

»Selbst gebrannter Whiskey. Nicht von mir.«

»Oha! So schlimm ist es, dass wir Alkohol brauchen?«

Statt einer Antwort sieht sie mich nur lange an, prostet mir zu und wir beide nehmen einen Schluck. Mein Geist blockiert, weigert sich, den Ernst der Sache anzuerkennen, sucht Auswege, findet aber keine.

Ich nippe am Glas – und ziehe die Luft ein.

»Wow! Das föhnt!« Die Schärfe des Getränks brennt mir in Mund und Hals, gleichzeitig breitet sich jedoch auch eine wohlige Wärme in mir aus, und eine Hitze steigt mir ins Gesicht, als würde ich es direkt vors Feuer halten.

»Ist ein gutes Stöffchen. Also dann … Eve, der Fahrer, der dich mitgenommen hat, war kein Familienvater, sondern ein Mensch mit einem kriminellen Background. Ein Mitglied des Blunt-Syndikats.«

Wieder eine Antwort, mit der ich nicht gerechnet habe. »Blunt was? Syndikat? Das ist ja ein Ding.« Ich nehme einen Schluck. Der ist nicht mehr so scharf. Man gewöhnt sich wohl an alles. »Nun, da hatte ich anscheinend Glück, dass er mich nicht kaltgemacht hat. Und das darfst du mir nicht erzählen? Komm, ist nicht dein Ernst.«

»Doch, absolut. Ich versuche nur, von vorn zu beginnen, Liebes. Es fällt mir schwer genug.« Sie wirft mir einen Blick zu, der an ein verletztes Reh erinnert. Ich kann nichts sagen, der Ausdruck in ihren Augen schnürt mir die Luft ab. »Ach Schätzchen … Das Blunt-Syndikat ist eine Art Mafia-Gruppierung. Organisierte Kriminalität, Gewalt, Geldwäsche, Morde. Der Fahrer, Dug Williams, war Kronzeuge. Er wollte aussteigen und hat bei der Polizei ausgesagt. Das Syndikat ist dahintergekommen. Schlecht für ihn. In solchen Kreisen ist es üblich, Menschen … verschwinden zu lassen. Diese Verbrecherbande arbeitet mit Auftragsmorden, aber auch mit … Giften.« Sie holt tief Luft. »Und mit chemischen Kampfmitteln.«

Sie legt eine Pause ein und scheint nach Worten zu suchen.

»Ja? Bis hierhin klar, aber was hat das mit mir zu tun?« Mein Verstand klinkt sich aus, mein Körper jedoch ist wie unter einer riesigen Käseglocke gefangen.

»Schätzchen, Eve … Der Wagen, in den du eingestiegen bist, war … präpariert. Die Lüftungsanlage hat …« Mabel fährt sich mit den Händen übers Gesicht. »Es ist … Gift ausgetreten. Der Fahrer war diesem viele Stunden ausgesetzt.«

Eine leise Ahnung gräbt sich mir bohrend in die Eingeweide, und ich merke, wie meine Finger sich verkrampfen. Unter der Käseglocke wird es plötzlich eiskalt.

»Bin ich in Gefahr? Ist jetzt das Syndikat hinter mir her? Wie in einem verdammten Bond-Film?«

Meine Tante schüttelt langsam den Kopf. »Das

Problem ist, dass du dem Gift ebenfalls ausgesetzt warst. Die Polizei hat Dug schnell identifiziert, und weil sie davon ausgehen mussten, dass der Unfall kein Zufall war, wurde sofort eine Obduktion angeordnet. Das Gift befand sich in seinem Körper, und es wurde bereits mit Hochdruck analysiert, als du noch im Krankenhaus warst. Eve … Du bist dem Gift nur kurz ausgesetzt gewesen, aber … es ist dennoch in deinem Blut.«

»Bitte, was!?«, quetsche ich heiser hervor. Ich höre die Worte, doch sie ergeben keinen Sinn. »Was soll das heißen? Ich merke nichts. Mir geht es gut.«

»Ich weiß, das haben die Ärzte prognostiziert. Diese … Substanz wirkt die ganze Zeit über. Du fühlst dich gesund, völlig normal – bis es seine Wirkung entfaltet. Das ist das Tückische an diesem Teufelszeug.«

»Ich verstehe nicht …«

Meine Tante nimmt einen weiteren Schluck. Ich tue es ihr gleich und klammere mich an das nun leere Glas wie an einen Rettungsring. An Mabels Blick erkenne ich, dass das Schlimmste erst kommt. Sie füllen sich mit Tränen. Und ich bin mittlerweile innerlich so abgekühlt, dass ich mich gar nicht mehr spüre. Was meine Tante da erzählt, kann nicht sein. Wahrscheinlich bin ich oben auf dem Bett eingeschlafen und träume das alles nur.

»Ein chemisches Kampfmittel«, redet sie weiter, und ich merke ihr an, wie schwer es ihr fällt. Gut, dass Mom mir das nicht sagen muss. Sie würde Heulanfälle bekommen und es damit nur schlimmer machen, als es sowieso schon ist. Meine Tante ist bewundernswert gefasst. »Die Chemikalie ist so konzipiert, dass es sich langsam und unbemerkt in einem Körper ausbreitet und nach ein paar Tagen mit einem Schlag zu wirken beginnt.«

»Nach ein paar … Tagen!?«

Ich will sofort aufwachen aus diesem beschissenen Traum. Sofort!

»Eine Woche, haben die Ärzte gesagt. Vielleicht … vielleicht auch weniger. Man weiß es nicht so genau.« Die Stimme bricht ihr weg. Und das macht mir Angst. Mabel holt die Flasche und schenkt uns nach. Ich nehme einen langen Schluck. Dann noch einen. »Eve, Liebes … Ich … Es fällt mir so unsagbar schwer. Die Wirkung wird schlagartig einsetzen, irgendwann und … und …«

»Mir wird es ergehen wie Dug.« Urplötzlich bin ich seelenruhig. Seltsam. Als hätte sich in mir ein Hebel umgelegt, der keine Emotionen mehr zulässt. Der Mensch ist schon ein spannendes Konstrukt.

»Ja … wie Dug.«

Wir sitzen uns gegenüber, die Gläser in der Hand, und starren uns an.

Werde ich tatsächlich in wenigen Tagen nicht mehr leben? Nein, das will ich nicht glauben. Das kann nicht sein. Es darf nicht sein. Ich habe doch noch so viel vor.

Ich will leben, verdammt! Ich will lieben! Heiraten, Kinder bekommen, lachen, Weihnachten feiern, Silvester, meinen nächsten Geburtstag!

Nicht mit mir, zur Hölle! Ich mache da nicht mit!

»Tante Mabel. Gibt es ein Gegenmittel? Ein Gegengift so wie bei einem Schlangenbiss?«

»Sie arbeiten mit Hochdruck, eines zu finden. Wir können nur beten und hoffen, mein Kind. Wir alle hoffen es so sehr.«

DIE GRÖSSTE HERAUSFORDERUNG MEINES LEBENS

Eve

Flankiert von meinen Eltern und meiner Tante sitze ich im Arztzimmer des Chefarztes im Newholme Hospital. Ich kann immer noch nicht glauben, was der Arzt sagt.

Mom drückt mit einer Hand die meine, mit der anderen ein Taschentuch auf Mund und Nase und schnieft in regelmäßigen Abständen. Dad sitzt leichenblass und steif wie ein Brett neben mir, krallt seine Finger in die Lehnen seines Stuhls und starrt auf die weiß glänzende Schreibtischplatte vor uns. Mabel wirkt bewundernswert aufnahmebereit.

Und ich? Ich fühle mich wie in einem Schraubstock.

Medizinische Fachbegriffe dringen vage zu mir durch. Sie sagen mir nichts. Die Rede ist von Tests und Laboren, von Blutproben und Wissenschaft. Die Ausführungen des Arztes erreichen mich lediglich gefiltert durch ein imaginäres, emotionales Schutzschild, von dem ich bisher nicht mal wusste, dass ich es habe.

Meine Mutter schnieft erneut. Ich seufze und tätschle ihr den Arm, um sie zu trösten. Ist das Schlimmste am eigenen Tod das Leid der anderen? Scheint so.

Wer gestorben ist, fühlt nichts mehr. Ein surrealer und schmerzhafter Gedanke. Mit der sehr realistischen Möglichkeit seines eigenen Todes konfrontiert zu werden, stellt mich vor die größte Herausforderung meines Lebens.

Ich warte immer noch auf die nächste Phase, auf den Zusammenbruch.

Oder was ist es, was jetzt kommen sollte? Tränen? Schreie? Die irrationale Weigerung, den Tatsachen ins Auge zu sehen? Resignation?

Ich weiß es nicht, verdammt! Ich habe nicht den Hauch einer Ahnung, was von mir erwartet wird, was ich fühlen sollte. Ist es einfacher, wenn man älter und sterbenskrank ist? Sieht man rückblickend auf ein langes, erfülltes Leben dem Tod gleichmütig und entspannt entgegen? Fühlt sich das Sterben dann anders an?

Wenn man tot ist, gibt es keine Gefühle mehr. Das Wissen um das Leid der anderen jedoch macht es im Vorfeld unendlich schwer. Ich möchte meiner Familie keinen solchen Herzschmerz zufügen.

Ein Kind sollte niemals vor den Eltern gehen.

Fakt ist: Ich habe keinen Schimmer, wie sich ein zum Tode verurteilter Mensch fühlt. Schließlich sterbe ich zum ersten Mal.

Ich muss mich spüren! Jetzt!

Abrupt stehe ich auf.

Sofort bricht Schweigen aus. Vier Augenpaare richten sich auf mich. Ich spüre es mehr, als ich es sehe. Wie kann ich dem Kummer meiner Familie ins Gesicht blicken, ohne selbst diesen Schmerz zu spüren, den ich nicht spüren will? Er zerreißt mich.

»Mir ist … übel. Ich brauche frische Luft«, sage ich und verlasse fluchtartig den Raum.

Der grelle, unpersönliche und nach Krankenhausduft geschwängerte Flur empfängt mich und ich renne kopflos Richtung Eingangshalle. Ich stolpere über meine eigenen

Füße, stoße mit der Schulter gegen die Wand, taumle und remple irgendeine Person an.

»Sorry«, murmle ich, bleibe für einen Atemzug stehen, sammle mich und stürme weiter.

Endlich. Draußen!

Klirrende Kälte umschlingt mich. Das ist gut, so kann ich das Leben fühlen. Ich atme tief ein, inhaliere die eisige Luft, lege den Kopf in den Nacken, meine Arme um mich und starre zur dicken Wolkenschicht hinauf.

»Warum?«, dringt es dünn über meine Lippen.

Was kann ich tun? Warten? Beten? Schlafen und nicht mehr aufwachen?

Die nächsten Tage werden meine letzten sein. Müsste ich dann nicht … keine Ahnung … mir die größten Wünsche erfüllen? Unerledigte Dinge zu Ende bringen? All das tun, was ich schon immer tun wollte?

Ich seufze und gehe langsam zurück zum Eingang des Krankenhauses. Neben der automatischen Schiebetür steht eine Bank unter einem Vordach. Wieso wundert es mich nicht, dort meine Tante sitzen zu sehen? Sie zündet sich einen Zigarillo an und bläst den Rauch langsam in die Luft.

»Du rauchst?« Ich setze mich neben sie. Es tut gut, von etwas anderem zu reden.

»Nur manchmal. Bei besonderen Anlässen. Oder bei nicht so erfreulichen.«

»Nett umschrieben. Darf ich mal probieren?« Eigentlich habe ich dazu wenig Lust, aber warum nicht? Wenn ich in die Kiste kippe, möchte ich nicht denken müssen, ich hätte noch so viel tun können. Einen Zigarillo rauchen, zum Beispiel. Oder unter freiem Himmel Sex haben. Oder so betrunken sein, dass ich mich an nichts mehr erinnern kann. Mit Delfinen schwimmen, einen Malkurs belegen, Singen lernen. Einen Mann von ganzem Herzen lieben und geliebt werden.

Ach Gott, es gibt noch so viel, was getan werden sollte.

Mabel hält mir den Zigarillo hin, ich ziehe dran, inhaliere – und habe den Hustenanfall meines Lebens. Das treibt mir paradoxerweise ein Lachen in die Kehle, Tränen in die Augen und meiner Tante ein Grinsen ins Gesicht.

»Uh, ist das eklig. Wie kann man nur rauchen?«

»Alles Gewohnheitssache.« Sie drückt das Teil in dem neben der Bank stehenden Aschenbecher aus und legt den Arm um mich. »Wäre das hier eine normale Situation, würde ich dir sagen, dass du dich erkälten wirst, wenn du hier draußen ohne Mantel stehst«, sagt sie mit warmer Stimme.

»Wäre das hier eine normale Situation, wäre ich nicht im Krankenhaus. Schade, dabei gefällt mir Hope Valley eigentlich ganz gut.«

»Tatsächlich? Du bist das erste Familienmitglied, dem unser Dorf gefällt. Wenn ich es nicht besser wüsste, würde ich sagen, du bist nicht ganz freiwillig hierhergekommen.«

Ich zucke mit den Schultern. »Es gibt ein Streichholz-Ritual.«

Meine Tante nickt. »So etwas in der Art habe ich mir schon gedacht.«

»Du wirkst nicht sehr überrascht.«

»Mich kann nicht mehr viel im Leben überraschen, Liebes.«

»Du redest, als wärst du uralt. Bist du aber nicht.«

Tante Mabel drückt mir einen herzlichen Kuss auf die Wange. »Danke für das Kompliment. Ich meinte nicht das Alter, denn man ist immer so alt, wie man sich fühlt.«

Ich lächle. Die Plauderei lenkt mich ab, zu meiner Überraschung sogar erfolgreich. Es hilft ja nichts, in Trübsinn zu verfallen und mit einem Schicksal zu hadern, das unausweichlich ist. Vielleicht. Vorausgesetzt, es wird kein Gegenmittel gefunden.

Noch während ich darüber nachdenke, merke ich, wie

sehr dieser letzte Gedanke mich belastet. Hastig schüttele ich ihn ab.

»Womit hat es dann zu tun, wenn nicht mit dem Alter?«

»Mit Lebenserfahrung und Intuition. Mit dem Ego, das uns ins Erwarten bringt. Erwartung ist immer der Vorläufer von Enttäuschung. Aber ich muss auch zugeben, Lebenserfahrung bringt recht wenig, wenn man mit einer Situation konfrontiert ist, die so surreal ist wie aktuell unsere.«

»Das ist nicht sehr hilfreich.« Ich fühle, wie ich innerlich zusammensacke, und lehne meinen Kopf an Mabels Schulter.

»Intuition bringt da schon mehr, Eve.«

Ich hebe den Kopf. »Das musst du mir erklären.«

»Fühle in dich hinein. Intuition ist ein Geschenk. Und sie ist mächtig. Vielleicht sind wir uns in mehr Dingen ähnlich, als du glaubst.«

»Du sprichst in Rätseln.« Ich verstehe nur Bahnhof. Doch meine Tante lässt die Antwort offen, lächelt geheimnisvoll, steht auf und streckt mir die Hand hin.

»Wenn ich auch nur noch eine Minute hier sitzen muss, friere ich auf der Bank fest. Und du ebenfalls. Komm, gehen wir zurück zu deinen Eltern.«

Den ganzen restlichen Tag und auch nach dem Abendessen weicht mir meine Mutter kaum von der Seite. Sie trinkt sogar vom Whiskey. Und das will was heißen. Mom ist permanent in Habtachtstellung. Wahrscheinlich, um zuzupacken, sollte ich umkippen.

Rein gefühlstechnisch falle ich sozusagen tatsächlich. Nicht um, aber von einer Klippe. Jede Stunde, jede Minute stürze ich ein klein wenig mehr in den Abgrund der

Verzweiflung. Immer dann, wenn eine weitere Stunde vergeht und kein Anruf vom Krankenhaus kommt.

Kein Gegenmittel.

Und die Zeit rinnt.

Mein Vater gießt sich in regelmäßigen Abständen Whiskey nach. Irgendwann sind seine Augen so glasig, dass ich das Gefühl habe, er sieht durch mich hindurch.

Die ganze Situation wird unerträglich, doch ich lasse mir nichts anmerken. Je stärker ich bin, desto weniger leidet Mom.

Tante Mabel rettet mich aus diesem Zustand, zieht meine Mutter vorsichtig von mir und begleitet sie unter beruhigenden Worten hinauf ins Schlafzimmer. Ich höre leise Protestlaute, doch irgendwann ist es still.

Dad wirft mir einen traurigen Blick zu und streicht mir sanft über den Kopf. »Ich gehe auch ins Bett. Schlaf fein und … träum etwas Schönes, mein Herzblatt.«

Ich bleibe allein am Esstisch sitzen. Vor mir Teller mit Essensresten, zerknüllte Servietten, schmutziges Besteck, Teetassen, Gläser. Niemand hatte heute Appetit, obwohl meine Tante sich beim *Steak and Ale Pie*, einer britischen Filetsteakpastete, solche Mühe gegeben hat.

Der Pie blieb fast unangetastet, dafür ist Tante Mabels Whiskeyflasche bis auf eine Pfütze am Boden leer. Und ich habe bis jetzt keinen Tropfen davon getrunken.

Normalerweise trinke ich nicht, schon gar nicht harte Sachen, aber wann, wenn nicht jetzt, ist der Zeitpunkt, einfach zu tun und zu lassen, was mir gefällt?

Ich zucke mit den Schultern, greife zur Flasche und setze sie an meine Lippen. Der letzte Schluck muss ja nicht zwingend den Umweg über ein Glas nehmen.

»Stopp! Trink das nicht!«, zischt meine Tante, ist mit zwei langen Schritten bei mir und nimmt mir sanft die Flasche aus der Hand.

»Wieso nicht?«, frage ich irritiert.

»Da ist was zur Beruhigung drin.«

»Ernsthaft?« Ich hebe die Augenbrauen. »Du hast doch nicht etwa Medikamente mit Alkohol gemischt und sie meinem Vater untergejubelt?«

Sie verdreht die Augen und stellt die Flasche in den Schrank. Mit einer anderen sowie zwei bauchigen Gläsern kommt sie zurück.

»*Das* ist die richtige Flasche. Von der haben wir beide gestern Nacht getrunken. Und nein, ich habe niemandem Medikamente untergejubelt. Ich habe etwas von einer Kräutertinktur in den Whiskey gegeben. Absolut ungefährlich, wurde mir gesagt. Eine Mischung aus Kamille, Johanniskraut und ein paar anderen Kräutern. Welche, weiß ich nicht genau, ich habe die Tinktur nicht hergestellt.«

»Klingt abgefahren. Und das wirkt?« Etwas zweifelnd schenke ich mir und meiner Tante je zwei Daumenbreit Whisky ein.

»Sie schlafen wie die Babys.« Mabel zwinkert amüsiert.

»Na dann …« Wir nehmen schweigend einen Schluck vom Whiskey. »Und was hast du da druntergemischt?«

»Sonnenschein«, antwortet meine Tante, als könnte ich mit dieser Antwort etwas anfangen.

»Sonnenschein … Ist klar.«

»Es gibt Kräuter und Gewürze, die von innen wärmen. Zimt beispielsweise. Oder Kurkuma. Chili, Nelken …«

»Chili? Deswegen die Schärfe«, murmele ich und schwenke den Whiskeytumbler. Die goldgelbe Flüssigkeit darin hinterlässt zarte Schlieren an der Innenseite des Glases.

»Gut möglich.«

Ich nehme einen weiteren Schluck. »Du wirkst ziemlich ruhig. In Anbetracht der dramatischen Lage bewundernswert. Wie machst du das, Tante Mabel?«

Sie zuckt mit den Schultern. »Genauso wie du, Kindchen. Du wirkst auch relativ entspannt. Ich habe noch keine einzige Träne gesehen.«

»Ja, wundert mich auch. Ich warte darauf.«

»Worauf?«

»Dass die harte Realität zu mir durchdringt. Ich denke, das ist noch nicht passiert. Es ist alles so …« Ich breche ab und suche nach Worten. Es gibt jedoch keine, um meine Situation zu beschreiben.

»Was sagt deine Intuition?«, will sie wissen.

»Die ist im Tiefschlaf.«

»Das gibt es nicht, Liebes. Fühl in dich hinein. Was ist es, was du willst? Was ist es, was dich glücklich machen und erfüllen würde? Was könnte dir jetzt im Moment helfen?«

»Ich will leben, Tante Mabel. Das will ich. Leben, verdammt!«

»Das Labor arbeitet rund um die Uhr, mein Herz«, sagt sie, ich lache kurz und verzweifelt auf und nehme einen großen Schluck aus dem Glas. Und schenke nach. Die Lage ist definitiv besäufniserregend.

Meine Tante zündet sich einen Zigarillo an, pustet den Rauch zur Decke und sieht mich ernst an. »Sie suchen im Labor nach einem Antidot – so hat der Arzt das Gegenmittel genannt. Das Gift wird genau analysiert, jeder Bestandteil untersucht und extrahiert. Sie informieren uns vermutlich nicht über Erfolg oder Misserfolg der einzelnen Schritte. Wir hoffen, sie finden, was du brauchst.«

»Und hoffentlich rechtzeitig«, erwidere ich sarkastisch,

Der Blick meiner Tante alarmiert mich plötzlich. Sie reibt ihr Glas, als wäre es Aladins Wunderlampe, und starrt dabei ins Leere, als versuche sie, Einsteins Relativitätstheorie zu widerlegen. »Tante Mabel? Du verschweigst mir was.«

»Ja, in der Tat. Sollten sie rechtzeitig ein Gegenmittel finden, wird die Sache nicht gerade billig. Deine Eltern haben nicht gezögert und die Einwilligung zur Herstellung unterzeichnet.«

»Wie viel?«, frage ich mit belegter Stimme.

»Anderthalb Millionen Pfund. 1,6 Millionen, um genau zu sein. Der Staat übernimmt die Hälfte. Für so etwas stehen wohl einige Forschungsgelder bereit.«

Meine Frage, wie sie das Geld aufbringen wollen, ist schnell beantwortet.

»Sie nehmen eine Hypothek aufs Haus auf.«

Ich bin so baff, dass ich nichts sagen und meine Tante nur dumpf anstarren kann. Das Haus kann diese Summe nicht abdecken. Nicht mal im Ansatz!

»Aber …«

»Sie haben eine weitere auf das Haus deines Bruders aufgenommen. Der Rest …«

»Ich habe mir zu viel Zeit gelassen!«, gebe ich ungefiltert meine Gedanken wieder. »Ich hätte nicht so wählerisch sein dürfen! Dann wäre ich jetzt schon verheiratet, hätte ein Haus und könnte dieses …«

»Du redest wirres Zeug«, unterbricht sie mich lachend.

»Tue ich nicht! Andere Frauen schaffen es doch auch, in wohlhabende Familien einzuheiraten. Nur ich …«

»Eve …« Sie legt ihre Hand auf meine. »Geheiratet wird aus Liebe. Alles andere führt ins Unglück. Und wegen des Geldes mach dir bitte keine Sorgen. Wir schaffen das schon. Oh, ich habe eine Idee!« Plötzlich springt sie auf und läuft in der Wohnküche hin und her wie ein eingesperrtes Tier, dann bleibt sie stehen, strahlt über das ganze Gesicht und hebt den Zigarillo wie einen Dirigierstab vor sich. »Genau! Wir starten eine Spendenaktion! Ich kenne so viele Menschen hier. In London sind deine Eltern und Geschwister gut vernetzt. Wir packen das, okay?« Sie umschlingt mich von hinten und drückt mir einen Kuss auf den Scheitel. »Mach dir um das Geld keine Gedanken. Fokussiere dich lieber auf dich.«

»Auf mich? Wieso? Was soll das bringen?«

»Du bist alles, was du in der Hand hast, Eve. Wir wissen nicht, ob das Gegengift rechtzeitig zur Verfügung steht. Ja, das ist hart, aber so ist es nun mal. Die Augen davor zu verschließen, wäre genauso falsch, wie sich einzuigeln. Das einzige Wichtige ist die Zeit, die du hast. Verbringe sie mit vielen schönen Momenten.«

»Mir bleiben vielleicht nur wenige Tage, Tante Mabel. Tage! Ich fühle mich so … gelähmt.«

»Das empfindest du nur, weil du daran *glaubst*. Gib diesem negativen Punkt, dieser Zeitangabe keine Energie. Weißt du, die meisten Menschen wissen nicht, wann sie sterben werden und wann der Zeitpunkt ist, an dem sie nur noch wenige Tage oder Stunden haben. Wenn die Uhr abgelaufen ist, ist sie abgelaufen. Daher sollten wir immer das Beste aus allem machen. Deshalb sollst du tun, was dich glücklich macht. Oder willst du aus Angst vor dem Tod aufhören zu leben?«

»Nein«, sage ich kopfschüttelnd. »Aber was kann ich schon tun in der wenigen Zeit, die mir noch bleibt?«

»Denke positiv. Glaube daran, dass alles gut wird. Und dann kannst du alles tun, Eve. Alles, was dich glücklich macht.«

EIN SCHÖNER GEDANKE

Eve

Das Telefon klingelt.

»Wer kann das sein? Ich geh mal ran. Ein Wunder, dass überhaupt jemand durchkommt.« Tante Mabel entschuldigt sich und geht in den Flur. Mom und Dad nicken abwesend.

Wir sitzen am Tisch in der Küche, und sie beißen schweigend vom Toast ab, kauen und starren ins Leere. Sie haben keinen Appetit, sie nehmen Nahrung auf, um nicht zusammenzubrechen. Es tut weh, sie so niedergeschlagen und mutlos zu sehen. Sie sind nur noch ein Schatten ihrer selbst.

Und ich? Ich versuche, die Starke zu spielen. Das ist schwer. Sehr schwer. Es fühlt sich an wie ein langsames Ersticken. Diese Situation ist unerträglich, und ich weiß nicht mehr, wie ich damit umgehen soll.

Meine Tante dagegen verhält sich, als wäre nichts, und will uns alle aufmuntern, uns Mut und Hoffnung geben. Sie versucht, Spenden aufzutreiben, erzählt lustige Dorfgeschichten und bemüht sich, so etwas wie Normalität in den Alltag zu bringen. Ich bewundere sie dafür. Sie ist ein starker und gleichzeitig sehr sanfter und einfühlsamer Mensch.

»Stellt euch vor, eben hat das Mietwagenunternehmen angerufen«, sagt Tante Mabel, als sie sich zurück an den Tisch setzt. »Sie fragen, ob du einen neuen Mietwagen willst, Eve. Glaube ich zumindest. Die Telefonleitung scheint mal wieder etwas beleidigt zu sein«, sagt sie fröhlich. »Der Bodenfrost … Tja, so ist das bei uns. Man weiß nie, ob …«

»Dann hol dir endlich ein Handy«, murrt meine Mutter.

»Zeit meines Lebens habe ich ohne so ein Ding gelebt, Lilly. Außerdem haben wir hier ohnedies so gut wie nie Empfang.«

»Du sollst sie nicht Lilly nennen«, erwidert mein Vater wie angestupst. So, als müsse er auf diese Weise reagieren, sobald das Wort *Lilly* fällt.

Meine Tante rollt mit den Augen und wendet sich mir zu. »Vor Jahren gab es eine Abstimmung wegen so einem … Dings … Handymast. Über sechzig Prozent haben dagegen gestimmt.«

»Du lebst in der Steinzeit, was will man erwarten?«, murmelt Mom.

»Mom!«, entgegne ich scharf.

»Ist doch wahr.« Sie winkt ab. »Ich bin müde, ich lege mich hin«, antwortet sie, steht auf und schlurft mit hängenden Schultern aus dem Raum. Mein Vater folgt ihr wie an Fäden gezogen.

Ich springe auf, hole Mom mit langen Schritten ein und nehme sie in den Arm. »Es wird alles gut. Du wirst sehen.«

»Ja, vielleicht.« Sie legt eine Hand an meine Wange. In ihren Augen stehen Tränen. Das bricht mir fast das Herz.

Bevor ich auch noch beginne zu weinen, drücke ich ihr und meinem Dad einen dicken Kuss auf die Wange und lege ein strahlendes Lächeln auf. »Nicht vielleicht, ganz sicher. Denkt positiv, sonst manifestiert ihr das Negative.«

»So ein esoterischer Quatsch. Den hast du von deiner Tante. Aber … wenn es dir hilft, versuche ich es, Kind«, sagt Mom und schleicht bei Dad untergehakt die Treppe hoch.

Ich atme einmal tief durch, schlucke die Tränen hinunter, die sich einen Weg in meine Unterlider bahnen wollen, und gehe zurück in die Küche.

»Also … willst du einen Ersatzwagen, Eve?«

»Für was? Das macht doch keinen Sinn«, sage ich leise und setze mich.

»Wenn du meinst. Wir können dir ja einen Airportshuttle für die Heimreise organisieren.«

Ich werfe meiner Tante einen langen Blick zu. Think positive. Genau. Sie lebt das, was ich eben noch gesagt habe. Wenn ich nach Hause fliege. Ein schöner Gedanke.

»Und? Was hast du heute vor?« Mabel plaudert, als wäre ein stinknormaler Dienstag und nicht einer der Tage, an denen ich spontan versterben könnte.

»Nichts, schätze ich.«

»Oh? Nichts ist herzlich wenig und absolut keine Option, wenn du mich fragst. Hast du über unser Gespräch gestern nachgedacht?«

»Irgendwie schon.«

»Und? Sag mir, was ist es, was du dir vom Leben wünschst? Was sind deine Zielvorstellungen? Deine Träume?« Wie rücksichtsvoll. Sie redet, als läge eine lange Zukunft vor mir.

»Ziele … Irgendwie wollte ich immer erfolgreich sein. In meinem Job wird man wahrscheinlich nicht reich, aber diese Tätigkeit macht mir Spaß. Ein Traum wäre ein eigener Friseursalon, den ich so führen kann, wie ich es will, nicht wie mein Chef mir vorschreibt. Tja … Davon bin ich so weit entfernt wie die Erde vom Mond.« ›Oder wie die Erde von einer anderen Galaxie‹, füge ich gedanklich hinzu. Immerhin könnte ich bald sterben. »Tante? Lassen wir das, bitte? Dieses Gespräch deprimiert mich.«

»Nein, wir machen weiter. Und weißt du warum? Weil *du*, meine Liebe, mir nämlich gerade recht kommst.« So ein bisschen durchgeknallt ist sie schon, ja, aber das lenkt mich auch ab.

Sie springt auf, holt ein großes Tischtuch aus einem schulterhohen Schrank, setzt sich neben mich und bindet sich das Tuch um den Hals.

»Was wird das?«, frage ich irritiert.

»Du bist Hairstylistin − sagt man das so? − und ich brauche einen frischen Look. Veränderung tut gut. Neue Dinge ausprobieren. Einfach so. Der Blick in den Spiegel soll Spaß machen. Ach, was würde ich lachen müssen, wenn ich mich morgens mit grünen Haaren sehen würde.«

»Grün …« Meine Tante hat eine Vollklatsche. Aber eine sehr erfrischende, muss ich zugeben.

»Zum Beispiel.« Sie deutet auf eine untere Schublade in der Küchenzeile. »Da drin warten ein paar Farben auf ihren Einsatz. Sie waren im Angebot, ich habe zugegriffen. Schwarz, Straßenköterblond, Erdbeerrot, Brünett und Pink. Hey! Was wäre, wenn du mir so eine freche Kurzhaarfrisur machst, wie Helen Mirren sie mal hatte? Würde mir das stehen?«

»Wer ist Helen Mirren?«

»Eine begnadete Schauspielerin, die …«

»Ich dachte, du siehst nicht fern?«

Mabel zieht die Brauen hoch und lacht. »Es gibt Kinos und Zeitschriften, Liebes. Warte …« Wieder springt sie auf wie ein Kind, das der Mutter unbedingt seine neuen Zeichnungen zeigen möchte, und kommt kurz darauf mit einer Frauenzeitschrift zurück. Sie legt das aufgeklappte Heft vor mich und tippt mit dem Finger auf ein Foto einer Frau, die ungefähr so alt sein könnte wie meine Tante. »Hier. Das ist sie. So eine Frisur möchte ich. Also, was ist?« Sie zieht sich die Klammer aus den Haaren, plumpst auf den Stuhl und strahlt mich an. »Kurz und rosa, bitte.«

Ich schnappe nach Luft. »Rosa? Dein Ernst?«

»Mein voller! Komm, tob dich aus. Du bist eine begnadete Friseurin, da bin ich mir ganz sicher.«

»Hm …« Ich lege den Kopf schief. »Du siehst tatsächlich ein bisschen aus wie diese Schauspielerin. Die Nase, die Wangenknochen, das verschmitzte Grinsen …«

»Was für ein schönes Kompliment! Danke.«

»Na dann … Dein Wunsch sei mir Befehl.«

Die folgenden zwei Stunden bin ich damit beschäftigt, Haare zu schneiden, zu bleichen und zu färben, Augenbrauen zu zupfen und mich zu wundern, wie grandios die neue Farbe meiner Tante zu Gesicht steht. Mehr noch: Die Tätigkeit fühlt sich herrlich normal an. Als wäre ich einfach nur Eve, die ihren Job macht, abends nach Hause geht, ein paar Süßigkeiten nascht und sich dann in ihrer verwaschenen Jogginghose und ihrem übergroßen Hoodie auf die Couch legt.

Leider wird dieses Gefühl nicht lange anhalten, die Realität mich allzu schnell wieder einholen.

Ich brauche Frischluft, wärmende Sonne auf dem Gesicht und Schnee unter den Schuhen. Ich will meine Lungen mit eisiger Luft füllen. So spüre ich, dass ich noch lebe.

In Tante Mabels dicken Daunenmantel gehüllt und die Füße in kuschlig warmen gefütterten Boots strebe ich Richtung Wald. Hinter dem Haus gibt es einen schmalen Pfad, der direkt zu ihm führt.

Folge den Markierungen, hat sie gesagt, und du wirst nach einer langen Runde am Dorfplatz ankommen.

Fein, dort wollte ich sowieso hin. Bevor ich es nicht mehr kann …

Fröstelnd ziehe ich den Schal hoch, blicke lächelnd

nach oben und blinzele gegen die Sonne. Sanfter Wind fängt sich in den Wipfeln der schneebedeckten Tannen und pustet direkt über mir ein paar dicke, glitzernde Flocken von den Nadeln. Schimmernder Schneeregen umgibt mich und ich hebe die Arme und lache auf.

Für einen Moment sind alle Sorgen und Ängste wie weggeblasen. Ich drehe mich im Kreis und spüre, wie kalte Schneeflocken meine Nase kitzeln.

Plötzlich verdeckt eine Wolke die Sonne, und der Moment ist so schnell vorbei, wie er gekommen ist.

Mit einem verzauberten Lächeln auf den Lippen genieße ich den Waldspaziergang. Der Schnee knirscht unter meinen Stiefeln und irgendwo aus der Ferne höre ich einen Vogel. Sonst ist es wunderbar still. Nur der Wald und ich.

Plötzlich reißt mich ein Geräusch abrupt aus meiner winterlichen Waldmärchenwelt. Als wäre irgendwo eine Tür knarrend ins Schloss gefallen. Auf dem Absatz drehe ich mich um.

Stille. Nichts tut sich mehr. Doch … Was ist das?

Zwischen den Tannen und Büschen ist deutlich ein orangefarbenes Flimmern erkennbar. Ein Feuer? Nein. Das würde ich hören und riechen, oder? Meine Neugier ist geweckt. Ohne groß zu überlegen, verlasse ich den Weg, stapfe durch den stellenweise kniehohen Schnee und folge dem Licht.

Mein Herz klopft. Das hier ist ein kleines Abenteuer. Was kann schon passieren?

Nach ein paar Minuten taucht auf einer Lichtung ein Holzhäuschen auf. Rauch steigt aus dem Schornstein. Wer lebt denn mitten im Wald?

Fasziniert gehe ich darauf zu und sehe das Licht. Es stammt von einer Kerze hinter einem der winzigen Fenster. Ich hebe den Arm und fahre mit dem Finger sanft über ein paar Eisblumen an der Fensterscheibe. Wann habe ich so etwas zuletzt gesehen? Ich glaube, in der Realität noch nie.

»Wie wundervoll«, flüstere ich und fühle mich vom Schimmer der Kerze magisch angezogen.

»Danke, das finde ich auch.«

Huch? Ertappt zucke ich zusammen und fahre herum.

Hinter mir steht eine kleine, rundliche Frau mit dichtem, weißem Haar. Ein langer, unterarmdicker, geflochtener Zopf hängt ihr rechts über der Schulter. Sie trägt eine rostrote Strickjacke und um ihren Hals ist ein dicker Wollschal in derselben Farbe gewickelt. Das Besondere an ihr sind jedoch ihre Augen. Sie strahlen eine enorme Lebenslust aus, vielleicht auch durch die unzähligen Lachfältchen. Ich kann gar nicht anders, als sie anzulächeln.

»Entschuldigung! Ich wollte Sie nicht stören, aber ich habe das Licht gesehen und …«

»Ach, du störst nicht. Ich habe gerade mein Pony gefüttert. Jetzt freue ich mich auf einen heißen Tee. Er ist bereits aufgesetzt. Möchtest du mir Gesellschaft leisten? Ich bekomme so wenig Besuch.«

»Ähm, ja, warum nicht …?«

»Schön, schön. Das freut mich. Komm rein. Mein Name ist übrigens Olivia.«

»Hallo, Olivia, ich heiße Eve.«

»Schöner Name. Eve.«

Ich folge ihr in die Hütte und bin überrascht, wie gemütlich und wohlig warm es hier drinnen ist. Es gibt keinen Flur, wir stehen direkt im Wohnzimmer. An der einen Seite ist eine Küche integriert. Neben dem Herd ist bis zur Decke hoch Holz geschichtet. Ich sehe zwei schmale Holztüren, die, wie ich annehme, ins Schlafzimmer und ins Bad führen. Überall stehen Kerzen. Wie hübsch. Auf dem kleinen Holztisch neben dem Eisblumen-Fenster leuchten zwei Petroleumlampen.

»Hu, es ist eisig heute, nicht wahr?«, sagt sie, schlüpft

aus den Stiefeln und hinein in ein paar Puschen, zieht ihre Strickjacke und den Schal aus und hängt beides an die Garderobe neben der Tür. Sie trägt eine Kittelschürze, darunter Jeans und einen Rollkragenpulli, der selbst gestrickt und gemütlich aussieht. Kuschelig. Wie alles hier in diesem Raum. Die Kerzen, der angenehme Duft nach Kräutern, Zimt und Lebkuchen, das Knistern der Scheite im offenen Kamin.

Das Feuer verbreitet eine herrlich wohlige Wärme. In einer Ecke zwischen zwei Fenstern steht ein nicht sehr gleichmäßig und dürr gewachsener Weihnachtsbaum. Er ist nicht besonders hoch, gerade mal bis zu den Schultern geht er mir. An seinen Ästen hängen winzige, dunkelrote Äpfel und unzählige selbst gebastelte Strohsterne. Auf der krummen, nach rechts geneigten Spitze steckt ein goldfarbener Stern. Zu meiner Überraschung ist der Baum mit echten Kerzen beleuchtet. Wer macht das denn heute noch? Hat sie keine Angst, dass ihr die Hütte abfackeln könnte? Offenbar nicht, sonst würde sie es ja nicht tun.

Erst als Olivia mich amüsiert ansieht, merke ich, dass ich in voller Montur dastehe und glotze. Schnell ziehe ich den Mantel aus und hänge ihn an einen der massiven Haken.

»Bitte auch die Schuhe ausziehen und in die Schale neben der Tür stellen.« Sie deutet auf ein weiteres Paar knöchelhoher Hausschuhe aus grauem Filz. »Die halten deine Füße warm«, sagt sie und geht zum großen Holztisch in der Mitte des riesigen Raumes. Darauf steht eine porzellanene Teekanne auf einem Stövchen, daneben eine bauchige Tasse. »Ich hole noch eine Tasse für dich. Magst du den Tee süß?«

»Danke, ja. Hätten Sie etwas Milch dazu?« Die Hausschuhe passen wie angegossen.

»Ach, wenn die jungen Leute *Sie* zu einem sagen, wird einem bewusst, wie uralt man schon ist. Wegen der Milch

… Leider nein. Ich habe keine Ziege und bin schon eine Weile nicht mehr im Dorf zum Einkaufen gewesen.«

Keine Ziege?

Gut, sie legt offensichtlich Wert darauf, ohne den Segen der Zivilisation zu leben. Ob es hier überhaupt eine Klospülung gibt?

Verwundert sehe ich mich genauer um. Elektrisches Licht ist nirgends zu entdecken. Keine Steckdosen, keine Heizkörper. Und das Teewasser hat sie anscheinend auf dem antiken, mit Brennholz befeuerten Herd erwärmt. Mit seinen vielen Schubläden und der umlaufenden Stange, an der Handtücher zum Trocknen hängen, wirkt er, als würde er aus einem Museum stammen.

Wie kann man so leben? Aber gut, ich muss zugeben, es ist ziemlich gemütlich.

»Hier kann man sich nicht auf den Strom verlassen. Außerdem ist Kerzenlicht freundlich und warm«, sagt sie, als hätte sie meine Blicke bemerkt. Ist aber nicht möglich, weil sie mit dem Rücken zu mir steht.

»Ähm, ja. Da haben Sie … Da hast du wohl recht.«

»Du magst Kräutertee? Die Kräuter dazu sind aus meinem Garten.« Sie dreht sich um und deutet mit dem Kinn zu einem deckenhohen Holzregal, das über und über mit Einmachgläsern und kleinen Fläschchen zugestellt ist. Sträuße aus getrockneten Blumen und anderen Gewächsen, die ich nicht zuordnen kann, hängen an den Seiten.

»Cool«, sage ich, weil mir nichts Besseres einfällt.

»Ihr jungen Leute habt eine komische Sprache. Ich finde es nicht kalt hier drinnen. Im Gegenteil. Du etwa?«

»Was? Ah.« Es dauert einen Moment, bis bei mir der Groschen fällt. »Cool … Das ist nur so ein moderner Begriff der Jugendsprache.«

»Und der bedeutet was genau?« Olivia schenkt uns Tee ein und ich strecke die Füße unter dem massiven Holztisch aus.

»So was wie: Gefällt mir, klasse, toll, super.«

»Aha, interessant. Und das beschreibt man mit einem Wort, das Kälte in sich trägt.«

»Wenn ich so darüber nachdenke … stimmt. Ziemlich unpassend.« Besser, ich erspare mir, ihr zu erklären, dass das Wort auch für Lässigkeit, Besonnenheit oder Distanziertheit steht, und switche auf ein anderes Thema. Ich deute auf den Weihnachtsbaum. »Der Baum ist schön.«

Bisschen kümmerlich vielleicht, aber gerade deswegen besonders. Er transportiert durch seine Bescheidenheit das Ursprüngliche des Festes mehr als ein pompös geschmückter Baum.

»Danke. Habe ich selbst ausgegraben und in den Topf gesetzt. Ist es nicht eine entsetzliche Tradition, Bäumen beim Sterben zuzusehen? Hinter meiner Hütte habe ich einen kleinen Garten angelegt. Nach Weihnachten finde ich dort einen hübschen Platz für ihn.«

»Das ist eine tolle Idee.«

»Finde ich auch.« Olivia nickt zufrieden und geht zurück zum Herd. Obwohl sie klein, alt und rundlich ist, bewegt sie sich leichtfüßig durch den Raum und wirkt energiegeladen bis unter die Haarspitzen. Ihre Wangen sind rosa und ihre Augen funkeln neugierig. Sie wirkt herzlich und sympathisch und ich habe sie jetzt schon in mein Herz geschlossen.

So schnell geht das bei mir normalerweise nicht. Aber vielleicht ist das so, wenn man nicht mehr lange zu leben hat.

Schluss mit Negativem, verdammt!

»Olivia, es ist sehr gemütlich bei dir. Vielen Dank für den Tee. Er schmeckt köstlich.«

»Keine Ursache, Eve. Gut, dass er dir mundet. Du wirst ihn brauchen.«

»Für den Rückweg?«

»Hm? Ja, natürlich. Für den Rückweg.«

Mir ist, als könne sie bis auf den Grund meines Herzens blicken. Ihr sanftes Lächeln geht mir durch und durch. Auf eine angenehme Art und Weise gibt sie mir das Gefühl von Geborgenheit.

In Olivias Augen glimmt eine große Weisheit, wie ich sie bei noch niemandem gesehen habe. Spontan habe ich das Bedürfnis, ihr mein Herz auszuschütten. Lasse es jedoch sein. Die Realität würde den wohligen Zauber vertreiben, der mich gerade umarmt.

Stattdessen plaudern wir eine gefühlte Ewigkeit. Ich erzähle von London und meinem Beruf. Sie redet über ihr Pony Rambler, den Kräutergarten hinter dem Haus, über das Dorf. Olivia hat viel zu erzählen, und ich kann nicht anders, als ihr gebannt zuzuhören. Sie besitzt die Fähigkeit, Menschen und Begebenheiten so lebhaft mit Worten zu zeichnen, als wäre das Geschichtenerzählen ihre Berufung.

Nach der vierten Tasse Tee muss ich mich allmählich – und äußerst ungern – auf den Rückweg machen, will ich noch im Dorf ein paar Geschäfte abklappern. Ich verspreche Olivia, sie wieder besuchen zu kommen, wenn es meine Zeit erlaubt.

Die ich vielleicht nicht mehr habe. Aber muss ich der lieben alten Dame ja nicht auf die Nase binden.

Trotz ungewisser Zukunftsaussichten bin ich entspannt und frohgelaunt wie lange nicht mehr. Leichtfüßig gehe ich durch den Wald zurück. Ich muss nur meinen Fußspuren folgen, um zum Hauptweg zu finden. Leider hat es in der Zwischenzeit geschneit. Und es schneit weiter. Die Spuren verschwinden im Schnee. Und dann sehe ich sie gar nicht mehr.

Nach ein paar Minuten bin ich mir unsicher. Ob ich falsch abgebogen bin?

Zu allem Überfluss schneit es wieder.

Seit gut zehn Minuten stapfe ich zwischen Tannen und

Büschen hindurch. Bin ich vorhin so weit abseits vom Weg gelaufen?

»Das gibt es doch nicht«, murmle ich, bleibe stehen und drehe mich langsam um meine eigene Achse. Ob ich zurück zu Olivia gehen soll?

Ich blicke über die Schulter. Der Schnee fällt immer dichter. Vielleicht kann Olivia mir den Weg zeigen?

Entnervt von meinem tollen Orientierungssinn drehe ich wieder um, laufe los und bleibe nach ein paar Schritten stehen.

Von wo bin ich gekommen?

»Von dort«, mache ich mir selbst Mut. »Ganz sicher.« Olivias Haus liegt nur ein paar Minuten entfernt, so weit kann es also nicht mehr sein.

Was gäbe ich jetzt um den Schimmer der Kerze in Olivias Fenster.

»Meine Güte, das gibt es doch nicht!«, rufe ich laut und ziehe genervt mein Handy aus der Manteltasche.

Kein Empfang! War klar, oder?

Mit zitternden Fingern stecke ich das Handy wieder ein. Eisige Kälte kriecht mir die Beine hoch und ich schlinge die Arme fest um meinen Oberkörper.

Jetzt nur nicht die Nerven verlieren. Weitergehen ist besser als stehen bleiben.

Ohne zu wissen, welche Richtung ich einschlagen soll, laufe ich los, werde immer schneller, fühle mich wie gehetzt. Die eisige Luft schmerzt in meiner Kehle, Äste verfangen sich in meinen Haaren, doch das alles ist mir egal. Ich will nur noch zurück zu meiner Familie.

Mir schwindet die Kraft. Völlig außer Atem beuge ich mich vor und stütze die Hände auf den Knien ab. Atmen, ruhig werden. Mir gelingt weder das eine noch das andere. Mein Herz rast, meine Atmung ist abgehackt.

»Fängt es an?«, krächze ich atemlos und sinke in die Knie. »O Gott, es fängt an!«

Nicht jetzt! Nicht hier! Bitte nicht!

Ich lehne mich gegen einen Baum, schlage die Hände vors Gesicht und schluchze.

Langsam setzt die Dämmerung ein. Keine Sonne mehr, keine Wärme und keine Hoffnung. Ich schließe die Augen und spüre Tränen auf meinen Wangen. Doch ich wische sie nicht weg. Der Wald um mich herum ist beängstigend still. So still, dass ich meinen Atem höre, das Rauschen des Blutes in den Ohren, mein wild klopfendes Herz.

Ich schließe die Augen.

Und plötzlich spüre und höre ich gar nichts mehr.

WARUM SOLLTE ICH VERTRAUEN?

Adam

Die Dämmerung zwingt mich zur Eile.

Ich habe mehr Zeit im Dorf verbracht als geplant. Der Weg zurück wird beschwerlicher sein, die Einkäufe wiegen mehrere Pfund. Trotzdem würde ich mich nie wieder hinter ein Steuer setzen. Obwohl der Gedanke in diesem Moment sehr verlockend ist.

Ein Pfiff von mir und Penny dreht um. »Hier lang. Wir nehmen den kürzeren Weg durch den Wald.«

Lieber Himmel, ich rede mit meinem Hund wie mit einem Menschen. Früher hätte ich mich über solche Leute lustig gemacht und Haustiere generell als lästiges Übel empfunden.

Was bin ich doch für ein Scheißtyp gewesen.

Mitten im Wald schlägt Penny plötzlich an, bleibt stockstef stehen und fixiert einen Punkt im Dickicht.

»Penny, nicht jetzt. Ab nach Hause!«, befehle ich mürrisch und gehe weiter.

Doch sie hört nicht. Das ist ungewöhnlich.

Sie wendet mir den Kopf zu – und gleich wieder ab. Was auch immer da im Gebüsch ist, es muss sehr interessant sein. Hunde nehmen ja Gerüche wahr, die wir

Menschen nicht einmal erahnen können. Ich kann Penny förmlich ansehen, dass sie überlegt, auszubüxen.

Ist das nicht genau die Stelle, an der sie neulich losgelaufen ist und im Schnee gebuddelt hat?

»Penny, wehe! Ich schwöre dir, ich … Herrgott noch mal!«, stoße ich aus, als sie plötzlich in den Wald hineinrennt, lasse meine Einkäufe fallen und sprinte ihr nach.

»HIER! Sitz! Verdammt«, brülle ich unzusammenhängende Kommandos und setze einen schrillen Pfiff hinterher.

Zwecklos.

Ich stolpere fast über eine Wurzel und stoße wilde Flüche aus. Wenn ich falle und mich verletze, bringt das niemanden weiter. Meine Schritte verlangsamen sich, auch weil ich jetzt Pennys Ziel sehe. Irgendetwas an der hohen Kiefer hat es ihr angetan. Vielleicht ein verendetes Tier?

Endlich habe ich meine Hündin erreicht – und erstarre auf der Stelle.

FUCK!

An den Stamm des Baumes gelehnt, sitzt eine in sich zusammengesunkene Frau, die Arme fest um ihren Oberkörper geschlungen. Sie rührt sich nicht, scheint uns nicht zu bemerken.

Mit zwei langen Schritten bin ich bei ihr und gehe vor ihr in die Hocke.

»Miss? Hallo? Miss?«, frage ich leise. Doch sie hört mich nicht, hat die Augen geschlossen.

Penny stupst sie mit der Nase an und winselt. Aber sie wedelt auch. Das ist ein gutes Zeichen.

In aller Eile ziehe ich die Handschuhe aus, lege meine Hand an die Wange der Frau. Kalt. Ich taste nach dem Puls am Hals. Dort fühlt sie sich wärmer an. Sie lebt.

Gott sei Dank.

Vielleicht hat sie sich verlaufen und ist kraftlos vor

Kälte gewesen? Manchmal wird man müde, setzt sich. Und merkt nicht, dass man erfriert.

Meine Hündin scheint außerordentlich erfreut zu sein und leckt der Frau das Gesicht ab.

»Hey, Penny, nicht so heftig. Du machst sie ja ganz nass.« Ich ziehe sie weg – und bin überrascht, als die eben noch Bewusstlose plötzlich ihre Augen öffnet.

»Bin ich tot?«, flüstert sie mit flatterndem Blick.

»Nein, du lebst noch. Zum Glück. Kannst du dich bewegen?«

»Weiß nicht, glaub schon. Mir ist so kalt. Ja, es geht. Hätte ich nicht erwartet. Wow!«

»Wow?«, wiederhole ich irritiert, weil mir sonst nichts anderes einfällt. Ich stehe auf und sie lässt sich von mir hochziehen.

Ein Danke murmelnd sieht sie an sich hinunter, tastet sich ab, kneift sich in die Wange.

»Ich lebe tatsächlich noch.«

»Ähm … Hast du etwas anderes erwartet? Oder erhofft?«, frage ich vorsichtig. Es kann ja auch sein, dass sie sich absichtlich in solch eine Lage begeben und irgendwas eingenommen hat. Ihr Verhalten ist ungewöhnlich.

Sie blickt mich erschrocken an. »Was? Nein! Wieso sollte ich? Ich habe mich verlaufen. Dann habe ich Panik bekommen, weil mein … Ach, ist egal. Ich lebe noch! Das ist … toll! Danke, dass du mich gefunden hast.«

»Das hast du diesem Hund zu verdanken.« Ich deute auf Penny, die hechelnd im Schnee sitzt und aussieht, als würde sie lachen.

»Oh, der ist ja süß!«

»Er ist eine sie und heißt Penny. Ich bin übrigens Adam.«

»Hallo, Adam, hallo, Penny«, sagt sie, geht in die Knie und streicht Penny über den Kopf. »Dann bist du wohl meine Retterin, hm? Danke.«

»Ja. Der Baum hier hat es ihr irgendwie angetan …«, sage ich und blicke nachdenklich auf die alte Kiefer.

Eve richtet sich wieder auf und schlingt die Arme erneut um ihren Körper. »Ich muss ins Dorf. Kannst du mir den Weg zeigen?«

»Ja, klar.« Ich zeige mit dem Daumen hinter mich. »Da runter, ein paar Minuten auf dem Weg links entlang, dann gelangst du zu einer Landstraße.«

Eve blickt sich unsicher um. »Die Landstraße, die man nimmt, wenn man vom Flughafen Manchester aus nach Hope Valley fährt?«

»Nein. Eine andere. Komm.« Gemeinsam stapfen wir zum Weg.

»Gut. Mit der habe ich nämlich keine guten Erfahrungen gemacht.«

Eve geht neben mir und ich werfe ihr einen Seitenblick zu. Sie ist sehr hübsch, hat dunkles, lockiges Haar und interessante, grüne Augen. Habe ich sie schon mal irgendwo gesehen? Nein, ich glaube nicht. Aber über Frauen will ich nicht nachdenken. Auch nicht, was mit ihnen unweigerlich verbunden ist und ich seit dem Unfall nicht mehr getan habe. Dieses Kapitel gehört zu einem anderen Leben. Wie so vieles.

»Was meinst du, keine guten Erfahrungen?«, frage ich, ihre kryptischen Worte aufnehmend.

»Lange Geschichte. Führt der Weg zum Dorfplatz? «

»Nicht direkt. Musst du mitten rein? Der Ort ist etwa eine halbe Stunde zu Fuß entfernt. Wo wohnst du denn?«

»Am Rande von Hope Valley. Bei Tante Mabel. Mabel Middleton. Kennt ihr euch?«

»Ich habe von ihr gehört«, weiche ich aus. »Du frierst. Wir müssen dich möglichst schnell ins Warme bringen. Ich … ich würde dich gerne fahren, aber ich besitze leider kein Auto.«

»Kein Auto«, sagt Eve mit zitternden Lippen und schüttelt energisch den Kopf. »Das macht wohl Schule.«

»Auch schlechte Erfahrungen?«, rutscht es mir unbeabsichtigt heraus. Sofort verkrampfe ich mich innerlich, hoffe, sie fragt nicht zurück.

»Ja«, antwortet sie kurz angebunden.

»Okay. Nun, ich wohne nicht weit von hier entfernt. Wir sind schneller bei mir als in Hope Valley.«

Bin ich irre, einen Menschen zu mir einzuladen? Das habe ich vermieden, seit ich in diesem Kaff wohne. Und jetzt will ich eine attraktive Frau mit zu mir nehmen. Allerdings aus dem Bedürfnis heraus, zu helfen. Sonst nichts. Sie muss zügig raus aus den nassen Klamotten.

Zwischen Eves Augenbrauen bildet sich eine steile Falte. »Mit fremden Männern habe ich ebenfalls negative Erfahrungen.«

»Der Mantel ist nass und die Stiefel sehen auch nicht mehr ganz trocken aus. Sind nicht wasserdicht. Du kannst dich kurz aufwärmen und deine Sachen am Kamin trocknen. Keine Sorge, ich bin netter, als ich aussehe. Frag Penny.«

»Ob sie mir Antwort gibt?« Eve lächelt Penny an und krault sie hinterm Ohr. Dann legt sie den Kopf leicht schief, sieht mich unverwandt an und nickt einmal kurz. »Einverstanden. Ich habe keinen Schimmer, warum ich dir vertraue, aber die süße Hündin würde nicht bei einem Vergewaltiger oder Serienmörder bleiben, nehme ich an. Und ängstlich sieht sie auch nicht aus. Eher so, als hättest nicht du sie, sondern sie dich im Griff.«

»Möglich.« Obwohl alles in mir schreit, ich solle ihr nicht weiter in die Augen sehen, ignoriere ich diese Stimme. Mit einer Zusage habe ich insgeheim nicht gerechnet. Jetzt habe ich den Salat. Das stellt mich vor neue Herausforderungen. »Okay, dann komm. Ist nicht mehr weit.«

Penny rennt los und ich stapfe hinterher.

Eve holt zu mir auf.

»Hey, nicht so schnell, ja? Ich brauche ja zwei Schritte für einen von dir. Danke, so ist es angenehmer. Ich bleibe aber nur so lange, bis Schuhe, Strümpfe und Jacke wieder kuschelig sind. Dann begleitest du mich zu Tante Mabels Haus.«

»Wenns sein muss.«

ABSURDES SCHICKSALSDING

Eve

Ich lebe noch.

Vor mir knistert ein behagliches Feuer und neben dem offenen Kamin hängen mein Mantel, der Pulli und auch die Jeans, die bis zu den Knien hoch feucht ist, an einem Kleiderständer zum Trocknen. Dicht vor dem Feuer stehen die Stiefel auf einer Matte. Und ich stecke in einem superweichen, angenehm duftenden XXL-Flanellhemd. Es ist mir viel zu groß, genauso wie Adams dicke Wollsocken.

Ich kuschele mich mit angezogenen Knien in den uralten und bequemen Ledersessel, genieße die Wärme und puste sacht in die dunkelrote, mit weihnachtlichen Ornamenten verzierte Tasse zwischen meinen Händen. Tee mit Rum. Genau das Richtige zum Aufwärmen. Zu meinen Füßen zuckt die zottelige Hündin im Schlaf mit den Vorderläufen und bellt einmal hell und leise. Wie niedlich.

Das Leben ist schön. Es braucht nicht viel dazu. Kleine Momente, ein Sonnenstrahl, die Wärme eines Feuers, das wohlige Gefühl von Geborgenheit. Ein grundentspannter und schlafender Hund, ein Mann, der im Hintergrund neues Teewasser aufsetzt. Ein altes Haus am Rande eines Wäldchens, an dem nichts perfekt ist und das vielleicht gerade deswegen einen einzigartigen Charme besitzt. So wie Olivias Weihnachtsbaum. Womöglich kommt es nicht darauf an, wie perfekt und makellos etwas ist, wie schön und beeindruckend es daherkommt. Es sind die Macken, Ecken und Kanten, die das Besondere formen.

An der Tasse in meiner Hand ist deutlich zu erkennen, dass der Henkel mal abgebrochen gewesen sein muss. Die Klebenaht ist unübersehbar. Trotzdem ist sie wunderschön.

Ich merke, dass ich lächle, und bin verwundert, welche Gedanken mir durch den Kopf gehen und wie friedvoll sich alles um mich herum anfühlt. Und das erfüllt mich paradoxerweise mit Freude.

Jede Minute ist wichtig, also kann ich sie auch genießen, sie mit all ihren Details wahrnehmen – und mir wünschen, ich hätte mehr Zeit.

Auch, um zu erfahren, warum Adam leicht verlegen wirkt und auf Abstand zu mir bleibt, seit wir bei ihm sind. Bereut er es, mich mitgenommen zu haben? Schämt er sich vielleicht für das renovierungsbedürftige Haus, für die alten Möbel? Fühlt er sich unwohl, hier einen Gast zu bewirten? Er hat eine Narbe im Gesicht, aber ich glaube nicht, dass sie der Grund ist. Sie fällt kaum auf, ist größtenteils vom Bart verdeckt.

Er scheint Nähe zu mir vermeiden zu wollen. Es ist wohl besser, ich breche auf, sobald mein Mantel trocken ist. Seltsamerweise fühle ich mich dennoch willkommen. Irgendwie widerspricht sich das, oder? Nun, ich kann es herausfinden. Wenn nicht jetzt, wann dann? Morgen kann es schon zu spät für alles sein.

»Danke, dass ich mich bei dir aufwärmen kann«, versuche ich ein Gespräch in Gang zu bringen.

»Kein Problem.« Kurzer Blick in meine Richtung – wieder der sofortige Rückzug.

»Adam?«

Er hält in seinen fahrigen Bewegungen inne und blickt mich skeptisch an. »Ja?«

Ich deute auf den leeren Sessel neben mir. »Du könntest dich zu mir setzen. Ein bisschen plaudern wäre schön.«

»Klar. Moment, ich gieße mir nur den Tee ein und …« Der Rest geht in ein undeutliches Murmeln über, was auch daran liegen kann, dass er mir den Rücken zudreht.

Kurz darauf setzt er sich mit einer Tasse neben mich. Er nippt am Tee. Sein Blick ist starr auf den Kamin gerichtet. Schwierig. Warum ist er plötzlich so verschlossen?

»Ich hoffe, meine Anwesenheit stört dich nicht.«

»Nein, das ist schon okay. Ich bin nur nicht gut im … Gesprächeführen.«

»Ach so? Na, das macht nichts. Ich bin ganz gut darin.« Ich lächle, bücke mich und kraule Penny hinterm Ohr. »Wohnst du schon lange hier?«

»Nein.« Er zuckt nicht mal mit einem Lid.

»Gefällt es dir, so einsam zu leben?«

»Ja.« Seine Lippen pressen sich ganz leicht zusammen, meine ich.

»Es ist gemütlich bei dir.« Das meine ich ehrlich. »Zu mir gibt es nicht viel zu sagen.« *O doch, aber ich will es nicht hören. Nicht mal von mir selbst.* »Ich bin über die Feiertage bei meiner Tante zu Besuch. Habe mich auf eine langweilige Zeit eingestellt, aber tja …« Ich lache laut auf und zucke zusammen, weil sogar ich eine leichte Hysterie heraushöre.

Nun dreht Adam den Kopf zu mir und sieht mich fragend an. »Aber dann was?«

»Ach, nicht so wichtig«, mildere ich ab. »Es sind ein paar Dinge passiert. Komische Dinge. Nein, nicht komisch. Wie soll ich sagen? Eher so ein absurdes Schicksalsding. Na ja, ich bin im Schnee an einem Baum eingeschlafen.« Ist in dem Tee ein Plauderkräutchen, oder was?

»Schicksalsding?«, hakt Adam nach.

War ja klar. Was fange ich auch damit an? Aber spielt das in meiner Situation überhaupt eine Rolle?

Ich zucke mit den Schultern. »Das oder Karma, Kismet, höhere Fügung, Strafe, Verkettung unglücklicher Umstände, ein Pups, der dem lieben Gott quergeht. Pech. Wer weiß das schon.«

»Glaubst du an Karma, Schicksal, Kismet?« Adam dreht sich zu mir und sieht mir direkt in die Augen.

Huch? Eben noch der Ausweicher, jetzt das Gegenteil? Gut, okay. So gefällt mir das besser.

»Bisher habe ich mir nie wirklich Gedanken darüber gemacht und kann es mit einem ganz klaren Jein beantworten.«

Adam lächelt amüsiert und fährt sich mit der Hand über seinen Bart.

Drei Finger! Er hat nur drei Finger?

Adam sieht meinen Blick, steckt die Hand sofort in seine Hosentasche und starrt wieder ins Feuer.

»Verzeih«, sage ich leise. »Darf ich fragen, wie das passiert ist? Ein Unfall?«

»Ja.«

»Das tut mir leid.«

»Muss es nicht.«

»Komische Antwort.«

Er dreht mir den Kopf zu. »Karma …«

»Wie bei mir.«

Das erste Mal sehe ich ihn lächeln und mein Blick richtet sich wie magisch auf seine schön geschwungenen Lippen. Schade, dass der Bart drumherum ist. »Du lächelst nicht oft, oder?«

»Nicht wirklich, nein.«

»Das tut mir leid«, wiederhole ich mich.

»Muss es nicht.«

»Adam, unser Gespräch dreht sich im Kreis.«

»Wie gesagt: Ich bin nicht gut im Gesprächeführen.«

Ich stelle die Teetasse ab, beuge mich über die Armlehne und halte Adam meinen rechten Zeigefinger vors Gesicht.

»Eine Narbe, siehst du? Sie zieht sich von der obersten Fingerkuppe fast bis ganz zum Knöchel. Ich habe als Kind ein Messer genommen und damit gespielt. War keine gute Idee. Die Küche sah aus wie ein Schlachtfeld und meine Mutter hätte fast einen Herzinfarkt bekommen. Sicher, das ist nichts gegen deine Kriegsverletzung, aber ich wollte einfach mal das Eis brechen.«

Adam fixiert stirnrunzelnd meinen Finger, hebt den Blick und sieht mich fragend an.

»Kriegsverletzung?«

Ich zucke mit den Schultern und lächle. »Oder was auch immer. Wir alle haben unsere Geheimnisse.«

Nun zieht Adam die Augenbrauen zusammen und sieht mich an, als wäre ich das faszinierendste Wesen, das ihm je begegnet ist. Innerlich schnappe ich nach Luft.

»Die Art, wie du redest, das ist … interessant.«

»Oh, tja. Danke. Leider ist das die einzige Narbe, die ich vorweisen kann. Aber wer weiß?« Ich hebe die Beine und wackele mit den Zehen, die, im Gegensatz zum Rest meines Körpers, nach wie vor eiskalt sind. »Vielleicht fallen mir ein paar erfrorene Zehen ab. Dann können wir im Partnerlook gehen.«

Adam lacht auf. Herzlich und ansteckend. Dieses Lachen zaubert dem stillen, verschlossenen und düster dreinblickenden Mann Sonne ins Gesicht. Und das macht ihn unglaublich schön und sympathisch. Rein äußerlich wirkt er ein bisschen zum Fürchten. Außer, er lacht. Früher wäre ich ihm weiträumig aus dem Weg gegangen.

»Spannend«, sagt er mehr zu sich als zu mir, schüttelt den Kopf und sieht mich für zwei, drei Wimpernschläge an. »Ich weiß nicht, wann mich das letzte Mal jemand zum Lachen bringen konnte.«

»Das freut mich. Generell wird ja viel zu wenig gelacht, finde ich.«

»Damit hast du vermutlich ins Schwarze getroffen.«

Irgendetwas an seinem Blick sorgt dafür, dass mein Blut in Wallung gerät. Mein Herz schlägt etwas schneller, doch diesmal weiß ich genau, dass es nicht an dem Gift in mir liegen kann.

Und plötzlich löst sich mein bisheriges Männerideal auf wie Nebel in der Morgensonne.

Adam ist das Gegenteil von dem Typ Mann, den ich auf meinen persönlichen Olymp gehoben habe. Er hat keine glänzende Oberfläche, dafür leuchtet er von innen. Das sehe ich. Erst jetzt. Oder schon jetzt? Was auch immer das zwischen uns sein mag, das sich in diesem Augenblick entwickelt und mich sprachlos macht – es ist etwas Seltenes.

Leider läuft mir die Zeit davon. Allerdings impliziert das auch: Scheiß auf Vernunft, auf langsame Annäherung, auf Selbstzweifel.

Ich will nicht vernünftig sein, sondern den Moment genießen, nicht an morgen denken, nicht an die nächsten Stunden. Im Jetzt sein.

Hier und jetzt. Mit Adam.

Aus einem inneren Impuls heraus lege ich ihm eine Hand auf die Wange und beuge mich näher zu ihm, berühre seine Narbe mit dem Zeigefinger.

»Nicht«, raunt Adam dunkel und legt seine Hand auf die meine. Aber er zuckt nicht zurück.

»Noch eine Kriegsnarbe?«, frage ich flüsternd.

»Ich will es vergessen.«

»Gut«, flüstere ich. »Weil ich nämlich auch alles vergessen möchte.«

Und dann lasse ich mich fallen.

MANCHMAL IST DIE ZEIT ZU KURZ FÜR IRGENDWANN

Adam

Alles in mir verkrampft sich.

Instinktiv will ich zurückweichen, ihre Berührung nicht zulassen.

Doch ich kann nicht.

Unsere Gesichter sind nur eine Handbreit voneinander entfernt und ich fühle mich wie in Harz gegossen. Die Anziehung zwischen uns ist so stark, dass ich mich ihr nicht entziehen kann. Selbst wenn ich es wollte. Moosgrüne Augen, ein hinreißendes Lächeln, rosige Wangen. Ich verliere mich in ihrem Liebreiz, im Ausdruck der ehrlichen Neugier und Zärtlichkeit in ihrer Mimik. In ihrem blumigen Duft.

»Warte«, flüstere ich. Es ist ein letzter Versuch, mich diesem Moment zu entziehen, der zu sein, der ich sein sollte. Adam, der Einzelgänger. Der neue Adam, der sich erst selbst finden muss, bevor er andere in sein Leben lassen kann.

Doch der Versuch scheitert, weil Eve es nicht zulässt.

»Nein. Mir fehlt die Zeit dafür.« Ihre Stimme ist nur ein Hauch und ihr Klang strömt durch alle Fasern meines Körpers. Ich lasse es zu, dass sie mit der Hand über meine

Wange streicht, ihre Finger durch mein Haar führt. Lasse es widerstandslos geschehen, dass sie mich mit sanftem Nachdruck am Nacken zu sich zieht.

Unsere Lippen berühren sich.

Dieser zarte Kontakt löst auf der Stelle eine Gefühlsexplosion in mir aus.

Ihr Geruch, ihr Geschmack, das prickelnde Gefühl, ihre weichen Lippen auf den meinen zu spüren … der Moment verschlingt mich, verschlingt uns beide. Und lässt uns nicht mehr denken.

Nur fühlen.

Ich kann nicht anders und umfasse ihr Gesicht mit beiden Händen.

Zu meiner Überraschung steht sie auf und setzt sich auf meinen Schoß. Sie schlingt die Arme um mich und ich streiche über ihre unbedeckten Oberschenkel nach oben. Als meine Finger ihre samtige, nackte Haut berühren, stöhne ich unwillkürlich auf. Unter dem Flanellhemd ist sie bis auf einen Slip unbekleidet.

Sie lässt kurz von mir ab, richtet sich auf. Bin ich zu weit gegangen? Das wollte ich nicht.

Sofort nehme ich die Hände von ihr.

»Verzeih, ich …«

»Nicht aufhören«, sagt sie lächelnd und beginnt, einen Knopf des Hemdes nach dem anderen zu öffnen.

Eine vage Stimme der Vernunft sagt mir, ich solle das, was jetzt gleich geschieht, auf der Stelle stoppen. Es geht zu schnell. Viel zu schnell.

Und doch will ich in diesem Augenblick nichts anderes.

In quälender Langsamkeit öffnet sie das Hemd und gewährt mir einen Blick auf ihre Brüste. Ich starre sie mit leicht geöffneten Lippen an. Doch als sie auch die Knöpfe an meinem Hemd öffnen will, lege ich meine Hände auf ihre.

»Nicht, Eve«, presse ich beherrscht hervor.

»Wieso nicht?«

»Ich … will nicht, weil … mein Körper … meine Haut …«

Wie, zum Teufel, soll ich ihr sagen, dass ein großer Teil meiner Haut von Brandnarben verunstaltet ist? Die Worte wollen mir nicht über die Lippen kommen. Ich starre sie an, ihre Augen mit dem Schimmer der Lust darin, ihre perfekte Haut, die festen Brüste. Wie kann eine so wundervolle Frau mich attraktiv finden? Mich?!

Das Monster. Die hässliche, verunstaltete Bestie in Menschengestalt.

»Adam«, sagt sie leise mit einem weichen Klang in der Stimme und lehnt sich etwas zurück. Ihre Hände liegen locker auf meinen Schultern. »Du bist schön. Deine Makel gehören zu dir wie … wie Lachfalten. Sie prägen dich. Niemand ist perfekt. Auch wenn ich das lange für mich als Ziel auserkoren hatte. Kein Mensch ist makellos. Ich glaube, die meisten sind nur äußerlich schön – und innen … Nun ja.« Sie lacht. »Sieh mich an. Ich habe einige Pfunde zu viel, die Hüften sind zu breit, die Oberschenkel auch. Eigentlich habe ich mich nie hundertprozentig wohl in meinem Körper gefühlt. Und dennoch siehst du mich an, als wäre ich eine Packung Pralinen am Weihnachtsmorgen.«

Ich lächle. »Weil du hinreißend bist.«

»Danke schön. Ich bin es in deinen Augen, nicht in meinen. Und weißt du was? So geht es mir andersrum auch. Können wir dann jetzt weitermachen?« Sagts und öffnet die Knöpfe meines Hemdes. Jetzt lasse ich sie gewähren. Weil ihre Worte mich berühren. Und weil ich auch nur ein Mann bin.

Mit einer langsamen, sanften Bewegung zieht sie mein Hemd auseinander und streift es mir über die Schultern. Sie betrachtet meinen von Brandnarben verunstalteten

Oberkörper – und doch gibt sie mir das Gefühl, es gefällt ihr, was sie sieht.

Lächelnd streicht sie mit den Fingerspitzen über meine Brust, beugt sich mit einem wohligen Seufzen vor, küsst meine Wange, meinen Hals, meine Lippen. Langsam gleitet ihre Hand weiter nach unten. Ich stöhne auf. O Jesus! So lange ist es her, dass eine Frau mich dort berührt hat.

Sprachlos, verblüfft, berauscht, angefüllt mit ungläubigem Erstaunen. Es gibt nicht genug Worte, um zu beschreiben, wie ich mich fühle.

Mit einem Mal wird mir bewusst, dass ihre Art, mich anzusehen, in Zukunft meine Sicht auf die Dinge verändert.

»Darf ich dich etwas fragen, Adam?«, unterbricht sie den Moment und ich öffne die Augen.

»Alles«, raune ich heiser.

»Wo ist dein Schlafzimmer?«

Eve liegt neben mir. Ihr Kopf ist in meiner Armbeuge gebettet, ihre Hand auf meiner Brust. Unsere Körper werden von einer dicken Decke verhüllt und ich spüre Eves warme Haut an meiner.

Sie schläft, doch ich kriege kein Auge zu. Alles, was ich tun kann, ist, an die dunkle Decke zu starren und mich zu fragen, was zwischen uns gerade passiert ist. Wie kommt es, dass diese schöne Frau so unerwartet in mein Leben gespült worden ist? Dass sie einfach da ist, hier bei mir, in meiner Hütte, meinem Rückzugsort?

»Das muss ein Traum sein«, murmle ich.

»Hm?«, nuschelt Eve und hebt ihren Kopf zu mir, blinzelt mich verschlafen an. »Oh, ich bin tatsächlich bei dir.«

»Ja, das bist du«, antworte ich flüsternd und streiche ihr zart über den Rücken.

»Schön«, murmelt sie verschlafen und kuschelt sich enger an mich. »Kein Traum.«

»Genau das ist mir auch vor ein paar Minuten durch den Kopf gegangen«, spreche ich meine Gedanken aus.

»Ist das nicht unglaublich?«, fragt sie leise und setzt sich auf. Mit den Fingern fährt sie sich durch die Haare. Wie schön sie ist! »Ich weiß nicht, was ich denken soll. In so einer Situation war ich ehrlich gesagt noch nie.«

»Geht mir ähnlich.« Ich stütze mich auf einen Ellbogen und blicke sie nachdenklich an. »Eve?«

»Hm?« Sie streicht mit der Hand über meine nackte Brust und lässt sie dort liegen. Die sonst an dieser Stelle gefühllose Haut wird unter ihrer Berührung warm.

»Was ist das mit uns? Wollen wir es gemeinsam herausfinden?«

Aus heiterem Himmel legt sich plötzlich eine seltsame Traurigkeit in ihre Mimik.

»Ja, vielleicht«, antwortet sie leise, dreht ihren Kopf von mir weg und nimmt ihre Hand von meiner Brust. Die unmittelbar darauffolgende Kälte ist unangenehm. Gerade so, als würde mir eine lebensnotwendige Wärmequelle genommen.

Was an meiner Frage hat Eve so traurig gemacht?

Unerwartet und plötzlich schreckt sie hoch. »O Gott! Wie spät ist es überhaupt?«

Ich sehe zum Wecker auf dem Nachttisch. »Kurz vor Mitternacht. Wieso?«

»So spät schon?! Meine Familie macht sich bestimmt höllisch Sorgen! Ich muss mich melden, bevor sie einen Suchtrupp losschicken!«

Eve springt aus dem Bett, schlüpft hastig ins Flanellhemd und läuft nach draußen.

»Eve?« Ich folge ihr nach. Völlig nackt. Doch es ist mir egal. Eve steht am Kleiderständer und kramt in der Manteltasche. »Erklärst du mir, wieso deine Familie so besorgt um dich ist? Ich meine, du bist eine erwachsene Frau. Du darfst auch mal über Nacht wegbleiben, denke ich.« Ich bekomme keine Antwort. Stattdessen starrt sie auf das Display eines Handys. »Oh, vermutlich wirst du hier keinen …«

»… Empfang haben! Mist!« Mit einem resignierten Blick plumpst sie auf einen der Stühle am Tisch und starrt mich an. »Und selbst wenn, würde das nichts bringen, weil ich die Telefonnummer von meiner Tante nicht eingespeichert habe. Weder im Handy noch im Kopf.«

Ich steige aus dem Bett und gehe ins Wohnzimmer.

»Was machst du?«, will sie wissen und schiebt hinterher: »Könntest du dir etwas anziehen? Ich fühle mich abgelenkt und ich muss doch …«

»… die Tante anrufen. Kein Problem. Wir haben da so etwas Neumodisches. Nennt sich Telefonbuch! Kaum zu glauben, aber das gibt es noch. Zumindest in dieser Gegend. Und ich besitze ein Festnetztelefon. Hin und wieder tele…« Ich breche ab. Der Rest ist unwichtig.

Die Nummer von Eves Tante ist schnell gefunden. Während sie telefoniert, ziehe ich mich an und kehre ins Wohnzimmer zurück. Eve steht in Jeans, Pulli und Wintermantel vor mir.

»Sie haben sich heftige Sorgen gemacht«, murmelt sie zerknirscht. »Verzeih bitte, ich muss gehen, hatte total die Zeit vergessen. Ohne an meine Eltern und Tante Mabel zu denken. Sie machen sich ohnedies schon so viele Sorgen, da muss ich nicht noch Öl ins Feuer gießen. Ich … ich würde gerne bleiben, wirklich. Aber …«

»Kein Problem. Ich begleite dich.« Die Traurigkeit in ihren Augen zerreißt mich fast.

Penny freut sich, so spät noch nach draußen zu dürfen. Der Spaziergang führt uns ans andere Ende des Dorfes, und wir bleiben öfter stehen, damit Penny schnuppern und ihre Geschäfte erledigen kann. Ich habe meinen Arm um

Eve gelegt, und sie kuschelt sich an mich, als sei es das Normalste auf der Welt. Und vielleicht ist es das auch. Es fühlt sich seltsam vertraut an.

»Der Bart«, sagt sie irgendwann leise. »Ist der ein modisches Statement oder hast du den wegen der Narbe?«

Sie stellt diese Frage frei und unbekümmert, als wäre nichts dabei. Für sie ist es eine Frage, für mich ein Meilenstein.

»Kein Statement«, antworte ich knapp.

»Der Bart ist nicht notwendig, finde ich.«

»Mag sein.«

»Ich bin sicher, du siehst auch ohne das Gestrüpp im Gesicht irre gut aus. Ich würde dich zu gerne *oben ohne* sehen.« Sie grinst mich frech an.

»Vielleicht. Irgendwann.«

»Irgendwann? Manchmal ist die Zeit zu kurz für irgendwann, Adam.« Ihr Lächeln erstirbt, und sie wendet den Blick ab, bückt sich zu Penny und klopft ihr die Flanke. »Guter Hund, du passt auf dein Herrchen auf, wenn ihr wieder zurückgeht, ja?«

Mir legt sich unvermittelt eine eisige Decke ums Herz. Was verschweigt sie?

Ich frage nicht nach. Wenn jemand versteht, was es heißt, nicht über alles reden zu wollen, dann bin ich es.

»Sehen wir uns wieder?«, frage ich stattdessen und bin selbst überrascht, wie sehr ich auf ein Wiedersehen hoffe.

»Auf jeden Fall. Gleich morgen. Unbedingt.« Sie klingt wieder fröhlich.

Ihre Augen jedoch sprechen eine andere Sprache.

WAS UNS EINZIGARTIG MACHT

Eve

Beim Frühstück am nächsten Tag überlege ich, wie ich meinen Eltern das Warten auf ein Gegenmittel entspannter gestalten könnte.

Ein Ding der Unmöglichkeit.

Ich starre vor mich, merke, wie sehr mich das Verhalten von Mom runterzieht. Und doch weiß ich nicht, wie ich ihr sagen kann, dass ich meine letzten Stunden oder Tage mit ganz viel Lächeln und guten Gefühlen verbringen will.

»Wir haben uns gestern große Sorgen gemacht, Eve!«, sagt sie zum gefühlt hundertsten Mal.

»Tut mir leid«, sage ich wahrheitsgemäß. »Kommt nicht wieder vor.«

In der Aussage schwingt schon ein bisschen Sarkasmus mit, oder?

»Warum bist du nur in den Wald gegangen! Wer tut denn so was?«

»Ähm, viele? Ein Spaziergang im Wald ist was völlig Normales«, erwidere ich und wechsle mit Mabel einen Blick. Der bleibt meiner Mutter natürlich nicht verborgen.

»Das ist ja unfassbar!«, fährt sie ihre Schwester an.

»Mal wieder eine deiner bescheuerten Ideen. Das hätte ich mir ja gleich denken können.«

»Lilly …«

»Nenn sie nicht so!«, mahnt mein Vater pfeilschnell.

Mabel seufzt und fährt unbeirrt fort. »Lilly, was erwartest du? Dass sich eure Tochter von dir in Watte packen lässt und sich ununterbrochen mit deiner negativen Sicht auf die Dinge umspülen lassen muss? Sie soll tun, was sie glücklich macht.«

Die Hand meines Vaters saust auf die Tischplatte. Es wird mucksmäuschenstill. »Hör auf, so zu reden! Du bist keine Mutter, du verstehst das nicht.«

»Ich verstehe mehr, als du denkst. Dazu muss ich nicht selbst ein Kind auf die Welt gebracht haben. Menschenkenntnis und Empathie genügen. Machen wir das Beste draus, Cleve.«

»Aber nicht so!«

»Doch, genau so, lieber Schwager! Die Zeit rennt uns davon und das Labor hat sich immer noch nicht gemeldet«, kontert sie nachdrücklich, jedoch in ruhiger Weise. »Aber was nützt es Eve, wenn wir gelähmt wie die Maus vor der Schlange verharren? Was bringt es eurer Tochter, euch wie ein Häufchen Elend in der Ecke sitzen und warten zu sehen? Nichts. Die Freude an schönen Momenten ist gerade jetzt enorm wichtig. Genießen, Lachen, raus in die Natur gehen, die Sonne auf der Haut spüren.«

Nicht nur die Sonne, denke ich und bewundere meine Tante. Sie spricht die harte Realität so entspannt aus, als würden wir uns über das Wetter unterhalten und nicht über meinen nahenden Tod. Dennoch oder gerade deshalb bin ich ihr dankbar. Seltsamerweise dringt der Gedanke über das Gift in mir nicht wirklich zu mir durch. Als sprächen wir nicht über mich, sondern jemand anderen.

Tatsächlich habe ich mich noch nie so frei und unbekümmert gefühlt wie seit letzter Nacht. Seit Adam.

Langsam erhebe ich mich. »Also wenn es euch nichts ausmacht, würde ich …«

»Wo willst du hin?«, platzt es meiner Mutter heraus und Sorgenfalten zeichnen sich auf ihrer Stirn ab. Sie springt auf, als wolle sie mich aufhalten.

»Spazieren gehen. Raus an die Frischluft. Denn die ist mir hier eindeutig zu dick.«

»Schon wieder?« Auch mein Dad scheint damit echte Probleme zu haben.

»Dad … Mom. Ich kann verstehen, dass ihr bei mir sein wollt, wenn … es passiert. Aber … gebt mir doch auch ein paar Stunden für mich, okay?«

Bevor ich erneut mit Moms Tränen konfrontiert werde, verlasse ich das Haus.

Klirrend kalte Luft strömt in meine Lungen. Sie ist so eisig, dass sie keinen neuen Schneefall zulässt. Der Spaziergang tut gut und vertreibt düstere Gedanken.

Ich freue mich auf Adam, und ich weiß ganz genau, was ich will.

Offenbar hat er mich durchs Fenster kommen sehen, denn als ich klopfen will, öffnet sie sich. Die Tür.

»Hallo, schöner Mann.« Das meine ich so, wie ich es sage. Es kommt aus dem Herzen und entspricht dem Gedanken, der mir durch den Kopf schießt, als Adam vor mir steht.

»Hi«, sagt er ein klein wenig verschämt.

Ich ziehe ihn am Nacken zu mir und küsse ihn leidenschaftlich.

»Hey, langsam, junge Dame.« Lachend schiebt er mich von sich. »Willst du nicht erst mal reinkommen?«

»Gute Idee!« Küssend und eng umschlungen wanken wir wie ein blindes, tanzendes Pärchen in sein Haus und er schiebt mit dem Fuß die Tür zu.

Zwischen zwei Küssen will er wissen, ob ich einen Tee möchte.

»Später. Jetzt würde ich gern dort weitermachen, wo wir gestern aufgehört haben.«

Zur Bestätigung meiner Worte knöpfe ich den Mantel auf, lasse ihn zu Boden fallen, zerre mir den Pullover über den Kopf und öffne den Reißverschluss meiner Jeans.

Adams erregter und zugleich verwirrter Blick gefällt mir.

»Du hast ja eine Power ...«, raunt er, während ich ihm sein Hemd ausziehe und mich an seinen starken Körper schmiege.

Er umschlingt mich mit seinen Armen, küsst mich, packt mich am Hintern und hebt mich hoch. Ich schlinge meine Beine um ihn und küsse ihn.

»Schlafzimmer?«, frage ich in seinen Mund hinein.

»Nope. Hier«, raunt er kehlig, setzt mich auf dem Esstisch ab und – was macht er denn jetzt? Er geht vor mir auf die Knie?

»Ähm, Adam?«

Verschmitzt sieht er mich an und tippt auf einen der Stiefel, die ich noch trage. »Du hast viel zu viel an, meinst du nicht?«

»O mein Gott ... Klar!« Ich lache laut auf. Wie absurd, dass mir ein Heiratsantrag in den Kopf geschossen ist. Echt bescheuert. Aber hey, das wäre es mal gewesen, oder? Märchen, komm über mich. Andererseits hätte mich ein Antrag vor ernsthafte Probleme gestellt. Denn dann ... Huch?

»Das kitzelt. Lass das.« Kichernd ziehe ich den unbestiefelten Fuß zurück.

»Ich mag es, wenn du lachst. Darf ich?« Mit fragendem Blick öffnet er meine Jeans vollständig und ich kann nur nicken. Nach der Hose folgt der Slip und ich sitze splitterfasernackt vor diesem bärenstarken Kerl.

Mitten in der Küche, bei Tageslicht. Und es stört mich kein bisschen.

Früher war das anders. Weder hätte ich mich komplett nackt präsentiert noch nach einer so kurzen Zeit bereits mit einem Mann geschlafen.

Adam küsst die Innenseite meiner Oberschenkel und raunt mir zu, wie schön ich bin. Ein dunkles Stöhnen dringt mir über die Lippen.

»Nimm mich hier«, sage ich und er zögert keine Sekunde.

Gedanken an die Zukunft finden keinen Platz mehr. Ich bin nur noch Gefühl, nur noch Lust und Genuss. Am Höhepunkt dieses unglaublichen Moments klammere ich mich an ihn und wünsche mir, dass wir immer in diesem Zustand bleiben. Kein Gestern, kein Morgen, nur das wunderbare Jetzt.

Eine Weile halten wir uns eng umschlungen fest, dann löst Adam sich aus meiner Umarmung.

»Tee?«

»Noch nicht.« Ich hüpfe vom Tisch und schmiege mich an ihn. »Jetzt will ich mit dir duschen gehen.«

Für einen Moment verkrampft er sich, und ich befürchte schon, dass er ablehnt, doch dann nimmt er meine Hand und zieht mich mit sich ins Badezimmer.

Dort angekommen greift er an mir vorbei und dreht warmes Wasser auf. »Du bist unglaublich, Eve.«

»Das Kompliment gebe ich zurück.« Ich zupfe an seinem Hemd, das er immer noch trägt.

Er lässt mich los und tritt einen Schritt zur Seite. Scharfe Sorgenfalten tauchen auf seinem Gesicht auf. »Meine Haut …«

»… ist verbrannt«, schließe ich seinen Satz ab. »Ja, das sagtest du bereits. Hatten wir uns nicht auf Kriegsverletzungen geeinigt?«

Er lächelt schief. »Hatten wir, denke ich.«

»Dann zeig sie mir.«

Ich weiß nicht, warum ich so darauf beharre, ihn aus seiner eng gestrickten Komfortzone zu holen. Vielleicht, weil ich will, dass er sich genauso fallen lässt, wie ich es tue. Ich will, dass wir zusammen den Moment genießen. Komplett und ohne Kompromisse.

Diese Momente sind alles, was ich noch habe.

Adam zieht das Hemd aus – und steht angespannt in seiner ganzen Pracht vor mir.

»Du hast keine Ahnung, wie unglaublich du aussiehst«, hauche ich. Und das ist nicht mehr und nicht weniger als die Wahrheit. Seine großflächigen Brandwunden stoßen mich verblüffenderweise nicht ab. Sie gehören zu ihm, machen ihn einzigartig. »Die schönsten Dinge der Welt sind nicht perfekt, sie sind besonders.«

DER EISBLOCK TAUT

Adam

Kaminreinigung gehört zu den Tätigkeiten, auf die ich getrost verzichten könnte.

Auf Knien fege ich den Brennraum aus und schaufele kalte Holzasche in einen Eimer. Sie dient im Frühling als guter Dünger für die Tomaten.

Penny liegt auf dem Kissen und sieht mir zu. Gelegentlich zuckt ihr Ohr, ansonsten regt sie sich nicht.

»Du hast es gut, du bist ein Hund.« Ihr Ohr zuckt einmal kurz. »Soll ich Eve nach dem Essen mit herbringen?« Ohr zuckt, Schwanz wedelt. »Okay. Freut mich, dass du es auch positiv siehst.«

Fertig. Der Kamin ist sauber, ich total verdreckt. Jetzt eine Dusche und dann muss ich überlegen, was ich anziehe.

Das heiße Wasser läuft mir über den Rücken und ich bleibe still stehen, hebe den Kopf in den sanften Strahl und schließe die Augen.

Adam Slater hat ein Date …

Niemals zuvor bin ich bei solchen Gedanken von einem Glücksgefühl durchströmt worden. Ein Date zu haben war für mich etwas Normales, die Nachfrage nach meiner

Gesellschaft enorm. *Kein* Date wäre eine Katastrophe gewesen. Der alte Adam hat sich nie wirklich für eine der unzähligen Bewerberinnen um seine Gunst begeistern können. Mein Herz war niemals dabei, die Frauen austauschbar.

Eve nicht. Sie ist anders. Auch ich bin nicht mehr der Alte.

Und in all den Jahren habe ich mich bei keiner Frau so zurückhaltend gezeigt wie bei Eve. Zurückhaltung … Dieses Wort existierte nicht in meinem Sprachgebrauch.

Heute ist das anders.

Ich freue mich auf unser erstes, ganz offizielles Date.

Ja, es würde Gerede geben. Na und? Der Dorftratsch ist mir bis jetzt egal gewesen, er wird es auch in Zukunft sein. Zudem sind die Menschen hier nicht bösartig oder falsch. Sie sind schlichtweg neugierig und aus einem Holz geschnitzt, das mir gut gefällt. Eve gehört dazu.

Ich will … nein, ich muss diese Frau um mich haben, sie näher kennenlernen, Zeit mit ihr verbringen. Noch bevor ihr Urlaub in Hope Valley vorbei ist.

Ohne es zu ahnen, stellt sie mein Leben auf den Kopf. Wie lange kennen wir uns? Niemals wäre mir in den Sinn gekommen, innerhalb so kurzer Zeit solch intensive Gefühle für jemanden zu entwickeln.

Ich seife mich von Kopf bis Fuß ein und drehe das Wasser etwas wärmer. Man gewöhnt sich so schnell an eine Temperatur.

Dieses Dorf, dieses Haus, das ist mein Weg in eine Art Einzelhaft gewesen. Selbst auferlegt. Von mir, für mich. Ich wollte allein sein. Ich *musste* allein sein. Und ich bin damit noch nicht fertig. Gerade erst habe ich begonnen, mich mit meinem neuen Ich anzufreunden.

Nein, das wäre übertrieben. Von »Anfreunden« kann keine Rede sein, aber ich nähere mich ihm in kleinen Schritten an. Ich dachte, ich würde noch sehr lange damit beschäftigt sein. Monate, vielleicht sogar Jahre. Nebenbei lerne ich, das einfache Dorfleben zu schätzen. Es bildet einen totalen Kontrast zu meinem früheren Leben. Geld, Frauen, Champagner, Kaviar … und Oberflächlichkeit. Macht und Vermögen standen im Vordergrund. Der Rest war inhaltsloser Schein.

In meinem neuen Leben ist kein Platz mehr für ein Dasein ohne Tiefgang. Und der steckt in einfachen Tätigkeiten, im Simplen. Feuerholz hacken, Lebensmittelvorräte anlegen, Reparaturen am Haus, lange Spaziergänge mit Penny.

Und dann kommt Eve und zwischen uns herrscht eine fast schon gespenstische Anziehungskraft.

Sie ist die warme Sommerbrise, der Hauch des Frühlings in eisiger Winternacht. Sie bringt Licht in meine Dunkelheit − und mich zum Lachen. Eve zieht mich mit sich in einen überraschend lebhaften Strudel voller Romantik, Leidenschaft und Freude. Sie will Liebe und Zärtlichkeit, Spaziergänge im Wald.

Und ein Date für ein gemeinsames Essen in Hope Valleys einzigem Restaurant.

Meine zögerliche Antwort hat sie wohl zu der Annahme gebracht, ich hätte kein Geld, und sie hat angeboten, die Rechnung zu übernehmen. Ich solle mir über so was Unwichtiges nicht den Kopf zerbrechen.

Sie denkt, ich bin mittellos.

Aber woher soll sie auch wissen, dass ich absichtlich ein spartanisches Leben führe?

Ich besitze nichts mehr von früher. Keinen schicken Kaschmirmantel, keine maßgeschneiderten Anzüge − für jeden Anlass mindestens drei in unterschiedlichen Farben und Stilen. Vorbei die Zeiten von Krawatten, weißen Hemden und handgefertigten Lederschuhen. In meinem jetzigen wurmstichigen Kleiderschrank dominieren einfache Shirts, Pullover, Jeans, Wanderstiefel, Boots, Sneakers …

»Was zum Teufel soll ich nur zu unserem Date anziehen, Penny?« Ich stehe in Boxershorts vor dem geöffneten Kleiderschrank, rubbele mir mit dem Handtuch die Haare trocken, und meine Hündin sitzt mit schief gelegtem Kopf neben mir. Ich glaube, wenn sie mit den Schultern zucken könnte, würde sie es genau jetzt tun.

Oh, ganz links hängt ein einsames, dunkelgraues Sakko. Mein Vater hat es mir bei seinem Besuch mitgebracht. Nun, jetzt kommt es zum Einsatz. Zusammen mit dem einzigen einfarbigen Hemd – schwarz – und Jeans sollte ich darin einigermaßen gesellschaftsfähig sein.

Zurück im Bad bürste ich die Haare durch und käme den Bart. Nicht der Burner, aber was soll's? Sie hat mich schließlich auch schon nackt gesehen.

Wer hätte gedacht, dass ein einfacher Restaurantbesuch mir jemals vorkommen würde wie ein außergewöhnliches Event? Früher hätte ich die Nase über dörfliche Gourmettempel gerümpft.

Wie vermessen und arrogant.

»Ich bin ein hochnäsiger Pfau gewesen, was, Penny?« Ich lege die Kleidung auf das Bett.

Penny bellt einmal, kurz und zustimmend, als wenn sie meine Worte verstanden hätte, und läuft wedelnd um mich herum. Sie denkt, es geht noch mal nach draußen.

»Ach Mädchen, ich kann dich nicht mitnehmen. Tut mir leid.« Ich gehe in die Knie und kraule ihr beide Ohren, woraufhin sie mir das Gesicht ableckt. »Hey, lass das, ich habe schon geduscht. Weißt du was? Du bekommst nachher einen riesigen Kauknochen, du süßes Hundemädchen. Dann wird die Zeit nicht so lang bis zu meiner … unserer Rückkehr.«

. . .

Auf die Minute pünktlich klopfe ich an die Haustür von Eves Tante. Eilige Schritte, dann öffnet sich die Tür.

»Adam.« Eve strahlt mich an – und ich bin hin und weg.

Wie reizend sie aussieht in ihrem dunkelgrünen Strickkleid. Die Farbe unterstreicht das Grün ihrer Augen. Sie ist kaum geschminkt. Die Wimpern sind ein bisschen getuscht, auf ihren Lippen ein zarter Hauch von rosa Lipgloss. Ihr Haar trägt sie offen. Es rahmt ihr Gesicht ein und fällt ihr in langen Wellen über die Schultern. Sie ist eine Naturschönheit. Für mich der Inbegriff von Weiblichkeit. Das ist nicht immer so gewesen. Wie konnte ich all die Jahre vorher aufgespritzte Lippen und pralle, übergroße Silikonbrüste ansprechend finden?

Wahre Schönheit ist nicht nur äußerlich, sie strahlt auch von innen. So wie bei Eve.

»Eve ... Du siehst umwerfend aus.«

Sie errötet leicht. Das macht sie noch bezaubernder, und ich möchte sie am liebsten in meine Arme schließen. Doch das wäre jetzt nicht der richtige Zeitpunkt.

»Danke. Du auch. Ähm ... meine Eltern sind nicht da, aber ...«

»Eve?«, höre ich eine Frauenstimme aus dem Hintergrund.

»... meine Tante.« Sie grinst schief und zieht ganz leicht die Schultern hoch. »Aber du musstest ja unbedingt darauf bestehen, mich abzuholen, oder?«

»Was soll ich sagen? Ich bin ein Gentleman. Es ist dir doch nicht unangenehm, dass ich hier bin?«

»Nein, ganz und gar nicht. Neu, ja. Aufregend auch. Aber nicht unangenehm. Komm rein.« Eve macht eine ausladende Geste. »Das Haus meiner Tante. Klein, fein, kuschelig. Und ... anders.«

»So wie ich«, sagt eine ältere Frau – mit pinkfarbenen Haaren – und gesellt sich zu uns.

Eve grinst. »Darf ich vorstellen? Mabel Middleton. Tante Mabel, das ist Adam.«

»Freut mich sehr, Mrs Middleton.« Ich deute eine Verbeugung an und versuche, mir meine Überraschung über die Haarfarbe von Eves Tante nicht anmerken zu lassen.

Anders … Das trifft es ganz gut. Aber auch beeindruckend. Die Frau strahlt eine große Lebenserfahrung und Würde aus. Sie trägt ein dunkelrotes, eng anliegendes Wollkleid. Eine lederne Kette mit verschiedenen Anhängern aus Holz sowie unterschiedlich großen Perlen hängt ihr um die Hüften. Nicht um den Hals. Sie streicht eine kurze Strähne hinters Ohr, an dem ein Lebensbaumanhänger baumelt. An ihrer Hand drei Ringe, am Handgelenk ein Armband mit keltischen Symbolen.

»Lassen wir doch die förmliche Anrede. Einverstanden?« Sie schüttelt mir die Hand. Fester Händedruck. Eine imposante Frau.

»Einverstanden … Mabel«, antworte ich lächelnd.

»Fein. Nun, es freut mich ebenfalls, deine Bekanntschaft zu machen, Adam. Wie findest du meine Haarfarbe?«

»Erstaunlich ungewöhnlich und absolut charmant.«

»Oh, danke schön. Ein ehrliches Kompliment. Meine Schwester ist bei meinem Anblick fast einem Herzinfarkt erlegen.« Eve und Mabel tauschen einen flüchtigen Blick aus, den ich nicht richtig deuten kann. »Wie schön für euch, dass ihr zusammengefunden habt. Ich denke, ihr tut euch gut. Insbesondere, weil …«

»Tante!«, zischt Eve und wird noch einen Touch röter.

»Ach Herzchen. Du weißt doch, ich nenne die Dinge gern bei Namen. Auf den ersten Blick muss ich schon sagen: Ihr seid ein liebreizendes Paar.« Sie zwinkert mir zu, hilft Eve in einen roten Wintermantel und wedelt mit der Hand Richtung Tür. »Und jetzt verschwindet, Kinder. Los, habt Spaß, verbringt einen wundervollen Abend und tut nichts, was ich nicht auch tun würde.«

Bevor wir etwas erwidern können, schiebt Eves Tante uns sanft, aber bestimmt aus ihrem Haus. Vor der jetzt geschlossenen Tür bleibe ich lachend stehen.

»Alles okay?«, fragt Eve mich und klingt sowohl besorgt als auch belustigt.

»Äh, ja. Ich glaube, ich muss mich kurz erholen. Deine Tante ist …«

»… ein bisschen crazy?«

»Eher einzigartig.«

»Allerdings, das ist sie. Ich finde sie toll.«

»Ich auch. Und ich glaube, jetzt zu wissen, von wem du deine bezaubernde, offene Art geerbt hast. Ist deine Mom auch so … extravagant?«

Eve lacht. »Im Gegenteil! Die beiden sind total unterschiedlich.«

Aus einem Impuls heraus ziehe ich sie an mich und drücke ihr einen Kuss auf die Stirn.

»Ts, was ist denn das für eine Begrüßung?«, fragt sie schmunzelnd, stellt sich auf die Zehenspitzen und küsst mich.

Das einzige Restaurant in Hope Valley empfängt uns mit leiser, klassischer Hintergrundmusik und gähnender Leere. Bis auf den Kellner ist niemand anwesend. Er trägt ein weißes, hochgeschlossenes Hemd, eine schwarze Fliege und eine dunkelblaue Weste. Mit abwesendem Gesichtsausdruck steht er hinter der Theke und poliert versonnen lächelnd Gläser. Eine gepflegte Erscheinung, etwa Mitte fünfzig, leicht ergraute Schläfen.

Als er uns eintreten hört, blickt er irritiert auf. Wahrscheinlich hat er nicht mit Kundschaft gerechnet.

»Guten Abend, die Herrschaften!« Er legt hastig das

Geschirrtuch zur Seite, stellt das Glas ab und sprintet fast um die Theke herum auf uns zu. »Darf ich …?« Er hilft Eve aus dem Mantel und hängt ihn an die Garderobe. Auch ich schäle mich aus der Jacke, die er mir sofort abnimmt. »Nennen Sie mich Charles. Wenn Sie mir bitte folgen mögen? Ich zeige Ihnen unseren besten Tisch.«

»Danke schön, sehr freundlich«, erwidert Eve und wirft mir einen erstaunten Blick zu.

»Ist doch ganz nett hier«, flüstere ich ihr zu.

Tatsächlich hätte ich nicht mit einem Ober gerechnet, der optisch und durch sein Auftreten eher in ein Gourmet-restaurant passen würde anstatt in eine Dorfschänke. Das überrascht mich.

Auch, dass wir doch nicht die einzigen Gäste sind. Um die Ecke sitzt ein älteres Ehepaar in einer Nische beim Essen. Nebeneinander statt sich gegenüber. Als sie uns sehen, zeichnet sich Verwunderung auf ihren Gesichtern ab, und sie nicken uns diskret zu.

»Ist dieser hier recht?« Wir sind an einem Tisch mit zwei Stühlen angekommen. »Der Blick geht hinaus auf die Hügel. Wäre es etwas früher, könnten Sie von hier den Sonnenuntergang betrachten.«

»Der Tisch ist genehm«, antworte ich und merke, wie ich mit Tonfall und Sprache unwillkürlich in meine frühere Rolle zurückfalle.

Es ist das erste Mal seit dem Unfall, dass ich ein Restaurant besuche. Der alte Adam steckt wohl immer noch in mir drin. Auch Eves irritierter Blick ist mir nicht entgangen. Schnell schiebe ich hinterher: »Toller Tisch. Perfekt. Danke, Charles.«

»Genehm?«, fragt Eve kichernd, als wir sitzen und die Speisekarten aufschlagen.

»Ich wollte nur höflich sein. Charles gibt sich Mühe, das Restaurant aufzuwerten, findest du nicht?«

»Hm, ja, ist mir auch aufgefallen. Er passt nicht wirklich hierher. Aber er scheint gern hier zu arbeiten. Vielleicht kommt es nicht darauf an, welche Tätigkeit man verrichtet, sondern wie und wo und ob man sich wohlfühlt.« Mit nachdenklichem Blick schlägt sie die Speisekarte auf.

»Wie meinst du das?«

»Ach, nur so ein Gedankengang. Aber jetzt muss ich mal auf die Karte gucken, ich verhungere gleich. Mal sehen, was es gibt. Ich hätte ja Lust auf Mushroom Pie und … Oh.« Sie tippt auf eine Seite der Karte. »Trifle! Das muss ich unbedingt zum Nachtisch essen.«

Ihre Begeisterung ist ansteckend.

»Klingt gut. Ich bevorzuge allerdings die fleischhaltige Pie-Variante. Und beim Trifle bin ich dabei. Wird der nicht mit Pfundkuchen zubereitet?«

Charles kommt, wir bestellen, und ich frage mich, wann ich das letzte Mal Trifle gegessen habe. Ich muss ein Kind gewesen sein. Oder Teenager. Ich weiß nur, dass dieser Nachtisch absolut himmlisch war. Vielleicht hat es am Alkohol gelegen.

Eve greift meine Frage wieder auf. »Ich kenne Trifle geschichtet mit in Sherry getränkten Löffelbiskuits, roten Beeren, Pudding, Sahne und Mandelsplitter.«

Von uns unbemerkt ist Charles an den Tisch getreten. »Leider haben wir keine Mandeln, Miss. Aber wenn Sie darauf bestehen, könnte ich …«

Eve winkt ab. »Nein, nein, nicht nötig. Machen Sie sich bitte keine Mühe, Charles. Es geht auch ohne.«

»Vielleicht ein bisschen gestreuter Kakao darüber? Zum Essen schlage ich einen Marchesi Antinori Tignanello vor. Ein vorzüglicher italienischer Rotwein aus der Toskana. Einer der Topfavoriten von Herzogin Meghan. Die Rebsorte Sangiovese ist vorherrschend und wird von einer Winzigkeit der Beeren von Cabernet Sauvignon geschmacklich abgerundet und trifft im Nachgang auf einen Hauch von Tabak und Schokolade.«

»Perfekt!«, sagen Eve und ich wie aus einem Mund und sehen uns verblüfft an. Der Mann ist eine Perle.

Der Mond ist fast voll und wirft ein silbriges Licht auf den Schnee, als wir Arm in Arm durch das stille und verschneite Hope Valley spazieren. Wie von selbst und ohne vorher darüber gesprochen zu haben, schlagen wir die Richtung zu meinem Haus ein.

»Das Essen war fantastisch«, bricht Eve das Schweigen. »Sieht man dem Laden gar nicht an. Da kann so manches Londoner Spitzenrestaurant einpacken. Das Trifle … der Burner! Ich musste mich beherrschen, nicht noch eine Portion zu bestellen. Leider bin ich pappsatt.« Sie lacht, legt ihren Kopf an mich und eine wohlige Wärme tiefster Zuneigung durchströmt mein Herz.

Ich möchte ewig so mit ihr durch die Nacht spazieren. Eves fröhliche, ungezwungene Art nimmt mich für sie ein und lässt mein Herz höher schlagen.

Und dennoch schwingt in ihrem Lachen stets etwas Ernstes mit. Das stimmt mich nachdenklich. Es erreicht nicht vollständig ihre Augen und manchmal, wenn sie sich unbeobachtet fühlt, ist ihr Blick voller Traurigkeit.

Was geht ihr so sehr zu Herzen? Ihre baldige Abreise? Ob in London jemand auf sie wartet? Oder hat sie gerade eine Beziehung beendet oder wurde verlassen? Ist das zwischen uns nichts weiter als ein … Urlaubsflirt? Ein Liebesabenteuer mit Ablaufdatum?

So gern möchte ich ihr sagen, dass ich sie wiedersehen will. Wiedersehen muss!

Die Angst vor einer eventuell ablehnenden Reaktion jedoch lässt mich keinen Ton herausbekommen.

»Oh, wir sind ja schon da. Das ging aber schnell.« Eve

löst sich von mir und lacht mich erneut auf ihre offene, strahlende Weise an. Damit nimmt sie mir alle Bedenken.

Der Moment zählt. Das Jetzt, der Augenblick. Nichts anderes.

»Bist du glücklich, Eve?«

»O Ja. Und wie! Du kannst dir gar nicht vorstellen, wie sehr. Und du?«

»Unbeschreiblich glücklich.« Ich ziehe sie erneut in meine Arme, muss sie nah bei mir spüren. »Eve …«, beginne ich zögerlich und suche nach den richtigen Worten.

Kann ich jetzt schon über Gefühle reden, ohne dass sie sich gedrängt fühlt? Ihr mitteilen, dass ich mich seit meinem Unfall wie ein Eisblock gefühlt habe, der plötzlich zu tauen beginnt? Und dass sie der Grund dafür ist?

Ich atme tief durch.

»Hm?« Sie sieht mich aus großen Augen an.

»Vielleicht ist es etwas früh, aber … Eve? Alles in Ordnung?« Mit einem Mal trübt sich ihr Blick und sie sackt in die Knie. Gerade noch kann ich sie halten, sinke mit ihr zu Boden.

»Eve! Was …?!«

»Adam …«, haucht sie gepresst und kaum verständlich. Sie kniet im Schnee, krümmt sich, sieht mich an und doch durch mich durch. In ihren Augen steht Todesangst.

Hier passiert etwas, das ich nicht im Griff habe. Schon wieder! Ich weiß nur eins: Sie muss raus aus der Kälte!

Sie ist leicht, liegt plötzlich wie leblos in meinen Armen. Im nächsten Moment krampft sie, wimmert wie ein Kätzchen. Ich trage sie ins Haus, lege sie aufs Sofa. Ihr Blick flattert. Sie schließt die Augen.

Und ihr Körper wird ganz weich.

ES DARF NICHT PASSIEREN! NICHT JETZT!

Eve

E ve? Eve! Bitte, mach die Augen auf!«

Adams Stimme dringt wie aus weiter Ferne zu mir durch. Ich öffne langsam die Lider und stelle fest, dass er dicht über mich gebeugt ist. Er streicht über den Kopf, in seinen Augen steht Sorge um mich.

»O Gott!«, ruft er aus und fährt sich mit der Hand übers Gesicht. »Gott sei Dank! Du bist noch bei mir! Eve, was ist los?! Geht es dir wieder gut? Du schwitzt, bist ganz rot. Hast du eine Allergie? Vielleicht gegen … gegen …«

»N-nein«, krächze ich. Meine Lippen fühlen sich an, als würden sie auf Sandpapier reiben, meine Haut ist in einem Moment glühend heiß, kurz darauf friere ich. Jeder Muskel tut mir weh, krampft sich zusammen – und lässt wieder locker. Nur um sich noch stärker zusammenzuziehen. Ich habe das Gefühl, als würden tausend Vogelschnäbel in meinen Eingeweiden reißen und durch mein Hirn jagt ein Schwarm Hornissen.

Es geht los! Und doch will ich nicht wahrhaben, was jetzt passiert.

Maximal eine Woche, haben sie gesagt. Vielleicht weniger.

Ich greife nach Adams Hand, bündele alle Kraft, die ich noch habe. Meine Stimme klingt fremd und weit weg, als ich ihn bitte, sich zu mir zu setzen und mir zuzuhören.

»Eve, du machst mir Angst.« Er kniet vor dem Sofa, nimmt meine Hände, streicht mir immer wieder über den Kopf. Ich sehe, dass er es tut, aber ich spüre es nicht. Das ist das Schlimmste. Ich fühle keine Berührung …

»Es hat begonnen«, krächze ich.

»Begonnen? Was hat begonnen?! Wovon sprichst du?«

Seltsamerweise hört der Schmerz auf. Ich kann wieder besser atmen. Nur meine Haut ist völlig gefühllos. So als ob ich schon tot wäre.

Plötzlich werde ich ruhig. Erschreckend ruhig. Oder ist es das Gift, das mich langsam betäubt? Sollte ich nicht heulen oder schreien? Weinen und klagen?

Das Gegenteil ist der Fall. Diese innere Ruhe ist mir unheimlich und zugleich tröstlich.

Adam ist bei mir. Auf die letzten Tage habe ich die Liebe gefunden. Und es zerreißt mir fast das Herz, ihm Schmerz zuzufügen.

Ich will die Hand heben, sie auf seine Wange legen.

Ein letztes Mal.

Doch es geht nicht.

Ich lächle ihn an, mehr bleibt mir nicht. Zumindest vermute ich, ein Lächeln zustande zu bringen.

»Danke für die Zeit mit dir, Adam. Sie war so … so schön.«

Ist das wirklich meine Stimme? Sie klingt gar nicht nach mir.

»War? Eve?! Wovon redest du? Bist du krank? Ist es das? Bist du deshalb im Wald zusammengebrochen? Und jetzt wieder?«

Ich nicke langsam, sehe in seinen Augen die blanke Angst um mich – und würde sie ihm so gerne nehmen.

Kann es sein, dass er wirklich etwas für mich empfindet? Echte Gefühle? Solche, die ihm jetzt diesen Ausdruck von unermesslicher Verlustangst ins Gesicht schreiben?

»Das ist schon komisch mit uns beiden, oder?«, frage ich.

»Ja. Irgendwie schon.«

»Adam, ich …« Mein Körper ist mit Blei gefüllt, das Reden fällt mir stellenweise schwer. Ich möchte schlafen, nur schlafen. Doch ich weiß, wenn ich dem Bedürfnis nachgebe, wache ich nie wieder auf. »Ich hätte … nie gedacht, dass ich mich so schnell in dich … dich verlieben … verlieben würde.«

Seine Augen liegen auf mir und seine Lider füllen sich mit Tränen. Auch ich will weinen, doch ich kann nicht. Ich kann nicht … Wie grausam! Ich möchte Adam so gerne küssen, ihn in den Arm nehmen. Mich an ihn schmiegen.

»Eve …«, presst er hervor, führt meine Hand an seine Lippen und küsst sie. »Mir geht es genauso«, flüstert er. »Sag mir bitte, was mit dir los ist. Bitte!«

Und ich erzähle ihm alles, angefangen von der Panne mit dem Mietwagen bis hin zur Diagnose. Mit jedem meiner abgehackten Sätze sackt Adam weiter in sich zusammen und die Tränen laufen ihm über die Wangen. »Es ist so weit, Adam. Ich spüre es.«

Wie auf Kommando verkrampft sich mein Körper erneut. Der Schmerz ist so bohrend und allumfassend, dass ich lieber sterben würde, als ihn wieder und wieder zu spüren.

»Nein, bitte. Nein, nein! Das darf nicht sein! Es darf einfach nicht sein. Eve, bitte geh nicht, ich …« Er legt sich zu mir, drückt mich fest an sich und gibt mir Halt. Er küsst meine Augen, meine Wangen, meine Lippen, flüstert beruhigende Worte, bis der Krampf langsam nachlässt.

»Danke«, presse ich völlig fertig hervor. »Der Countdown hat begonnen. Mir bleibt nicht mehr viel Zeit, ich …« Panik ergreift mich und schnürt mir die Kehle zu.

Mom, Dad. Meine Geschwister. Tante Mabel.

Adam streicht mir über die Wange und sieht mich schmerzerfüllt an. Aus dem Augenwinkel erkenne ich Penny. Sie liegt nah bei uns, die Ohren angelegt, den traurigen Blick auf mich gerichtet.

Ich ertrage das alles nicht. Ich will meinen Liebsten nicht solch ein Leid hinzufügen.

»Kann ich irgendetwas tun? Irgendwas!?«, fleht er mich an.

»Nein. Nur das Labor … Gegenmittel.« Ich atme einmal tief durch. Zwischen den Schüben geht es mir einigermaßen und ich kann mich mitteilen. Noch. »Adam, sie arbeiten an einem Gegenmittel, aber ob sie es schaffen, weiß niemand. Und selbst wenn …« Ich breche ab und blicke zur Seite.

»Selbst wenn was?«, hakt Adam nach.

»Es ist sehr teuer. Der Staat und die Versicherungen tragen nicht die vollen Kosten. Meine Eltern wollen eine Hypothek auf ihr Haus aufnehmen, mein Bruder auf seines. Doch auch das reicht nicht, fürchte ich. Tante Mabel hat eine Spendenaktion gestartet, aber …« Ein Laut der Verzweiflung quillt über meine Lippen. Adam schließt mich sofort in seine Arme. »Ich will leben. Leben!«

»Scht. Sag jetzt nichts. Wir wollen alle, dass du weiterlebst, Eve.« Er legt sanft seine Hand auf meine Lippen. »Denk nicht an Geld. Zuerst musst du so schnell wie möglich ins Krankenhaus!«

»Nach Bakewell. Newholme Hospital.«

Mit einem entschlossenen Nicken springt Adam auf. »Ich rufe dort sofort an. Danach deine Tante.« Er stockt. »Fuck!«

Ich zucke zusammen. »Was ist?«

Den Telefonhörer in der Hand wendet er den Kopf zu mir. »Bis auf den heutigen Tag habe ich es nie bereut, kein

Auto zu besitzen. Jetzt schon. Gottverdammt! Bis ein Krankenwagen hier ist, vergehen Stunden!«

»Ich habe keine Stunden mehr«, will ich sagen, doch ich schlucke die Worte hinunter. Es genügt, wenn ich es weiß.

Adam spricht mit einem Mitarbeiter des Krankenhauses, berichtet in knappen Sätzen, was los ist, wird weiterverbunden. Offenbar redet er jetzt mit dem Arzt, doch das Gespräch dringt kaum mehr zu mir durch. Stattdessen höre ich das Blut in den Ohren rauschen und mein Herz klingt so laut wie ein Trommelsolo. Mein Körper kämpft. Mein Geist auch.

Ich. Will. Nicht. Sterben!

Vielleicht kommt der Krankenwagen rechtzeitig, vielleicht auch nicht. Das Gegenmittel ist meine letzte Rettung. Allein die Hoffnung fehlt. Ich sehe sie nicht in Adams Gesicht, während er telefoniert.

Der Gedanke ist zu schmerzvoll und ich schließe erschöpft die Augen. Plötzlich ist Adam wieder bei mir. Er zieht sanft an der Decke, legt sich zu mir und drückt mich an sich.

»Mach die Augen auf, Eve. Bitte, mach die Augen auf.«

Es kostet mich fast unmenschliche Kraft, aber es gelingt mir. »Hey, Adam. Kommt der Krankenwagen?«, wispere ich.

»Sie schicken einen los, aber bei dem Wetter … Es hat wieder angefangen zu schneien. Und zu stürmen …«

»Taxis?«

»Keine Taxis«, flüstert er. »Ich habe Mabel informiert. Vielleicht hat sie eine Idee. Eve, du musst unbedingt auf dem schnellsten Weg nach Bakewell. Und ich … ich … ich kann dich nicht fahren. Gottverdammt!«

»Das ist okay«, flüstere ich, weil mir zunehmend die Kraft zum Sprechen fehlt.

»Nein. Nichts ist okay. Ich habe dich doch gerade erst

gefunden. Ich kann dich nicht jetzt schon wieder verlieren.«

»Tust du nicht. Ich bleibe, okay?« Ich schaffe es irgendwie, meine Hand auf sein Herz zu legen. »Hier drin. Versprochen.«

Dann schließe ich die Augen. Adam redet beruhigend auf mich ein, und ich nehme immer weniger wahr, höre nur noch den melodischen Klang seiner Stimme. Adam ist wunderbar, seine Nähe tut mir so unglaublich gut, wiegt mich in den Schlaf. Ich habe das Gefühl, zu lächeln.

»Adam …«, hauche ich. Dann spüre ich nichts mehr.

VIEL MEHR, ALS ES SCHEINT, UND WENIGER, ALS MAN GLAUBT

Adam

*E*ve wird schwächer und schwächer. Sie ist kaum mehr bei Bewusstsein, ihr Atem geht erschreckend flach.

Ich will nicht wahrhaben, was hier passiert, und klammere mich an ihren schwachen Körper, als könne ich so verhindern, dass sie von mir geht.

Warum schickt das Schicksal mir Eve und nimmt sie mir wieder!?

Alles, was ich tun kann, ist hoffen, dass der Krankenwagen möglichst bald kommt. Dabei könnte es so einfach sein. Wenn ich einen Wagen hätte! Eve wäre längst im Krankenhaus, verdammt!

Ein Geräusch reißt mich aus meinen Gedanken und ich fahre hoch. Hastig stolpere ich zur Tür und reiße sie auf.

Kein Krankenwagen. Ein Landrover. Die Beifahrertür öffnet sich und aus dem Wagen steigt Eves Tante.

»Mabel!?«, rufe ich verdutzt. »Ich dachte, du hättest keinen Wagen?« Diese Information habe ich von Eve.

»Überraschung«, sagt sie. »Hol Eve, schnell! Wir dürfen keine Zeit verlieren.«

. . .

»Habe ich auch nicht«, sagt sie und deutet mit dem Daumen hinter sich.

Mit einer Hand um Eves Körper geschlungen setze ich mich mit ihr auf die Rückbank. Mabel schwingt sich hinters Steuer, neben ihr eine ältere Frau mit weißen Haaren und einem gelben Schal, der so groß ist, dass ein Elefant ihn tragen könnte. Doppelt um den Hals gewickelt.

»Wer sind Sie?«, will ich wissen.

»Hallo, Adam, ich bin Olivia.«

Mabel blickt über die Schulter. »Ihr gehört der Jeep.«

»Olivia? Sind Sie vom Krankenhaus?«

»Nein. Mabel hat mich angerufen. Hübscher Wagen, nicht wahr?«

Interessiert das jemanden? Hauptsache, wir kommen schnell nach Bakewell.

Mabel lässt den Motor aufheulen und fährt ruckartig los.

»Warum fahren *Sie* nicht?«, platzt es aus mir raus.

»Weil ich nicht fahren kann, junger Mann. Ich hätte auch die Kutsche nehmen können, sehr zur Freude meines Ponys. Doch ich fürchte, uns läuft die Zeit davon.«

Olivias Antwort irritiert mich und ich bin für einen Moment sprachlos.

In diese Lücke grätscht Mabel.

»Verzeihung. Muss mich erst an die Schaltung gewöhnen. Schon witzig, nicht wahr? Ich war so was von überrascht, dass Olivia einen Wagen besitzt. Nicht nur darüber«, sagt sie und strahlt mich durch den Rückspiegel an.

»Ich besitze sehr viel mehr, als es scheint, und weniger, als man glaubt«, sagt Olivia kryptisch. Mabel nickt und drückt vorsichtig aufs Gas.

Na, endlich tut sich was. Verdammt, wir könnten schon längst auf der Hauptstraße sein.

»Gib Gummi, Mabel.« Meine Stimme klingt leicht panisch. Darf sie auch, denn Eve stirbt gerade in meinen Armen. Zumindest befürchte ich das.

Mabel sieht angespannt aus. »Die Götter mögen uns schützen!«

»Keine Sorge. Alles wird gut.« Olivia lächelt.

Sie lächelt? Verblüffend, die Frau ist die Ruhe selbst. Entweder sie ist ein empathischer Totalausfall oder sie weiß mehr als wir.

Der Landrover rast nur so über die Landstraße. Hoher Schnee scheint ihm Spaß zu machen. Seltsam ist: Obwohl mich bis vor Kurzem nichts auf der Welt je wieder in ein Auto gebracht hätte, verspüre ich keine Angst. All meine Gedanken sind bei Eve. Fortwährend streiche ich ihr über die Wange, bilde mir ein, dass sie sich wärmer anfühlt als vorhin.

»Wir schaffen das schon«, sagt Mabel mit tröstendem Klang in der Stimme.

»Daran habe ich nicht den geringsten Zweifel«, pflichtet Olivia bei und tätschelt ihr den Arm.

Wie kann sie angesichts der prekären Lage und der stark überhöhten Geschwindigkeit auf schneerutschiger Straße so seelenruhig bleiben? Egal. Ich habe keine Ahnung, wer diese Frau ist, aber ich bin ihr unendlich dankbar.

Nach einer gefühlten Ewigkeit erreichen wir Bakewell. Endlich!

Ärzte und Sanitäter warten bereits auf uns. Es wird hektisch, Eve wird mir förmlich aus den Armen gerissen und auf eine Trage gelegt. Kurz darauf verschwindet sie aus unserem Blickfeld.

»Jetzt können wir nur noch hoffen und beten.« Mabel greift nach meiner Hand.

»Na, dann halte ich mich mal ran«, sagt Olivia energisch und wirft uns einen fragenden Blick zu. »Kommt ihr mit oder wollt ihr lieber noch ein bisschen im Schneetreiben stehen?«

Gespenstisch fahl und wie nicht mehr von dieser Welt liegt Eve in ihrem Krankenbett.

Der Anblick zerreißt mich fast. Nichts tun zu können, ist das Schlimmste.

Ihre Eltern treffen ebenfalls ein. Ein Dorfbewohner hat sie mit seinem Wagen gebracht. Sie begrüßen mich flüchtig, nehmen meine Anwesenheit jedoch nicht wirklich wahr, so abwesend und von Kummer zerfressen sind sie. Ich kann sie verstehen, obwohl ich wahrscheinlich nicht mal im Ansatz den Schmerz einschätzen kann, den Eltern verspüren müssen, wenn ihr Kind im Sterben liegt.

Ich halte mich zurück, überlasse ihnen den Platz an Eves Bett, sitze an dem kleinen Tisch am Fenster zusammen mit Mabel und Olivia. Die Ärzte überwachen regelmäßig Eves Vitalwerte. Sie werden von Stunde zu Stunde schlechter. Leider gibt es nach wie vor keine Neuigkeiten aus dem Labor.

»Sie sollten nachhaken«, sage ich leise zu Mabel.

»Das ist erst vor fünf Minuten geschehen, Adam«, antwortet Olivia und steht auf. »Bin gleich wieder da.«

Auch ich kann nicht still sitzen und erhebe mich, doch Mabel zieht mich wieder auf den Stuhl zurück.

»Bleib hier. Jede Minute kann die letzte sein.«

»Das will ich nicht hören, okay?«, zische ich leise, setze mich, stütze die Ellenbogen auf die Knie und verschränke die Finger wie zum Gebet.

Plötzlich geht die Tür auf. Doch es sind keine Ärzte, die das Zimmer betreten. Olivia bringt ein Tablett mit einer Teekanne und ein paar Tassen und stellt es auf dem Tisch ab.

»Wärmender Tee, wer mag.«

Eves Eltern nehmen keine Notiz von ihr, halten die Hand ihrer Tochter, streichen ihr in unregelmäßigen Abständen über Kopf und Gesicht und ihre Mom redet leise mit ihr.

»Danke, Olivia«, sagt Mabel und nimmt eine Tasse mit dampfendem Tee entgegen. Es duftet gut, aber ich bekomme nichts runter. In mir ist alles wie versteinert.

Erneut geht die Tür auf. Diesmal ist es Eves behandelnder Arzt. Wie erträgt er nur diese Blicke der Eltern, die alle Hoffnung der Welt in ihn legen?

»Dr. Wright!« Eves Mutter steht auf. Sie ist leichenblass, ihr ganzer Körper zittert.

»Wir tun alles, um den Prozess zu verlangsamen, Mrs. Barley, aber …«

Ein herzzerreißendes Schluchzen verschluckt die restlichen Worte. Eves Vater ist ebenfalls aufgestanden und schließt seine Frau in die Arme, stützt sie. Sie schüttelt ihn ab.

»Aber, Dr. Wright, es muss doch etwas getan werden können! SIE müssen etwas tun. SIE können mein Baby doch nicht einfach so …«

Die Tür wird aufgerissen. Ein Arzt stürmt atemlos herein. Unwillkürlich stehen Mabel und ich auf.

»Gute Nachrichten vom Labor! Sehr gute! In etwa zehn Minuten wird ein Bote sich auf den Weg machen und das Antidot so schnell wie möglich bringen. Aber das Wetter …«

Ich drehe mich zum Fenster. Es schneit heftig, dazu geht ein starker Wind. Fuck!

Eves Dad fährt ihn an. »Antidot? Reden Sie verständlich, Mann!«

»Verzeihung, Mr Barley. Das Gegenmittel ist damit gemeint.«

»Endlich! O Gott, endlich!«, ruft Eves Mutter schluchzend aus und greift beide Hände des Arztes. »Sie *müssen* meine Tochter retten, sie am Leben halten, bis das Mittel hier ist. Sie *müssen*! Es kann … So kann es … nicht …« Sie lehnt den Kopf gegen die Schulter ihres Mannes und beginnt zu weinen.

»Wir tun, was wir können, Mrs. Barley.« Dr. Wrights Worte sind nur semitröstend, denn sein Gesichtsausdruck verheißt nichts Gutes. »Wir können jetzt nur noch warten und hoffen.« Er nickt uns zu und verlässt zusammen mit seinem Kollegen das Zimmer.

»Warten ist keine Option!« Olivia spricht laut und mit klarer Stimme. Alle blicken sie an.

»Das sehe ich ähnlich.« Ich stehe auf und vergrabe meine Fäuste in den Hosentaschen. »Aber was bleibt uns anderes übrig?«

»Jede Menge. Nicht denken, tun. Einfach machen, Adam.« Sie greift in die Tasche ihres Mantels, zieht den Autoschlüssel hervor und hält ihn mir hin. »Fahr los.«

Ich starre das Ding an, als könne ich mich daran verbrennen, weiß nicht, warum ich ins Auto steigen sollte. Und dann kapiere ich. »Ich soll dem Boten entgegenfahren? Was macht das für einen Sinn?«

»Das Labor ist in Sheffield. Der schnellste Weg führt über die A621, doch die ist wegen eines Unfalls gesperrt. Der Bote wird also seinen Lieferwagen auf die B6001 lenken. Und ich bezweifle, dass die Straße gut befahrbar ist. Nimm den Landrover, der hat Allrad. Du kommst flotter und besser durch. Fahr ihm entgegen und hol dir das Zeug, das Eve rettet.«

»Und das hat dir deine verdammte Glaskugel gesagt, oder was!?« Himmel, wieso reagiere ich so aggressiv?

Wahrscheinlich, weil mein Unterbewusstsein sich mit allen Mitteln dagegen wehrt, hinters Lenkrad zu steigen.

»So ungefähr. Und die Nachrichten im Fernsehen in der Cafeteria, als ich den Tee geholt habe.« Olivia greift zu meiner Hand und legt den Schlüssel energisch hinein. »Jede Minute zählt, Adam!«

Ich starre den Schlüssel in meiner Hand an, werde mit einem Mal ganz ruhig, gehe zum Bett und streiche Eve über die Wange. In diesem Moment ist mir klar, dass ich für diese wunderbare Frau alles geben würde. Auch mein Leben.

Ihre Mutter nimmt meine Hand und sieht mich flehentlich an. »Fahren Sie, Adam. Retten Sie unsere Eve.«

Wie ferngesteuert rase ich durch die Krankenhausgänge und die Treppen hinunter, immer zwei Stufen auf einmal nehmend. Im Kopf eine Slideshow aus Bildern meines Unfalles. Ich kann nichts dagegen tun. Die hohe Geschwindigkeit, das Überschlagen, das Feuer. Die Schmerzen. Jake … Es ist wie ein Flashback, als würde ich alles wieder erleben. Damals sprachen die Ärzte von einer posttraumatischen Belastungsstörung, die bei schweren Unfallopfern wie mir auftreten könnten. Sie rieten mir zu einer psychotherapeutischen Behandlung. Ich weigerte mich und ging fort.

Und jetzt wehre ich mich gegen die aufkommende Angst, mich hinter ein Lenkrad zu setzen.

Ich schalte auf Autopilot.

Der eisige Wind treibt mir Schnee ins Gesicht. Winzige, spitze Eiskristalle stechen mir in Wangen und Augen. Ich schlage den Kragen hoch und erhöhe mein Tempo, sprinte zum Landrover und lasse mich auf den Fahrersitz fallen. Atmen, die Hände aufs Lenkrad legen.

Puh!

Eve, ich beeile mich! Du wirst leben! Du musst leben!

Die Bundesstraße aus Bakewell raus ist fast leer. Der Schneesturm wird heftiger, und ich halte nach dem Transportwagen des Labors Ausschau.

Nach ewigen zwanzig Minuten sehe ich durch das Schneetreiben Scheinwerfer auf mich zukommen. Ich gebe Lichthupe und nehme den Fuß vom Gaspedal. Als wir auf einer Höhe sind, bleiben wir stehen. Und ich atme auf. Es ist der richtige Wagen, das sehe ich am Logo des Medizinlabors auf der Seite des Transporters. Der Bote kurbelt das Fenster herunter.

»Das Krankenhaus hat angerufen und mir das Kennzeichen eines Landrovers durchgegeben. Ich konnte es nicht erkennen. Sind Sie das?«, brüllt er gegen den Wind an.

»Ja«, rufe ich zurück, und es ist mir egal, dass es durch das geöffnete Fenster in den Wagen hineinschneit. »Ich soll das Gegenmittel übernehmen.«

»Gut! Sie kommen besser durch und sind schneller.« Der Bote hebt den Daumen, nickt, greift neben sich und hält mir kurz darauf eine kleine Kühlbox entgegen, die auf den ersten Blick aussieht wie eine Lunchbox mit Henkel. »Nicht zu viel schütteln, wenn Sie es verhindern können. Und die Kühlkette darf nicht unterbrochen werden.«

»In Ordnung. Danke.«

Ich lege die Kühlbox in den Vorraum am Beifahrersitz. Dort kann sie zumindest nicht hinunterfallen, höchstens ein bisschen rutschen; ich wende den Wagen und rase zurück nach Bakewell. Das Herz schlägt mir bis zum Hals, doch ich achte weder auf meine Angst um Eve noch auf das sich verstärkende Gefühl der Beklemmung in mir, durch die Dunkelheit zu rasen.

Die Geschwindigkeit ist viel zu hoch, verdammt. Ich sehe kaum etwas, obwohl die Scheibenwischer alles geben. Schneeverwehungen auf der Straße machen es nicht leichter. Ich bin dankbar für den Allradantrieb, dankbar für das Gegenmittel. Jetzt kommt es auf mich an.

Unwillig drossele ich das Tempo. Niemandem ist geholfen, wenn ich den Transport gefährde und am Ende einen Unfall baue. Das wird nicht noch mal passieren, zur Hölle!

Dann schnappe ich nach Luft.

In einer lang gestreckten Kurve kommen mir plötzlich Scheinwerfer entgegen.

Auf *meiner* Seite der Straße!

»Was zur Hölle …!«, stoße ich aus, nehme ruckartig den Fuß vom Gas, gehe gleichzeitig auf die Bremse und versuche, dem entgegenkommenden Fahrzeug auszuweichen.

»Fuck!«, brülle ich, und Panik überschwemmt mich mit einer Wucht, die ich in dieser Situation nicht beeinflussen kann.

Die Räder blockieren, der Wagen rutscht. Trotz Allrad. Warum bin ich Idiot auf die Bremse? Der fucking Allradantrieb hat null Effekt beim Bremsen, denn egal wie viele Räder angetrieben werden – Autos bremsen immer mit allen vieren ab.

Ein Baum rast auf mich zu. Nein, ich rutsche auf ihn zu. Viel zu schnell.

Nicht schon wieder, verdammt! Nicht. Schon. Wieder!

Hektisch reiße ich das Lenkrad herum, um nicht frontal aufzuprallen, sondern mit dem Heck.

Irre, ich kann noch denken.

Dann tut es einen Schlag. Alles wird still. Die Hände um das Lenkrad gekrallt, schließe ich die Augen – und warte auf die Flammen. Auf die Hitze, die von meinem Körper Besitz nimmt.

Doch nichts passiert. Keine Flammen. Keine Scheinwerfer.

Hastig steige ich aus, knicke um, falle auf mein Knie und schreie auf. Ein scharfer Schmerz schießt mir ins Bein, aber darauf kann ich jetzt keine Rücksicht nehmen. Ich beiße die Zähne zusammen, ziehe mich an der Wagentür hoch und begutachte die Lage.

Außer mir ist niemand auf der Straße. Nur mein Wagen, der mit einem Hinterrad in einer Kuhle steht. Wenige Zentimeter von dem massigen Baum entfernt.

»O Gott«, sage ich und fahre mit den Händen über mein Gesicht. »Danke für die Schutzengel!«

Ich lebe. Mein Körper brennt nicht. Alles ist okay. Bis auf das Scheißknie. Egal. Es wird halten, bis ich bei Eve bin!

Die Kühlbox liegt nach wie vor verschlossen und unversehrt im Fußraum. Ich hoffe, sie wurde nicht zu sehr durchgeschüttelt.

Unter heftigen Schmerzen quäle ich mich hinters Lenkrad, lasse den Motor an, und es braucht nur zwei Anläufe, bis der Landrover wieder mit allen Rädern Bodenkontakt hat.

Scheiß aufs Knie und auf das Wetter – ich gebe Gas. Muss Zeit aufholen.

Hoch konzentriert rase ich durch die Dunkelheit und brauche all meine Sinne. Denn ich will keine weitere Zeitverzögerung riskieren, keinen Unfall. Und ich werde Eve das Gegenmittel rechtzeitig bringen. Sie wird leben! Und wie sie leben wird!

Sie. Wird. Leben!

Mantragleich wiederhole ich diese Worte in meinem Kopf, dann spreche ich sie immer wieder laut aus. Am Ende brülle ich sie. Und ich bin heilfroh, dass mir nur ein einziger Wagen entgegenkommt. Auf seiner Spur.

Gleich bin ich da.

Jede Minute zählt.

Mit quietschenden Reifen fahre ich beim Krankenhaus vor, schnappe mir die Kühlbox und humple mit zusammengebissenen Zähnen durch die Eingangstür.

»Kann mir jemand helfen, hallo?«, rufe ich laut und sämtliche Köpfe in der Eingangshalle drehen sich zu mir.

Eine Krankenschwester läuft auf mich zu. »Sind Sie Adam?«

»Ja. Gegenmittel. Eve Barley. Schnell! Nicht schütteln. Vorsichtig!«

Sie nickt, nimmt die Kühlbox. Wieso guckt sie so komisch?

Eine eiskalte Faust krampft sich um meine Eingeweide. »Was ist mit Eve!? Lebt … lebt sie?«

BITTE NICHT WEINEN, MOM

Eve

*B*in ich tot?

Ich fühle mich so leicht, fast schwerelos. Keine Schmerzen. Und dieses wunderbare Licht. Wie ist es möglich, mit geschlossenen Augen etwas zu sehen, wenn man noch lebt?

Also bin ich gestorben. Seltsam. Ich fühle mich so lebendig, so glücklich, so frei. Ist das so, wenn man tot ist? Cool.

Moment.

Was ist denn mit meinen Augenlidern los? Ich fühle sie. Die Dinger sind total verklebt. Das passt irgendwie nicht zusammen.

Okay, Augen öffnen.

Das ist ganz schön anstrengend, aber ich schaffe es. Zumindest einen kleinen Spalt. Die Umgebung um mich herum nichts als strahlendes Weiß. Es schmerzt.

Und jetzt höre ich Geräusche. Etwas raschelt, berührt meine Wange. Warm. Sanft. Vertrauter Duft.

Komisch.

»Eve?«

Ich zucke zusammen, blinzele, spüre plötzlich meinen

Körper. Das Licht ist nicht mehr so grell, Silhouetten schälen sich heraus. Sie bewegen sich, murmeln.

»Eve, hörst du mich?«

Die Stimme kommt mir bekannt vor. Ich versuche, den Kopf zu drehen, doch es gelingt mir kaum. Wieder blinzle ich und jetzt werden die Konturen um mich herum schärfer.

Mom? Dad?

Meine Mutter legt mir die Hand auf die Wange. Warm, tröstend. Sie schluchzt.

Bitte nicht weinen, Mom. Ich habe keine Schmerzen mehr.

Das denke ich nur, bin nicht in der Lage, die Worte auszusprechen.

Ich will meine Mom richtig sehen. Ein letztes Mal. Fest kneife ich die Lider zusammen und öffne sie wieder.

»Mom …?«, sage ich leise und wundere mich. Ja, sie weint. Und sie lächelt. In ihrem Gesicht steht Erleichterung.

»Oh, meine Süße, alles wird gut. Du lebst! Adam hat das Gegenmittel geholt.«

Adam?

Mein Blick geht durch den Raum und bleibt an dem großen Mann mit Bart hängen. Er steht am Tisch neben Mabel. Ihre pinkfarbenen Haare leuchten im grellen Licht.

»Hey«, hauche ich ihnen zu und bringe so etwas wie ein Lächeln zustande. Mir fällt das Reden schwer, so als ob meine Stimme noch ein bisschen brauchen würde, um zurückzukommen.

»Hey«, antwortet Adam und tritt zu mir ans Bett. Humpelt er? Wieso humpelt er? Aus dem Augenwinkel nehme ich wahr, wie meine Mutter ihn dankbar ansieht und kurz ihre Hand auf seinen Arm legt. »Willkommen zurück«, sagt er, und ich bin einfach nur glücklich, ihn zu sehen. Glücklich, weil alle Menschen, die mir wichtig sind, stehen ums Bett herum. Nur meine Geschwister nicht.

»Hallo, tapfere Eve.« Mabel nickt mir unter Tränen zu. »Verzeih, ich heule nur, wenn ich verdammt glücklich bin.«

Und jetzt wird mir klar, was passiert sein muss.

»Das Labor hat …?« Hey, ich kann reden! Und ich kann nicht fassen, dass ich noch hier bin.

Mein Vater deutet auf Adam. »Dieser Mann hier hat eine Heldentat vollbracht.«

»Adam hat dir das Leben gerettet, mein Liebling.« Mom überdeckt mein Gesicht mit Küssen und streicht mir fortwährend über den Kopf.

Mabel lacht. »Vergiss das Labor nicht. Sie haben Tag und Nacht gearbeitet.«

»Du bist mein Lebensretter. Schon wieder«, hauche ich und versinke in Adams liebevollem Blick. Ein intensives Glücksgefühl durchströmt mich.

Ich habe eine Zukunft!

Bei dem Versuch, mich aufzusetzen, hilft mir Mom, betätigt einen Hebel und das Kopfteil des Bettes hebt sich langsam.

»So, das reicht«, sagt sie und stopft mir ein Kissen in den Rücken.

»Danke, Mom.« Ich berühre meine Hände, mein Gesicht. Nichts tut mehr weh. Ich fühle mich zwar, als wäre ich einen Marathon gelaufen, aber sonst geht es mir verblüffend gut. »Adam, danke. Ich …«

Mabel unterbricht mich. »Wieso lassen wir die beiden nicht einen Augenblick allein?« Das ist mehr eine Anweisung als eine Frage. Sie zwinkert mir zu, hakt sich bei meiner Mom unter und alle bis auf Adam verlassen den Raum.

Verwundert sehe ich ihnen hinterher und bemerke verblüfft, dass Mom und Mabel sich so nahekommen, ohne sich an die Gurgel zu gehen.

Adam setzt sich zu mir, nimmt meine Hand und führt

sie zu seinen Lippen. »Du kannst dir nicht vorstellen, wie froh ich bin.«

»Was ist passiert, Adam? Wieso humpelst du? Wie kannst du mich gerettet haben?« Wie …?

Er lacht. »So viele Fragen auf einmal. Ich fange von vorne an, ja? Dir ist es immer schlechter gegangen und du bist bewusstlos geworden. Deine Vitalwerte waren unterirdisch. Wir, auch die Ärzte, hatten die Hoffnung schon aufgegeben. Und dann hat das Labor angerufen. Auf den letzten Drücker. Der Weg von Sheffield hierher kann bei Schneesturm ein sehr langer werden. Auf der Autobahn hat es einen Massenunfall gegeben, alle Rettungswagen im Einsatz, und der Transporter des Boten hatte keinen Allrad. Also bin ich ihm entgegen gefahren.«

»Ich dachte, du kannst nicht fahren?« Doch als ich diese Worte ausspreche, merke ich selbst, dass Adam das so nie gesagt hat.

»Ich kann schon, ich … ich meine, ich *konnte* es.«

»Hat mit deiner … Kriegsverletzung zu tun?«

»Ja.« Er schluckt und sein Blick flattert kurz zur Seite.

»Du bist trotzdem gefahren«, hauche ich, weil ich spüre, dass es ihn eine enorme Überwindung gekostet haben muss.

»Ja, konnte ich. Ich weiß nicht, wie ich es geschafft habe. Die Panik hatte oft das Steuer in der Hand, nicht ich selbst. Aber … ich musste fahren. Jede Minute hat gezählt und … wir konnten nicht riskieren, dass der Bote zu spät kommt.«

»Ich weiß nicht, was ich sagen soll.«

»Hier geht es nicht um mich, Eve.« Adam legt meine Hand an seine Wange. »Nur um dich. Du bist wieder da. Du lebst. Nein, sag jetzt nichts. Bitte. Sei einfach nur da. Und bleib.«

»Bleiben? Wie meinst du das?«

Noch bevor er antworten kann, geht die Tür auf und meine Familie kommt wieder herein.

»Schätzchen, die Ärzte wollen dich sehen.« Sie beugt sich zu mir herunter und küsst mich auf die Wange. »Ich bin so froh, dass es dir gut geht, Eve. So froh! Du hast ja keine Ahnung, was wir durchgemacht haben. Keine Ahnung.« Erneut füllen sich ihre Augen mit Tränen und ihre Schultern zucken.

»Hey, Lilly.« Mabel reicht ihr ein Taschentuch und legt einen Arm um sie. »Sorry, ich meine Elinda. Es ist alles okay. Deiner Eve geht es gut.«

»Lass das die Ärzte beurteilen«, sagt Dad, der sowieso immer skeptisch ist, und streicht meine Bettdecke glatt.

»Cleve, du Bedenkenträger.« Mom stupst ihn an. »Das haben die Ärzte vorhin schon gesagt.«

»Ja? Wo war ich da?«

»Auf dem Klo.«

»Und jetzt ist sie geheilt? Ganz gesund?«

Gerade als mein Vater redet, kommt Dr. Wright herein. »Richtig, Mr Barley. Wir behalten sie jedoch zur Beobachtung noch zwei Tage hier. Morgen nehmen wir Blut ab, und wenn das in Ordnung ist, darf sie übermorgen nach Hause.«

Nach Hause …

Ich drehe meinen Kopf zu Adam. Unsere Blicke verhaken sich ineinander.

Er lächelt.

Und mein Herz lächelt zurück.

UNECHTE FREUNDSCHAFTEN

Adam

Gedankenverloren stapfe ich durch den Schnee und werfe Pennys alten Tennisball weit in die schneebedeckten Felder hinein. Sie ist nicht müde zu bekommen. Immer wieder bringt sie mir den mittlerweile total zerfledderten, angesabberten Ball zurück und spuckt ihn vor meinen Füßen aus. Dann werfe ich wieder.

Ich mag diese Spaziergänge. In der Natur kann ich abschalten, meinen Gedanken nachhängen und in mich hineinfühlen.

Es gibt keine Zweifel mehr. Hope Valley ist zu meinem Zuhause geworden.

Und ich habe mich in Eve verliebt.

Morgen wird sie aus dem Hospital entlassen. Ihr geht es stündlich besser. Gerade vorhin haben wir telefoniert. Geplaudert. Über dies und das. Und uns versichert, dass wir uns aufeinander freuen.

Niemals hätte ich erwartet, diese Frau zu vermissen. Jede Faser meines Körpers sehnt sich nach ihr, nach ihrem frechen Lachen, ihren blitzenden Augen, ihrer Spontanität und … ja, auch nach ihren Berührungen.

Das Schönste ist: Sie kommt pünktlich zum Weihnachtsfest nach Hause.

Wenn *ich* schon voller Freude bin, wie ergeht es erst ihrer Familie? Eve kann definitiv einen weiteren Geburtstag im Jahr feiern. Bei der Gelegenheit fällt mir ein, dass ich gar nicht weiß, wann sie Geburtstag hat. In jedem Fall bin ich glücklich wie lange nicht mehr.

Nein, nicht ganz korrekt. Glücklich wie noch nie trifft es genauer.

Wir sind an meiner Hütte angekommen und ich lege den versifften Ball leicht angewidert auf die Fensterbank. Ins Haus kommt mir das Teil nicht.

Ich krame nach dem Schlüssel in meiner Jackentasche und stutze.

Ein Motorengeräusch. Räder knirschen auf Schnee. Penny winselt, weil sie ins Haus will. Ihr Futter wartet.

Wer besucht mich denn um diese Uhrzeit? Hoffentlich nicht Olivia mit ihrem Landrover, um mir zu sagen, dass wir schnell zu Eve müssen, weil … Nicht drüber nachdenken. Nicht das Schlimmste annehmen.

Ich drehe mich um – und bin völlig perplex.

»Penny. Sitz.« Sie hört sofort und blickt dem rabenschwarzen Bentley mit schief gelegtem Kopf entgegen.

Ich kenne nur einen Menschen, der einen Bentley Continental mit matter Sonderlackierung, exklusiven Vossen-Black-Brush-Felgen und abgedunkelten Scheiben fährt.

»Dad? Was willst du denn hier?« Ich weiß, keine sehr nette Begrüßung, aber meine Verblüffung muss raus. Erst vor einigen Wochen haben wir telefoniert, ein paar finanzielle Punkte besprochen, die üblichen Wie-geht-es-dir-Fragen beantwortet. So was eben. Mein Vater hat damals meinen Ausstieg ohne Nachfragen respektiert und mich schon lange nicht mehr besucht.

Doch nun steht er unangekündigt vor mir.

»Sohn?«, gibt er amüsiert zurück, kommt auf mich zu und steckt die Lederhandschuhe in seinen anthrazitfarbenen Mantel. »Es ist Weihnachten und ich habe dich seit einer Ewigkeit nicht mehr gesehen. Verzeih mir mein spontanes Eintreffen. Tatsächlich habe ich überlegt, mich anzumelden, wollte jedoch keine Absage kassieren.«

»Die du vermutlich bekommen hättest.« Ich grinse schief. »Aber jetzt freue ich mich, dass du da bist.«

Die buschigen, mittlerweile schneeweißen Augenbrauen meines Vaters heben sich. »Tatsächlich?«

»Ja. Tatsächlich. Komm rein.«

Ich krame nach dem Schlüssel in der Jackentasche, öffne die knarrende Holztür, und beim Eintreten wird mir bewusst, dass mein Vater in diese Umgebung passt wie ein Diamant zu Baked Beans.

»Darf ich?« Ich helfe ihm aus dem Mantel und hänge das feine Teil zusammen mit dem schwarzen Kaschmirschal an die hölzerne Garderobe neben der Tür.

Dad trägt ein dunkles, maßgeschneidertes Sakko, das mehr kostet, als die meisten Menschen hier in Hope Valley im Monat verdienen, darunter ein einfaches weißes Hemd sowie Jeans. Dazu Budapester, der Klassiker unter den Herrenschuhen der gehobenen Klasse. Dad ist heute also »smart casual« unterwegs statt im Anzug. Sein volles, weißes Haar liegt perfekt. Wie immer ist er eine imposante Erscheinung. Allein durch seine fast zwei Meter Körpergröße.

Er sieht sich in meiner bescheidenen Hütte um. »Gemütlich. Einfach, aber gemütlich. Offener Kamin, davor zwei Sessel, ein kleiner Tisch für einen Whisky. Schön, schön. Du hast welchen hier?«

»Ja, eine Flasche. Du siehst übrigens gut aus.«

»Danke, Sohn. Ich muss zugeben, ich hätte dich kaum wiedererkannt. Du hast dich verändert. Nicht nur äußerlich. Gefällt mir. Bis auf den Bart vielleicht.«

Unwillkürlich streiche ich mir übers Kinn. »Hm, ja, der Bart. Er versteckt die Narbe.«

»Die zu dir gehört.« Er geht zu einem der Ledersessel vor dem knisternden Kaminfeuer, setzt sich, schlägt ein Bein über und legt die Fingerspitzen aneinander.

»Whisky?«, frage ich.

»Gern. Und dann sprechen wir darüber, wann du wieder nach Hause kommst.«

»Dad …« Ich fülle Penny den Futternapf und schenke uns zwei Daumenbreit in niedrige Wassergläser, gebe ihm eines davon und setze mich in den anderen Sessel. »Ich habe nur das Nötigste. Hoffe, er schmeckt dir trotzdem. Ist ein schottischer, weil sich der englische Whisky immer noch in der Findungsphase befindet.«

Er schnuppert daran. »Oh, ein Laphroaig. Sehr gut.«

»Dad, zu deiner Frage.« Ich nehme einen winzigen Schluck und lehne mich zurück, das Glas in beiden Händen. Der torfige Whisky läuft mir warm die Kehle hinunter. Ein ungewohntes Gefühl, denn schon lange habe ich keinen Whisky mehr getrunken. Höchstens ein Bier nach dem Holzhacken. Plötzlich fällt mir auf, dass wir beide die gleiche Haltung einnehmen. Bis auf das übergeschlagene Bein. »Ich werde hierbleiben.«

Er reagiert nicht, starrt ins Feuer. Allein an seinen leicht angehobenen Mundwinkeln erkenne ich, dass er mit dieser Antwort gerechnet hat.

Langsam und mit einem wissenden Schmunzeln im Gesicht dreht er den Kopf zu mir. »Du bist schon immer ein Dickkopf gewesen.«

»Es ist mir ernst. In diesem Dorf habe ich mich gefunden. Meine Mitte. Meine Ruhe. Es ist angenehm, hier zu leben. Ich bin ein anderer Mensch geworden. Das schnelllebige London, die Oberflächlichkeit und die Banalitäten der sogenannten High Society, die unechten Freundschaften … Das alles gibt mir nichts mehr.«

In diesem Moment legt sich meine Hündin zu mir, gähnt, streckt sich wohlig auf und lässt ihren Kopf grunzend auf einen meiner Füße sinken. Gerade so, als wolle sie meine Worte mit dieser Geste untermauern.

»Tja …« Dad steht auf. »Ich schätze, du bist beschlagnahmt und kannst kein Holz nachlegen, was? Dein Hund ist niedlich.« Er legt ein Scheit obenauf und rückt ihn mit dem Haken zurecht, dann setzt er sich wieder.

»Hündin«, kläre ich ihn auf. »Sie heißt Penny.«

»Eine hübsche Hundedame. Und sie scheint dich sehr zu lieben.«

Statt einer Antwort nicke ich nur und nippe am Glas. Ob Eve mich ebenfalls liebt? Nein, das wäre zu früh. Ob sie verliebt ist?

»Ah«, holt mich Dad aus den Gedanken. »Da gibt es eine Frau in diesem … Hope Valley.«

Es ist keine Frage, mehr eine Feststellung. Er kennt mich einfach zu gut.

»Vielleicht. Aber sie wird nach den Feiertagen zurück nach London fliegen.«

»Ein guter Grund, um heimzukommen, Sohn. Folge ihr.«

»So einfach ist das nicht, Dad. Können wir bitte das Thema wechseln? Zum Beispiel zu der Frage, ob du auf dem Sofa oder in meinem Bett schlafen möchtest? Ein Gästezimmer gibt es hier leider nicht.«

»Das ist sehr entgegenkommend von dir, aber ich denke, ich nutze das gebuchte Hotelzimmer.«

»Du hast dich im Hotel eingemietet? Hier in Hope Valley?«

Das überrascht mich. Unter fünf Sternen steigt mein Vater nirgends ab. Es hat mich schon gewundert, dass es den Anschein machte, er wolle sich bei mir einquartieren. Und das ist absolut unter seinem Niveau. Vielleicht habe ich ihn falsch eingeschätzt.

»Es ist ein sehr nettes, kleines und gepflegtes Hotel. Warum nicht? Es ist nie zu spät, neue Wege auszuprobieren. Selbst ein alter Sack wie ich kann noch dazulernen.«

»Das ist mal eine Ansage.« Ich nicke beeindruckt und hebe mein Glas. »Auf das einzig Stete im Leben.«

»Auf den Wandel. Cheers, mein Sohn.« Wir nicken uns zu, ich nehme einen winzigen Schluck und stelle das Glas auf den Beistelltisch zwischen uns.

»Nanu?« Dad wirkt überrascht und deutet auf mein Glas. »Du hast ja kaum etwas getrunken.«

»Korrekt. Alkohol gibt es bei mir nur noch äußerst selten und wenn, dann in Maßen. Das sollte dir bekannt vorkommen.«

»In der Tat. Und deine Liebelei zu Hochprozentigem ist mir noch deutlich in Erinnerung«, sagt er, klopft sich auf den Schenkel und lacht so laut auf, dass Penny erschreckt zusammenzuckt, den Kopf hebt – und ihn dann wieder sinken lässt.

Mein Dad ist Richard Slater, Inhaber der Slater Corporation, eines weltweit agierenden Imperiums mit Vertretungen in mehr als hundertachtzig Ländern. Er ist ein wohlhabender und mächtiger Mann.

Doch das hat ihn nicht zu einem Snob gemacht. Im Gegenteil. Nach dem frühen Tod meiner Mutter hat er sich liebevoll um mich gekümmert und ist immer bodenständig geblieben. Trotzdem sich sein beruflicher Alltag ausschließlich um Alkohol dreht, war er selbst ein bescheidener Trinker. Seine Bar zu Hause ist stets gefüllt mit erlesenen Spirituosen, hauptsächlich für Gäste und Geschäftspartner. Er selbst trinkt ebenfalls in Maßen und äußerst selten.

Ich seufze auf. »Das Trinken gehört der Vergangenheit an.«

»Deine Konsequenz beeindruckt mich, Adam.«

Ich drehe mich zu ihm um. »Und trotzdem willst du,

dass ich nach London zurückkehre? Hierzubleiben ist ebenfalls eine Konsequenz.«

Schweigen. Das Gespräch wird überschattet von unterschiedlichen Ansichten, wie der Sohn des großen Slaters zu leben hat. Der allseits beliebte und umschwärmte Adam Slater kehrt zurück und führt die Geschäfte seines Vaters weiter. Das ist es, was Dad möchte.

»Ich verstehe das, Adam. Dein radikaler Lebenswandel ist notwendig gewesen. Genauso wie die … Sache zu verarbeiten, dich selbst neu zu erfinden. Du bist kein so großes Rätsel für mich, wie du glaubst. Du bist das Wichtigste in meinem Leben.«

»Ich weiß, Dad.«

Und wir haben nur noch uns. Wir beide sind Familie. Mein Vater hat mir Geborgenheit, Verständnis und Liebe gegeben. Immer. Egal, was ich getan, gesagt oder gelassen habe. Egal, wie oberflächlich und bedeutungslos mein Leben gewesen ist.

»Mein Leben früher war … unerträglich oberflächlich«, murmele ich, und Dad greift über den Tisch, legt seine Hand auf meine, drückt sie kurz und zieht seine wieder zurück.

»Du tust dir Unrecht, Adam. Du hast hart gearbeitet. Auch wenn du dich wie ein verwöhnter Sprössling verhalten hast, der das Geld zum Fenster rausgeworfen hat.«

»Das sehe ich anders.«

»Du *hast* hart gearbeitet«, wiederholt er mit Nachdruck.

»Ja. Ich weiß. Für dich. Ich wollte dich stolz machen.«

»Du machst mich stolz. Jeden Tag. Sieh dich um. Wo lebst du jetzt? Wie lebst du? DAS macht mich verdammt stolz, Sohn.«

»Das bedeutet mir viel.« Ich stehe auf, hole mir eine

Flasche Wasser und nehme sie mit zum Sessel. Das gibt mir Zeit, passende Worte zu finden. »Auch ein Wasser?«

»Nein, danke, der Whiskey genügt fürs Erste.«

»Es gibt mehrere Gründe, die mich hier halten. Nenne es Erkenntnis, Geistesblitz, Eingebung. Wie auch immer. Meine Zeit hier hat mich geprägt, aber um die geht es nicht. Es ist mehr eine Aneinanderreihung von Ereignissen in den letzten Tagen. Sie haben alles auf den Kopf gestellt. Schon wieder. Mein Leben dreht sich erneut um hundertachtzig Grad.«

»Du sprichst in Rätseln. Definiere Ereignisse.«

Ich atme tief durch. »Ich wurde gezwungen, über vieles nachzudenken. Verdrängtes kam an die Oberfläche, Dämme wurden gebrochen. Es ist, als wäre mein Blick auf die Welt all die Jahre verschwommen gewesen. Und dann setzt mir jemand eine Brille auf.«

»Jemand? Oder meinst du das im übertragenen Sinn?« Mein Vater beugt sich vor und sieht mich interessiert an.

Ich mache eine wegwerfende Geste. »Später, Dad. Hör mir einfach nur zu. Das Leben, das ich geführt habe … der Unfall … das war Ursache und Wirkung. Es hat so kommen *müssen*. Ansonsten hätte ich für alle Zeiten so weitergemacht. Ohne den Unfall, meinen Rückzug, die Narben hätte ich nie eine Veranlassung gesehen, so hart mit mir ins Gericht zu gehen. Ich hatte alles. Geld, Frauen, Luxus. Und dich. Einen Vater, der immer versucht hat, mich auf den richtigen Weg zu bringen. Warst du nie wütend auf mich? Du hättest mich aus der Firma werfen können.«

»Doch, sehr sogar. Aber ich liebe dich auch. Nichts ist so stark und selbstlos wie die Liebe zu den eigenen Kindern, Adam. Ja, ich hätte dich entlassen können. Was hätte das gebracht? Was hättest du getan? Du hättest möglicherweise die Schuld bei mir gesucht und …«

»… ich hätte kein Wort mehr mit dir gesprochen und

wäre zur Konkurrenz gewechselt.« Der alte Adam ist mir selbst unsympathisch. »Dad, deine Weitsicht und Geduld rechne ich dir hoch an und bin dir mehr als dankbar. Mir selbst bin ich es nicht. So viele Jahre habe ich deinen Edelmut und deine Vaterliebe ausgenutzt. Und wenn du mir Konsequenzen aufgezeigt hast, habe ich lediglich eine Zeit lang den Reuigen gespielt. Ich weiß, sag jetzt bitte nichts. Mich widert mein früheres Ich an. Ich war ein bequemer Beau, der nur an Reichtum und schnellen Nummern mit willigen Frauen interessiert war. Dem ein Auto wichtiger als alles andere gewesen ist, der sich mehr dafür interessierte, wie lange die Bar geöffnet hat, anstatt morgens pünktlich und nüchtern in der Firma zu sein. Ich war … ein Widerling, ein Snob, ein egoistisches Arschloch ohne Aussicht auf Besserung.« Mit beiden Händen fahre ich mir durch die Haare. »Dann hat das Schicksal das Ruder in die Hand genommen.«

»So wie du mit dir ins Gericht gehst … Respekt. Das ist harter Tobak«, sagt mein Vater nachdenklich. »Ich kann dem weder etwas wegnehmen noch hinzufügen. Dennoch … du bist zu streng mit dir. Aber gut, das eine Extrem braucht das andere, um sich irgendwann einpendeln zu können. Dein gewählter Weg erfordert sehr viel Mut. Aber verrate mir eins: Seit wann glaubst du an so etwas wie Schicksal?«

Nachdenklich streiche ich mit den Fingern über den Bart. »Seit dem Moment im Wald.«

»Interessant. Hat dieser Moment vielleicht mit diesem *Jemand* zu tun?«

Mein Vater versteht es, Punkte zu verbinden.

EIN GANZ BESONDERES GESCHENK

Eve

Ein Wintertag wie aus dem Bilderbuch neigt sich dem Ende entgegen.

Der Sturm hat sich gelegt, die Sonne strahlt von einem fast wolkenlosen Himmel und nur ein leichter Wind fängt sich in den Tannenkronen. Allmählich setzt die Dämmerung ein.

Schade, dass es in dieser Jahreszeit immer so früh dunkel wird. Andererseits hat es auch etwas sehr Heimeliges und Gemütliches.

Ich beiße in ein Spritzgebäck mit Glitzer und schließe begeistert die Augen. O Gott, ist das köstlich. Dagegen stinkt sogar das Lakritz von Bertie Bassett's Allsorts in der kleinen Schüssel vor mir ab. Mom und Tante Mabel haben gestern so viele Weihnachtsplätzchen gebacken, als wollten sie eine Kompanie damit satt bekommen.

Und die beiden streiten sich nicht. Dass ich das noch erleben darf?

Die liebsten Menschen sind um mich, in der Mitte des Wohnzimmertisches dampft leckerer Früchtepunsch, eingerahmt von Teelichtern. Das Kaminfeuer flackert, unzählige Kerzen auf dem Kaminsims, Fensterbrettern und Kommoden tauchen das Zimmer in einen warmen Schein.

Am liebsten würde ich diesen Moment festhalten, auf Pause stellen und mich darin einkuscheln.

Als Nächstes knabbere ich an einem Zimtstern und blinzele eine Glücksträne weg.

Ich fühle mich so unendlich wohl hier. Bei Tante Mabel. In Hope Valley.

Mit Adam an meiner Seite.

Es ist, als habe alles so kommen müssen, als könnte ich seit meiner Genesung alles schaffen, alles ausprobieren. Ich inhaliere geradezu das Leben. Jede Sekunde eines jeden Tages.

Doch etwas scheint sich verändert zu haben.

Oder hat sich *alles* verändert?

Meine Tante schenkt uns Punsch nach und wir prosten uns zu. Ich sehe, dass Adam nur am Glas nippt und es wieder abstellt. Seine verschlossene, zurückhaltende Art ist wie weggeblasen. Er blickt offen und interessiert in die Runde, lächelt viel und unterhält sich mit meinen Eltern, als würden sie sich schon ewig kennen. Die Gespräche drehen sich hauptsächlich um die letzten Tage und wie froh alle sind, dass alles gut gegangen ist. Die Atmosphäre im Raum ist familiär und herzlich und ich kuschle mich wie selbstverständlich an Adam.

Als müsste es so sein. Als wäre er immer schon ein Teil von mir.

»Wir sind dir so dankbar«, sagt meine Mom zu ihm. »Wir wussten ja nicht, dass Eve jemanden an ihrer Seite hat.«

»Dann sind wir schon zwei, Mom. Ich wusste das bis vor Kurzem auch noch nicht.«

»Geht mir ähnlich«, wirft Adam schmunzelnd ein.

»Tante Mabel?«, gebe ich meinem Wunsch Worte. »Wäre es dir recht, wenn wir alle zum Fest bleiben?«

Mein Blick geht prüfend zu meinen Eltern. Fast erwarte ich, dass jemand protestiert, doch sowohl meine Mutter als auch mein Vater nicken ohne Vorbehalte, ohne Stirnrunzeln oder Protest.

»Ja!«, freut sich Mabel. »Unbedingt! Ihr bleibt zu Weihnachten hier. Und, Adam, du bist natürlich herzlich eingeladen.«

Adam neigt den Kopf wie zu einer Verbeugung. »Vielen Dank. Wäre es vermessen zu fragen, ob ich jemanden mitbringen kann? Mein Vater ist spontan angereist, um das Fest mit mir zu verbringen.«

»Dein Vater ist hier? Wieso wissen wir davon nichts? Aber natürlich! Ihr seid jetzt ein Paar, ihr zwei. Da sind die Eltern dabei, das versteht sich von selbst. Und je mehr wir sind, desto schöner.«

Wir. Ein Paar. Darüber hatten wir bis jetzt nicht gesprochen, aber es fühlt sich so an, als wären wir es. Gespannt warte ich auf eine Reaktion von Adam. Darauf, dass sein Körper sich neben mir verspannt.

Doch da ist nichts. Er ist absolut gelassen, sein Arm liegt um meine Schultern und seine Hand streicht sanft und in wohltuender Gleichmäßigkeit über meinen Oberarm. Als wäre es das Selbstverständlichste auf der Welt. Ich lächle in mich hinein.

O Gott! Ich habe kein Weihnachtsgeschenk für Adam. Auch nicht für meine Eltern. Deren Geschenke liegen in meiner Wohnung in London.

Und heute ist der letzte Tag, an dem ich für alle eine Kleinigkeit besorgen könnte.

Ich strecke mich und stehe auf. »Ich habe solche Lust auf einen Spaziergang. Das Wetter ist herrlich und nach den Tagen im Krankenhaus bin ich voll auf Frischluft- und Sonnenstrahlenentzug. Ist es okay für euch, wenn ich ein bisschen spazieren gehe? Adam, würdest du mich begleiten?«

»Aber …«, setzt meine Mom an, wird jedoch von Mabel unterbrochen.

»Lass die jungen Leute, Elinda. Sie brauchen Zeit für sich. Kannst du das verstehen?«

Mom seufzt auf und lächelt mich milde an. »Verzeih, Liebling. Natürlich ist das in Ordnung. Ab mit euch nach draußen.«

Ich muss lachen. »Das hört sich an, als wären wir Kleinkinder, die zum Spielen raus dürfen. Müssen wir vor Einbruch der Dunkelheit zurück sein?«

»Wäre schön«, sagt Mom amüsiert. »Aber zum Abendessen reicht auch.«

Hand in Hand spazieren wir Richtung Dorfplatz. Vereinzelt rieseln ein paar Schneeflocken zur Erde.

»Dein Vater ist also hier. Ich bin total gespannt auf ihn. Freust du dich?«, frage ich neugierig.

»Ja, sehr sogar. Er wohnt in dem kleinen Hotel am Dorfplatz. Hat einfach ein Zimmer gebucht, ohne mir Bescheid zu geben.«

»Ich mag ihn jetzt schon. Es ist gut, dass er hier ist. Familie ist wichtig.«

»Ja. Das ist mir die letzten Tage mehr als bewusst geworden. Wir haben uns viel unterhalten. Er möchte dich kennenlernen.«

Ich bleibe stehen. »Du hast ihm von mir erzählt?«

»Natürlich. Und in dem Gespräch habe ich festgestellt, dass ich dir auch eine Menge erzählen möchte.«

»Oh?« Jetzt bin ich hochgradig neugierig. Er öffnet sich mir. Die Geschenke kann ich auch noch etwas später besorgen. »Wollen wir ein Stück auf dem Feldweg gehen? Die Sonne wärmt so schön.«

Mit einem Schmunzeln zieht er mich in seine Arme.

»Das heißt, ich soll dir gleich jetzt mitteilen, wie es zu meinen Verletzungen kam? Einverstanden.«

Wir küssen uns, biegen ab und schlendern über den verschneiten Weg. Vor uns liegt eine Märchenlandschaft aus gezuckerten Hügeln und in der Sonne glitzerndem, gefrorenem Schnee auf Tannenspitzen.

Eine Weile schlendern wir schweigend nebeneinanderher. Ich sage nichts, spüre, dass er nach den richtigen Worten sucht. Zu meiner Erleichterung zeichnet sich ein Lächeln an seinen Mundwinkeln ab.

»Es gab einen Autounfall, den ich hätte verhindern können. Wir haben viel zu viel getrunken. Jake mehr als ich. Doch ich habe ihn nicht abgehalten, sich hinters Steuer zu setzen. Mehr noch, ich saß daneben. Beide hatten wir Spaß an der Geschwindigkeit, sind viel zu schnell gefahren. Ich hätte es verhindern können.«

»Dazu gehören immer zwei. Du weißt nicht, ob er auf dich gehört hätte«, werfe ich ein.

Adam seufzt lange auf. »Vermutlich nicht. Er war genauso stur wie ich, hat sich von niemandem etwas sagen lassen. Ja, klar, ein Taxi wäre eine Option gewesen. Wenn nicht für ihn, dann für mich. Aber ich bin nicht mal auf den Gedanken gekommen. Und so kam eines zum anderen. Er ist immer schneller gefahren und wir … wir haben gelacht, gejohlt und uns frei gefühlt. Mit Betonfuß auf dem Gaspedal. In einer Kurve hat Jake die Kontrolle über den Wagen verloren und wir sind gegen einen Baum gekracht. Das Auto hat Feuer gefangen. Ich weiß nicht mehr alles. Irgendwann bin ich zu mir gekommen. Um mich herum überall Flammen. Neben mir Jake. Sein Kopf auf dem Lenkrad. Bewusstlos. Irgendwie habe ich es geschafft, aus dem Auto zu kommen, habe versucht, die Fahrertür zu öffnen, um ihn herauszuziehen. Als das nicht ging, habe ich das Fenster eingeschlagen und an Jake gezerrt. Doch er lebte nicht mehr. Diese Augen vergesse ich nie wieder.«

Adam atmet zitternd aus. Mir das zu erzählen ist ihm offensichtlich sehr schwergefallen.

»O Adam …« Ich bleibe stehen und lege meine Hände auf seine Wangen. »Es war *nicht* deine Schuld! Niemand kann mit Sicherheit sagen, ob er auf dich gehört hätte oder ob er alleine los wäre, wenn du Bedenken geäußert hättest.«

»Möglich. Ja, vielleicht wäre es so gewesen. Er hat sich nie von anderen etwas sagen lassen. Von niemandem. Hat immer seinen Kopf durchgesetzt. Aber das entbindet mich nicht, verstehst du? Ich hätte es wenigstens versuchen sollen. Eve …« Er hält mich fest in seinen Armen. »Ich will, dass du weißt, mit wem du es zu tun hast. Ich will, dass du alles von mir kennenlernst. Auch den Mann, der ich mal gewesen bin.«

»Ach Adam. Warum der Blick zurück? Du bist du für mich, so wie du jetzt bist. Vielleicht gibt es manchmal keinen anderen Weg, als zu akzeptieren, dass Dinge geschehen, weil sie geschehen sollen. Das Leben lässt sich nicht planen und nicht voraussehen. Leben passiert dann, wenn man gerade was anderes vorhat. Sieh mich an. Ich habe definitiv nicht um eine Nahtoderfahrung gebeten. Vielleicht sollten wir uns fragen, ob wir uns ohne deine Vorgeschichte und meinen Unfall überhaupt kennengelernt hätten? Wer weiß schon, ob das alles nicht eine Voraussetzung gewesen ist? Hätte sich der alte Adam mit mir verabredet?«

Er lächelt zögerlich. »Wahrscheinlich nicht. Er war oberflächlich, eingebildet und großkotzig. Und du bist ziemlich weise für dein Alter.«

»Ja? Danke. Also hör besser auf mich. So. Und jetzt küss mich und dann gehen wir shoppen.«

»Shoppen in Hope Valley?« Er lacht amüsiert auf. »Das ist wie in der Badewanne Wasserski fahren wollen.«

»Mit einer Gegenstromanlage kein Problem«, sage ich

und stutze. Von irgendwoher dringt weihnachtliche Musik und das Gemurmel von Menschen.

Als wir um die Ecke biegen, bin ich sprachlos.

Wir haben den Dorfplatz erreicht – und ich erkenne ihn kaum wieder. Er ist voller Menschen, die tanzen, plaudernd zusammenstehen, in ihren Händen bauchige Tassen halten. Manche sitzen an langen Tischen auf dicken Fellen. Es summt nur so vor Leben und weihnachtlichem Zauber, eingebettet in die sich am Rand aufgehäuften und von Tausenden von Lichtern glitzernden Schneemassen. Rund um den erleuchteten, bestimmt fünf Meter hohen und rot-gold geschmückten Weihnachtsbaum in der Mitte stehen Tische mit weihnachtlichen Gestecken, massenhaft Kerzen und Thermoskannen. An einem der Tische werden frisch gebackene Waffeln ausgegeben. An einem anderen schöpft ein Mädchen in einem Elfenkostüm mit einer großen Kelle etwas aus einem Topf, der fast genauso groß wie sie selbst ist. Deswegen steht sie auch auf einem Stuhl.

Die Geschäfte ringsherum sind ebenfalls erleuchtet. Von der Spitze des Weihnachtsbaums spannen sich Lichterketten zu jedem Einzelnen der kleinen Lädchen, und ich habe das Gefühl, unter einer Lichterkuppel zu stehen.

»Wow!« Verzaubert bleibe ich stehen und lege den Kopf in den Nacken. »Das hätte ich nicht erwartet.«

Adam nimmt meine Hand. »Deswegen hat dir auch niemand was gesagt. Schön hier, nicht wahr? In der Weihnachtszeit erwacht der Dorfplatz zum Leben. Einen Tag vor dem Fest trifft sich das ganze Dorf. Jeder bringt was mit.« Er deutet auf das Mädchen mit der Kelle. »Auch Erbseneintopf.«

Sofort bekomme ich Lust, mir eine der Waffeln zu holen und mich auf eines der kuscheligen Felle zu setzen und diese unglaubliche Stimmung auf mich wirken zu lassen.

Aber das können wir später auch noch tun. Jetzt sind erst die Geschenke dran.

Mein Blick fällt auf einen Gemüseladen, eine Art Kiosk, das Hotel, einen Zeitschriftenladen, eine kleine Buchhandlung und auf ein opulent dekoriertes Schaufenster mit einem riesigen, romantisch verschnörkelten Schriftzug.

»Frans«, lese ich laut vor. »Adam, das sieht nach einem Laden aus, in dem ich fündig werden könnte. Wollen wir?«

Adam folgt meinem Blick. »Klar. Das ist auch der einzige Laden mit einer potenziellen Geschenkauswahl.«

»Echt? Okay.« Jetzt bin ich in Shoppinglaune. Die Schwierigkeit besteht lediglich darin, ein Geschenk für Adam zu besorgen, ohne dass er es mitbekommt.

Vor dem Ladenfenster bleibe ich stehen. Wie wundervoll!

Das Schaufenster ist weihnachtlich dekoriert mit Tannenzweigen, unzähligen Lichterketten und Unmengen von Christbaumkugeln, Sternspitzen, winzigen Elfenfiguren, Engelchen aus Federn, dicken Tannenzapfen, geflochtenen Körben mit Mützen und Handschuhen. Dazwischen alte Holzstühle und von der Decke hängende Leitern, auf deren Streben pastellfarbene Decken mit Fransen, bunte Schals und herrlich weich aussehende Felle hängen. Im Inneren entdecke ich ein verziertes Holzregal mit Porzellantassen, Tellern, Vasen, Zuckerdöschen.

»Möchtest du hier stehen bleiben oder auch hineingehen?« Adam legt von hinten die Arme um mich. Ich drehe mich zu ihm um und strahle ihn an.

»Auf jeden Fall. Ich bin nur so begeistert. Das ist ja ein total süßes Lädchen. Komm!«

An der Hand ziehe ich ihn in dieses weihnachtliche Wunderland. Und das ist zu meiner Überraschung sehr gut besucht und größer, als es von außen den Anschein hatte.

Hier gibt es so viel zu entdecken, dass ich mich im ersten Moment völlig überfordert fühle. Und völlig verzaubert. Von der Decke hängen Öllampen aus Buntglas, deren Licht gemütliche Stimmung verbreitet. Ein riesiger, alter Holztisch ist dekoriert mit Weihnachtskrippen, Christbaumschmuck, Strohsternen und Tannengirlanden.

Fasziniert schlendere ich durch die Gänge. Oh, diese Wollmütze ist ja süß! Die ist was für Mom. Aber die Farbe? Für Tante Mabel wäre die Farbe perfekt, aber ob Mom …? Egal, sie wird ihr stehen, ganz sicher! Ich nehme die weiche, orangefarbene Mütze mit Troddel und einen passenden Schal dazu aus dem Regal. Für meinen Dad finde ich warme Fäustlinge aus Wildleder. Er hat immer so kalte Hände. Ich packe alles in einen Einkaufskorb mit Henkel. Was könnte ich Adam schenken? Ich blicke mich um und sehe ihn an einem Regal mit Notizbüchern, Handtaschen, Geldbörsen und allerlei mehr Kleinzeug stehen. Dann schlendert er weiter ans andere Ende des Ladens zu einem Tisch mit unzähligen Teelichtern und Kerzenhaltern.

Plötzlich kommt mir eine Idee. Ja, warum nicht?

Mit wenigen Schritten bin ich beim Regal, schaue mich immer wieder um, ob Adam mich auch nicht sieht, und betrachte die hübsch verzierten Notizbücher. Eines gefällt mir besonders gut. Es ist in cognacfarbenes Leder eingeschlagen, mit geprägtem Lebensbaum auf dem Buchdeckel. Ein ledernes Band mit einem bronzenen Anhänger hält es zusammen. Ich öffne es vorsichtig. Das Pergamentpapier ist schön strukturiert und kräftig. Jap, das ist ein passendes Geschenk für Adam. Nun … vorausgesetzt, er kann damit was anfangen. Mein Bauchgefühl ist jedoch eindeutig dafür.

»Hallo.« Eine Frau mit lustigen blonden Kringellocken spricht mich an. Sie dürfte etwa in meinem Alter sein und ist mir sofort sympathisch. »Ich bin Fran, die Inhaberin. Ein schönes Tagebuch, nicht wahr?«

»Ja, sogar sehr schön. Hallo, Fran, ich bin Eve. Du hast ein tolles Geschäft.« Ich blicke an ihr vorbei. Adam steht mit dem Rücken zu uns. Gut.

»Danke schön.« Sie deutet auf das Buch in meiner Hand. »Gefällt es dir? Die Seiten sind handgenäht und mit einer koptischen Lederbindung versehen. Hundert Prozent Wasserbüffelleder, natürlich gefärbt mit speziellem Öl. Ein ganz besonderes Geschenk. Ich mag den typischen Ledergeruch.«

Ich rieche daran. Stimmt. »O ja, das duftet wirklich gut. Ich glaube, ich nehme es. Kann man die Seiten mit Füller beschreiben oder verläuft die Tinte?«

»Nein, da verläuft nichts und es drückt sich nichts durch. Möchtest du noch einen Füller dazu?« Sie lächelt mich herzlich an.

»Hm, ja. Ja, ich glaube schon.«

Fran bückt sich und zieht eine kleine, hölzerne Schachtel mit einem Wappen aus dem mittleren Regalfach und öffnet sie. »Der könnte passen. Rosenholz, Bambus-Füllfederhalter. Es sind sechs Patronen mit dabei. Oder möchtest du lieber Handlettering- oder Bullet-Journal-Stifte?«

»Nein, nein, der Füller ist perfekt. Den nehme ich mit dazu!« Begeistert betrachte ich den hübschen Füller, dann blicke ich mich um. Wo ist Adam? Ah, dahinten bei den Badezimmerartikeln. Was es hier alles gibt. Irre.

»Fein. Soll ich dir alles hübsch einpacken?« Sie deutet auf den Korb zu meinen Füßen. »Ich nehme es mit an die Kasse, verpacke es und du kannst dich noch ein bisschen umsehen.«

»Du verpackst es? Das ist genial. Das sind alles Geschenke. Danke!« So habe ich nicht nur ein bisschen

Zeit zum Stöbern, auch muss ich nicht darauf achten, dass Adam das Buch bei mir entdeckt.

Sie nimmt den Korb. »Darf ich dich etwas fragen?«

»Klar.«

»Du bist Mabels Nichte, oder?«

»Ja. Hat sich wohl rumgesprochen.«

»Hat es.« Fran drückt überraschenderweise meine Hand. »Es tut mir so leid, was dir passiert ist. Es ist so unfassbar. Wir haben alle gebetet. Mabels Spendenaktion läuft. Jeder gibt, was er kann. Ich hoffe so sehr, dass alles gut geht.«

»Jeder?« Ich bin so verwundert, dass mir die Worte fehlen.

»Ach, du musst nichts sagen«, redet Fran weiter und lächelt. »Wir haben das gern getan. Und ganz nebenbei … Wenn du unseren einsamen Cowboy dahinten aus der Reserve locken kannst, freue ich mich.«

»Tja, ich … na ja, ich kenne ihn noch nicht so lange«, erwidere ich verblüfft. Weiß etwa das ganze Dorf Bescheid? Hm, wahrscheinlich. Ist eben keine anonyme Großstadt, hätte ich mir denken können.

»Niemand kennt Adam wirklich. Aber seit du da bist, wirkt er zugänglicher.« Sie blickt an mir vorbei. »Sorry, ich muss an die Kasse. Da möchte jemand bezahlen. Und dann verpacke ich deine Sachen. Komm einfach zu mir, wenn du fertig mit Stöbern bist.«

In diesem Laden könnte ich Stunden verbringen. Und ein Vermögen ausgeben. Fasziniert schlendere ich durch die Gänge und beherrsche mich. Nein, ich nehme diesen orientalisch aussehenden Badvorleger mit Fransen *nicht* mit. Auch nicht die passenden Handtücher dazu. Aber der weiche, fliederfarbene Schal flüstert mir eindringlich zu, ganz hervorragend zu mir zu passen. Den kaufe ich für mich. Nicht lang drüber nachdenken.

Mit dem Schal in der Hand drehe ich mich um, will

zur Kasse – und sehe Adam bei Fran stehen. Sie lachen sich an, unterhalten sich und wirken ziemlich vertraut. Sofort frage ich mich, woher die beiden sich kennen. Der nächste Gedanke: Wie gut kennen sie sich?

Huch, bin ich etwa eifersüchtig?

Dann wendet Adam den Kopf – gerade so, als spüre er, dass ich zu ihnen rüber blicke. Er sagt etwas zu Fran, kommt zu mir und deutet auf den Schal.

»Schön, du hast etwas gefunden. Was dagegen, wenn ich draußen auf dich warte? Mir ist es hier drin zu warm.«

»Ja, klar«, antworte ich etwas verhalten, weil ich überlege, ob ich fragen soll, wie gut er die Ladenbesitzerin kennt. Lasse es aber. »Ich geh nur schnell zahlen.«

Amüsiert lächelnd haucht er mir einen Kuss auf die Wange und flüstert mir ins Ohr: »Frans Ehemann hat mir mal beim Holzhacken geholfen und sie haben mich zum Tee eingeladen.« Dann zwinkert er mir zu, geht hinaus, und ich weiß nicht, ob ich verschämt oder belustigt sein soll. Ich denke, Letzteres ist besser.

Fran hat meine Geschenke mit viel Hingabe verpackt, steckt sie in eine hübsche, rote Weihnachtstüte und legt den Schal dazu.

»Ein toller Service. Du bist wirklich nett, Fran. Vielen Dank. Für alles.«

»Keine Ursache. Vielleicht begegnet man sich ja mal wieder. Würde mich sehr freuen.« Dabei sieht sie mich so offen und herzlich an, dass ich nur aus vollem Herzen zustimmen kann. »Und richte deiner Tante liebe Grüße von mir aus. Die kurzen Haare und vor allen Dingen die Farbe sind eine Wucht. Bei welchem Friseur ist sie denn gewesen?«

»Richte ich gern aus. Die Frisur stammt von mir.«

Fran reißt die Augen auf. »Tatsächlich? Ist das dein Beruf? Klasse! Ist dir total gut gelungen. O Mann, wir bräuchten einen Friseur im Dorf. Ich muss immer nach

Bakewell fahren, das ist echt nervig. Besonders im Winter.«

Hinter mir stehen bereits die nächsten Kunden und möchten bezahlen. Fran und ich wünschen uns schöne Feiertage, und ich gehe mit einem Gefühl aus dem Laden, dass ich mit dieser Frau gerne mal einen Tee trinken und ausgedehnt plaudern möchte.

MERRY CHRISTMAS

Eve

Am Tag darauf ist Mabels kleines Wohnzimmer brechend voll.

Neben meinen Eltern und Adam ist auch Richard gekommen. Seitdem frage ich mich, ob Adam wirklich sein Sohn ist. Wenn da nicht ähnliche Gesichtszüge wären. Sie haben die gleiche gerade Nase, das markante Kinn, die vollen Augenbrauen und die Art, die Mundwinkel amüsiert nach oben zu ziehen. Auch sind sie fast gleich groß und der Gang ähnelt sich ebenfalls. Im Gegensatz zu Adam wirkt sein Dad jedoch wie ein gut situierter Unternehmer mit einem Haufen Geld auf dem Konto. Allein sein Wagen … Ich werde Adam darauf ansprechen. Irgendwann. Wenn die Gelegenheit günstig ist.

Tante Mabel hat die Möbel an die Wände gerückt, sodass in der Mitte des Raumes ein riesiger, über und über mit Schmuck behangener Tannenbaum Platz hat.

Ein so gemütliches Weihnachten habe ich noch nie erlebt, und ich rekele mich in dem besonderen Flair wie in einem wohlig warmen Schaumbad. Das Knistern im Kamin, der Duft nach Zimt, Kardamom, Orangen und Nelken, das Licht der Kerzen, die überall im Haus in unterschiedlichen Größen stehen und hängen. All das verleiht dem Häuschen einen ganz besonderen Zauber. Hier könnte ich mich täglich auf dem großen, dunkelroten Samtsofa oder einem der passenden Sessel vor dem Kamin einkuscheln und entspannt in die Flammen schauen, bis ich einschlafe. Doch jetzt bin ich wach wie nie. Und zum Platzen glücklich.

Nach dem Essen haben die Männer den Tisch abgeräumt und Tante Mabel hat die Lautstärke des alten Schallplattenspielers hochgedreht. Aus ihm ertönen genauso uralte Weihnachtslieder, wie er selbst ist. Beim Song White Christmas von Bing Crosby singt Mom sogar mit. Ich habe sie selten so gelöst gesehen. Mein Vater fordert sie überraschend zum Tanz auf, und Tante Mabel klatscht in der Küche zum Takt, während Adam lächelnd den Bratentopf abtrocknet.

Kann es Wunder geben? Niemals hätte ich damit gerechnet, dass Mom und meine Tante sich wieder näher kommen und dass meine Mom keine Bedenken mehr hat, Mabel könnte eine Hexe oder total verrückt sein. Ich weiß nicht genau, was die beiden beredet haben, aber sie sind versöhnt. Das ist die Hauptsache.

Aller Voraussicht nach wird es nie wieder das Barleys-Streichholzziehen geben.

Mein Blick schweift zur Kommode, auf der die ausgepackten Geschenke liegen. Und mir wird ganz warm ums Herz. Auf Adams ledernem Buch liegt ein weiteres. Eines mit einem geprägten Herz auf der Vorderseite. Dazu drei wunderschöne Kalligrafiestifte und eine Karte mit dem Text: Für besondere Momente. Um sie festzuhalten. So wie ich dich in meinem Herzen.

Als wir uns die Päckchen überreicht und gleichzeitig ausgepackt haben, sind mir die Tränen gekommen. Und auch jetzt bin ich kurz davor, schlucke sie jedoch mit Eggnog hinunter.

Richard sitzt neben mir auf dem kuscheligen Sofa und nippt ebenfalls am Eierpunsch aus einem originellen Elchglas.

»Deine Tante ist eine außergewöhnliche Frau«, sagt er leise.

Ich proste ihm zu. »Das kann man wohl sagen.«

»Interessante Haarfarbe. Gefällt mir«, sagt er nachdenklich und sieht zur Küche.

»Ja. Ich finde, sie passt hervorragend zu ihrem bunten Charakter.«

»Da hast du sicher recht.« Er dreht sich zu mir, nickt lächelnd und legt eine Hand auf meine. »Eve, ich möchte mich bei dir bedanken.«

»Wofür?«, frage ich verdutzt und stelle mein Glas ab.

»Weil du Adams Mauern eingerissen hast.«

»Und er meine«, hauche ich.

»Eine Fügung des Schicksals. Ja, vielleicht. Du bist ein tolles Mädchen, Eve. Du wohnst in London, habe ich gehört. Wann gehst du wieder zurück?«

»Ehrlich gesagt weiß ich es noch nicht genau. Fürs Erste habe ich meinen Urlaub verlängert bis nach dem Jahreswechsel.«

»Das ist eine gute Entscheidung. Das Dorf ist zauberhaft. Bleiben deine Eltern auch?«

»Leider nein, sie reisen nach den Feiertagen ab.«

Ich beobachte, wie Adam sich angeregt mit Mabel unterhält, und beide lachen. Eine wohlige Wärme breitet sich in mir aus und wieder empfinde ich dieses unendliche Glücksgefühl.

Plötzlich bimmelt es und jemand klopft lautstark an die Tür.

Ich will schon aufstehen, da stürmt meine Tante aus der Küche. »Ich gehe, bleib sitzen. Du liebe Güte, wer kann das sein?«

Kurz darauf betritt Olivia das Wohnzimmer.

»O wie schön. Mit dir hätte ich ja gar nicht gerechnet«, rufe ich, springe auf und umarme sie.

»Kindchen, nicht so stürmisch, du wirfst mich ja fast um«, sagt sie kichernd und tätschelt mir die Wange. »Wie schön, dass du wohlauf bist. Wir haben alle für dich gebetet. Mit Erfolg, wie ich sehe. Deine Wangen sind rosig, deine Augen glänzen und … du duftest nach Eggnog. Ja, ja, alles, was uns widerfährt, hat seine Gründe, nicht wahr?«

Mom, Dad und Adam gesellen sich zu uns und werden von Olivia herzlich begrüßt. Richard erhebt sich und deutet eine Verbeugung an.

»Und Sie sind …?«, will Olivia wissen.

»Richard Slater, Adams Vater. Es freut mich außerordentlich, Sie kennenzulernen, werte Olivia. Ich habe schon viel von Ihnen gehört.«

»Hoffentlich nur Gutes und hoffentlich nicht zu viel«, sagt sie mit einem Zwinkern. »Richard, so, so. Schöner Name. Er bedeutet: der reiche und starke Mann. Im Mittelalter trugen viele Herrscher des englischen Adels diesen Namen. Der wohl berühmteste war Richard, der Erste, Herzog der Normandie. Es freut mich, dass das allwissende Universum Sie nach Hope Valley geführt hat, Richard. Sie sind eine stattliche Erscheinung. Ebenso wie Ihr Sohn.«

Zu meiner Belustigung errötet der weltgewandte Mann ein wenig, und mir platzt heraus: »Jetzt wird mir auch klar, woher Adam seine bescheidene Art hat.«

»Lass doch den armen Mann mit den Universumsgeschichten in Ruhe, Olivia«, rettet Tante Mabel lachend die Situation. »Setz dich und feiere mit uns.«

Olivia winkt ab, nimmt die sackleinene Tasche von ihrer Schulter und stellt sie auf einen der Sessel. »Ich bleibe nur kurz, wollte es mir jedoch nicht nehmen lassen, euch eine Kleinigkeit vorbeizubringen. Könnt ihr ein bisschen Platz auf dem Couchtisch machen? Danke.«

Sie stellt mehrere Kräutergläschen aus braunem Glas auf den Tisch. Alle haben sie ein handbeschriftetes Etikett und eine Schleife aus einfacher Kordel. Der Deckel besteht aus dem gleichen Sackleinen wie Olivias Tasche, darauf stehen unsere Namen.

»Ach, wie hübsch, aber, Olivia, die Mühe hättest du dir nicht …«, wirft Tante Mabel ein, wird jedoch von Olivia unterbrochen.

»Papperlapapp. Das war keine Mühe, Mabel. Du solltest mich besser kennen und wissen, dass manches eine Prise Würze benötigt.« Sie lächelt jeden Einzelnen von uns an, faltet ihre Tasche zusammen und steckt sie in den Mantel. »Ihr könnt die Kräutermischung als Tee genießen, Speisen damit verfeinern oder darin baden. Das Wichtigste dabei ist jedoch: Verwendet sie mit wachen Sinnen, macht ein Ritual daraus. Und das Allerwichtigste ist: Seid achtsam mit euch selbst, liebt und lächelt. So, das war es auch schon. Jetzt muss ich los.«

Dann geht sie und lässt uns verblüfft und beeindruckt zurück.

»Willst du nicht noch etwas bleiben?«, ruft meine Tante ihr hinterher.

»Nein, vielen Dank. Ich habe dringend dies und das und jenes zu erledigen. Feiert schön.«

Die Tür fällt ins Schloss und wir alle blicken uns erstaunt an.

»Nun …« Mabel deutet auf die Gläser. »Eve, fängst du an? Lies doch bitte vor, was auf dem Etikett steht. Wir wollen es wissen, denn wie ich Olivia kenne, hat alles seine Bedeutung. Aber sollte sie euch noch einmal begegnen, fragt sie nicht, was da für Kräuter drin sind. Sie macht da immer ein Geheimnis draus.«

»Na dann.« Ich nehme das Glas hoch. »Bei mir steht
… Neuanfang.«

Und es ist, als leuchte mir der zierlich geschwungene
Schriftzug entgegen, ja, ich meine, es bewegen sich sogar
die einzelnen Buchstaben. Nur kurz für die Dauer eines
Wimpernschlages. Huch?

Adam nimmt sein Geschenk als Nächstes, hebt eine
Augenbraue und zeigt mir sein Etikett. »Zuversicht und
Heilung.«

»Passt perfekt.«

»Auf meinem steht Familie und Großherzigkeit«, sagt
meine Mutter kichernd und wirft Mabel einen liebevollen
Blick zu.

»Und bei mir Gelassenheit«, liest mein Vater vor. »Das
ist ja ein Ding. Komische Frau, diese Olivia.«

Dann blicken alle zu meiner Tante und Richard. Sie
stehen nebeneinander und starren mit geröteten Wangen
auf ihre Gläschen.

»Liebe«, lesen beide gleichzeitig vor. Dann treffen sich
ihre Blicke.

SAG IHR DIE WAHRHEIT, ADAM

Adam

Nach drei Tagen mit üppigen Mahlzeiten und ausgelassenem Feiern kehrt wieder Ruhe ein. Eves Eltern sind abgereist, mein Dad hat spontan entschieden, zu bleiben, was mich sehr freut. Die offizielle Version lautet, mit mir das neue Jahr zu begrüßen. Inoffiziell vermute ich eher, dass sein Interesse an Mabel bei seinem Entschluss eine nicht ganz unerhebliche Rolle gespielt hat.

Ich beuge mich im Sessel nach vorn und kraule Penny hinter den Ohren. Das Wohnzimmer ist ganz dunkel und das Feuer fast heruntergebrannt. Eve liegt in meinem Bett und schläft. Wir haben uns in den letzten Tagen viel unterhalten, über die Familie, das Erlebte, meinen Unfall, ihr Nahtoderlebnis. Wir haben die Vergangenheit und die Gegenwart abgedeckt. Nur die Zukunft ist offen und unausgesprochen. Ich weiß nicht, ob ich Eve bitten soll zu bleiben. Obwohl alles in mir mich dazu drängt.

Dad erwähnt, für mich wäre es an der Zeit, zurück nach Hause zu kommen. Ich sehe das anders.

In den letzten Tagen ist mir vermehrt klar geworden: Das Verstecken ist vorbei. Die Phase des Rückzugs gehört der Vergangenheit an. In Hope Valley habe ich mir ein neues Leben aufgebaut. Das alte in London hätte mich beinahe umgebracht.

Ich möchte nicht wieder in diese Welt zurück. Nicht, weil ich Gefahr laufen würde, in mein altes Muster zurückzufallen, das wird nicht passieren, sondern weil ich hier zu mir selbst gefunden habe. Hier möchte ich sein. Am liebsten mit Eve.

Ich könnte tot sein. Wie Jake. Aber ich bin es nicht. Ich lebe. Eve lebt. Uns beiden wurde ein neues Leben geschenkt. Dass wir uns hier begegnet sind, muss einen Grund haben. Dass der darin liegen könnte, mit ihr nach London zurückzukehren, bezweifele ich.

Innere Stimme, Bauchgefühl, Intuition? Was auch immer.

Hope Valley fühlt sich richtig an. Eve fühlt sich richtig an.

»Hey«, höre ich Eve sagen und sehe über die Schulter. Eves nackter Körper ist fest in die Daunendecke gehüllt. Sie setzt sich auf meinen Schoß und kuschelt sich an mich. »Kannst du nicht schlafen?«

»Doch, ich denke nur nach, bin müde und gleichzeitig hellwach.«

»Worüber? Über uns?«

»Ja. Auch«, murmele ich nachdenklich und schließe diese wunderbare, sanfte Frau in meine Arme.

»Hast du Zweifel?« Ihre Frage kommt rüber, als möchte sie darüber reden, was wir morgen zum Abendessen kochen könnten. Genau diese Art ist es, die es mir so leicht macht, mich ihr gegenüber zu öffnen.

»Nein. Nur Angst, dass du etwas anderes willst als ich«, sage ich wahrheitsgemäß.

»Hmmm.« Sie hebt die Hand und streicht mir sanft durchs Haar. »Es kommt ganz darauf an, was du willst.«

»Dich, Eve. Aber … Du lebst in London und ich hier.«

»Okay«, sagt sie, als wäre alles damit gesagt.

»Okay?«, hake ich irritiert nach.

Sie zuckt mit den Schultern, richtet sich auf, öffnet die Decke und hüllt uns beide darin ein. Wie warm und weich ihr Körper ist. Ich will mir nicht vorstellen, dass wir schon bald getrennt sein können.

»Manches ist so einfach, dass es einem ins Gesicht springt.« Sie strahlt mich an und küsst meine Nasenspitze.

»Ach ja? Verrate mir mehr.«

»Es ist doch ganz einfach, Adam. Was stand auf meinem Gläschen?«

»Neuanfang.«

»Ganz genau.«

Am nächsten Morgen werde ich vom Klingeln meines Telefons geweckt. Einen Fluch unterdrückend, springe ich aus dem Bett, haste nackt ins Wohnzimmer und hebe ab.

»Du brauchst ein Handy«, begrüßt mich mein Vater. »Statt einer Lederjacke hätte ich dir eines schenken sollen.«

»Dir auch einen schönen guten Morgen, Dad. Und nein, ich brauche kein Handy. Hier gibt es kaum Empfang.«

»Hm, gut, dann mache ich mir darüber keine Gedanken mehr. Aber weswegen ich eigentlich anrufe … Warum hast du mir nicht erzählt, dass Mabel eine Spendenaktion gestartet hat? Für Eve. Für dieses teure Gegenmittel?«

»Es hat sich noch keine Gelegenheit ergeben. Das Thema wollte ich mit dir besprechen, denn …«

»Wie viel Geld wird noch gebraucht? Sag Eve, dass …«

»Nein. Eve spricht nicht mit mir darüber. Aber ich weiß, dass es sie sehr beschäftigt. Sie glaubt, ich wäre arm. Dabei möchte ich es zunächst belassen. Es handelt sich um eine nicht unerhebliche Summe und …« Habe ich da eben was gehört? Ist Eve wach? Ich will vermeiden, dass sie das Gespräch mithört. Erleichtert atme ich aus, als ich sehe, wie Penny sich unter den Tisch legt.

»Sag ihr, dass du die Summe übernehmen wirst, Sohn.«

»So einfach ist das nicht.«

»Warum nicht?«

»Warte …« Ich ziehe mir einen Bademantel über, schlüpfe ohne Strümpfe in die Winterstiefel und trete nach draußen. Penny geht mit und freut sich. Die Luft ist kalt und mein Atem bildet feine Nebelwölkchen. Aber so kann ich sichergehen, ungestört reden zu können.

»Dad … Eve und ich lernen uns gerade kennen. Ich habe ihr erst vor Kurzem von dem Unfall und Jake erzählt. Step by step. Sie hat sich in den Mann verliebt, der ich jetzt bin. In den langhaarigen, holzhackenden Adam, der in einer einfachen Hütte lebt, einen langen Bart, zerschlissene Jeans und Holzfällerhemden trägt.«

»Nun, schön und gut, aber sie hat ja jetzt mich kennengelernt. Es ist doch ersichtlich, dass du aus gutem Hause stammst.« Ich höre so viel Stolz aus Dads Stimme, dass ich leise lachen muss.

»Schon gut. Ich weiß, dass dir mein aktuelles Äußeres nicht zusagt.«

»Das ist mir einerlei. Aber sag ihr die Wahrheit, Adam. Das bist du ihr schuldig.«

»Weiß ich. Es ist bis jetzt nur noch nicht der richtige Zeitpunkt gewesen.«

Plötzlich geht hinter mir die Tür auf.

»Adam? Bist du irre? Es ist scheißkalt, komm rein. Ich setze Kaffee auf.«

. . .

Traditionellerweise besteht das englische Frühstück aus Rühr- oder blanchierten Eiern, gegrillten Tomaten, Würstchen und Baked Beans. Dazu gib es Toast mit Butter.

Da wir beide jedoch keine Lust auf Deftiges haben, beschränken wir uns auf Toast, Butter und der Tiptree-Christmasmarmelade aus der Grafschaft Essex. Letztere ist ein Geschenk von Eves Tante.

Ich drehe das Glas um und studiere die Zutaten. »Viktoria-Pflaumen, blaue Pflaumen, Sultaninen, Gewürze«, lese ich laut vor. In der Zwischenzeit hat sich Eve damit bereits fingerdick den Toast bestrichen und beißt herzhaft hinein.

»Ischd bei mir dschuhause ein Musch um diesche Jahreschdscheid. Abscholud genial. Dschuldigung, aber …« Sie schluckt runter und grinst mich an. »Ich weiß, tut mir leid. Eine Lady spricht nicht mit vollem Mund.«

»Ein Gentleman ebenfalls nicht«, erwidere ich amüsiert. Ich finde sie auch mit marmeladiger Aussprache ziemlich süß.

»Vorschlag«, sagt sie verschmitzt. »Wir einigen uns darauf, dass hier weder Ladys noch Gentlemen anwesend sind?«

Ich hebe den Daumen. »Schuper Idee!« Jetzt habe ich den Mund voll. Die Marmelade schmeckt wirklich gut. Ungewöhnlich, aber für diese Jahreszeit absolut passend.

Passend wäre auch der Zeitpunkt, um Eve mitzuteilen, dass ich nicht der arme Schlucker bin, für den sie mich hält.

»Eve«, beginne ich und schenke uns Kaffee nach. »Ich …«

Mist! Wie fange ich nur an?

»Ich höre?« Sie gibt sich Zucker in den Kaffee, rührt um und sieht mich so gut gelaunt und entspannt an, dass ich das schwere Thema einfach nicht auf den Tisch bringen kann.

»Was hast du heute vor?«

»Och, nichts Bestimmtes«, sagt sie zwischen zwei Schluck Kaffee und runzelt die Stirn, als müsse sie angestrengt überlegen. Dann blickt sie auf. In ihrem Blick liegt schlechtes Gewissen. Nanu? »Adam, nicht böse sein, aber ich glaube, ich muss heute ein paar Dinge erledigen. Durchatmen, mein Zimmer aufräumen – du machst dir keine Vorstellung davon, wie es da aussieht –, Wäsche waschen, bügeln. Und ein bisschen Qualitätszeit mit Tante Mabel verbringen. Ich hatte bis jetzt keine Möglichkeit, mich ausgiebig mit ihr zu unterhalten. Das würde ich gern nachholen.«

Ich lache erleichtert auf. »Himmel, hast du mich erschreckt. Dachte ich doch im ersten Moment, dass du deine Abreise vorverlegt hättest oder … Egal. Mach dir keine Gedanken. Auch ich habe eine Menge zu tun. Einkaufen. Das Hundefutter ist leer, ich muss nach Bakewell fahren. Holz hacken, Wäsche waschen, Kamin säubern und einen ausgedehnten Spaziergang mit Penny unternehmen.«

»Dann sehen wir uns morgen?« Sie setzt sich rittlings auf mich und legt ihre Hände um meinen Nacken.

»Allerspätestens.«

Und dann küssen wir uns heiß und innig.

Mit einem Mal löst sie sich von mir und grinst verschmitzt. Ich weiß auch, warum. Wenn sie so auf mir sitzt, bleibt das von einem bestimmten Körperteil an mir nicht unkommentiert.

»Komm.« Eve rutscht von meinem Schoß und zieht mich ins Schlafzimmer.

Penny muss auf ihren Spaziergang noch warten, schätze ich.

ALLES HAT SEINE ZEIT

Eve

Auf dem Weg zu Mabel kommt mir der Gedanke, dass es noch mehr Dinge gibt, die Adam mir über sich erzählen möchte. Doch ich dränge ihn nicht. Jeden Tag lernen wir uns ein Stückchen besser kennen und ich muss nichts beschleunigen.

Seit wann ist Geduld und ruhiges Abwarten ein Teil meines Portfolios?

Nun, vielleicht seit dem Erlebnis mit einem chemischen Kampfgift. Das kann schon mal ein Leben auf den Kopf stellen und Dinge geraderücken. Noch kurz davor hätte ich niemals so ruhig auf einen Mann, den ich mag, reagieren können. Ich wäre hibbelig und unsicher geworden, hätte jedes Wort von ihm auf die Goldwaage gelegt und eisern Diät gehalten, um ihm zu gefallen.

Von solchen Gedanken bin ich überraschenderweise und zu meiner Erleichterung meilenweit entfernt. Ich fühle mich entspannt. Mehr als das. Ich bin total locker und neugierig auf die Zukunft. Spannende Sache.

Noch so ein irrer Gedankengang. Ich habe keine Ahnung, wie es in einer oder zwei Wochen oder in drei

Monaten weitergehen wird, und ich freue mich drauf, finde es … spannend.

Ich kann nicht mehr nachvollziehen, was für ein Drama ich aus all den Dingen gemacht habe, die früher so passiert sind. Ich muss grinsen, als ich an die Streichhölzer denke und wie sehr ich die Reise nach Hope Valley emotional abgelehnt habe.

Da hat wohl der miese und faule Teil meines Unterbewusstseins laut gebrüllt: Halt! Wenn du jetzt gehst, wird sich dein ganzes Leben ändern. Und das willst du nicht. O nein, das willst du ganz und gar nicht!

Möglich ist auch, dass es lediglich an der Beeinflussung meiner Mutter gelegen hat, am Streichholzspiel. Keiner will das kurze ziehen. Das kurze Holz ist was Furchtbares. Geht gar nicht.

Und dann probiert man es einfach – und siehe da: alles schick.

Okay, außer das mit dem Krankenhaus und beinahe sterben. Das hätte ich nicht gebraucht.

»Aber ganz offensichtlich hat es so sein müssen. Boom!«, murmle ich und schließe die Tür zu Mabels Haus auf. Seit Weihnachten habe ich einen Schlüssel. Wenn das kein Zeichen ist, weiß ich auch nicht.

Es ist ganz still. Keine Musik, keine mitsingende Mabel. Schläft sie etwa noch? Nein, sie ist Frühaufsteherin. Außerdem brennt bereits Feuer im Kamin und in der Küche duftet es nach Früchtetee und Kaffee.

Ich schüttele die grellgrüne Thermoskanne – ah, es ist noch Tee drin – und schenke mir eine Tasse ein.

Plötzlich höre ich ein helles Kichern vor der Terrassentür.

Wer lacht denn da in fremden Gärten? Da hört sich doch alles auf.

Entschlossen gehe ich zur Tür und ziehe sie auf. »Ja, bitte? Oh!«

Tante Mabel und Adams Vater fahren erschrocken auseinander.

»Eve?« Guck an, sie kann auch ertappt aussehen. Richard hebt die Hände.

»Es ist nicht so, wie …«

»… es aussieht?«, ergänze ich schmunzelnd. »Verzeihung, ich wollte nicht stören. Ich geh wieder rein.«

Zurück in der Küche gickere ich in den Teebecher. Gott, sind die beiden goldig. Sie haben mich angesehen, als wäre ich die Mutter und sie beide Schulkinder, die unerlaubterweise vor der Tür knutschen.

In Gedanken versunken setze ich mich an den Tisch und warte, bis meine Tante kommt. Liebe kann einen auch im etwas höheren Alter erwischen. Das ist irgendwie tröstlich.

Nach wenigen Minuten taucht Mabel auf und schenkt sich Kaffee ein.

»Guten Morgen, Tantchen«, begrüße ich sie und versuche, nicht zu grinsen.

»Guten Morgen«, antwortet sie verschämt und gibt Milch in den Kaffee. Sie trinkt ihn eigentlich schwarz. »Ich will nichts hören, Kind.«

»Och, schade. Ich würde gern was hören.«

Meine Tante setzt sich zu mir. »Weißt du, wann ich das letzte Mal einen zuvorkommenden, charmanten und intelligenten Mann kennengelernt habe?«

Vor ein paar Tagen?

»Nein, klär mich auf.«

»Noch nie.«

»Bingo. Äh … Echt?«

»In der Tat. So ein Mann wie Richard ist mir in meinem Leben noch nicht über den Weg gelaufen. Aber weg von mir zu dir. Es arbeitet hinter deiner hübschen Stirn, das sehe ich klar und deutlich.«

»Mhm, ja. Da geht einiges ab. Jetzt gerade allerdings

bin ich ziemlich … entspannt. Und glücklich. Mehr erwarte ich gar nicht.«

»Weise Worte für eine junge Frau.«

Ich grinse. »Das hat Adam auch schon gesagt.« Ich räuspere mich und stelle die Frage, die mich seit Weihnachten beunruhigt. »Tante Mabel, eine Sache ist mir sehr wichtig. Wie läuft die Spendenaktion?«

»Nun … ganz gut, würde ich sagen. Es kommt immer mal wieder ein bisschen Geld rein.«

»Ein bisschen klingt nach wenig. Ich will nicht, dass sich meine Eltern verschulden.«

»Das möchte ich ebenfalls nicht, Kind. Soweit ich informiert bin, haben sie demnächst einen Termin bei der Bank.« Sie stellt die Tasse ab. »Mach dir keine Sorgen. Wir schaffen das schon. Gemeinsam. Als Familie. Noch einen Tee?«

»Ach, ich glaube, ich brauche jetzt einen Kaffee.«

Sie drückt meine Hand, holt die Kaffeekanne und eine neue Tasse für mich.

Ich lebe, das ist doch was. Aber warum müssen meine Eltern so einen hohen Preis dafür bezahlen? Das ist unfair. Das ist nicht richtig. Das haben sie nicht verdient. Ich frage mich, ob es möglich ist, den Betrag abzustottern. Vielleicht ist das Labor ja kulant?

Ich ärgere mich, dass mein Glücklich-mit-dem-Moment-Sein offensichtlich doch an seine Grenzen stößt.

»Mach nicht so ein griesgrämiges Gesicht, Eve. Glaub daran, dass die Dinge sich fügen. Das tun sie immer. Wir erkennen es nur nicht gleich. Erst im Nachhinein. Also meistens. Außer, die Karten geben mir einen eindeutigen Hinweis.«

»Die Karten?«

»Tarot. Große Arkana. Wo hab ich sie denn hingelegt? Ach, ich weiß es nicht mehr.« Sie zuckt mit den Schultern, und irgendwie nehme ich ihr nicht ab, was sie gerade sagt.

Ihr linker Nasenflügel hat gezuckt. Das kenne ich von meiner Schwester. Wenn sie schwindelt, zuckt die Nase. Immer. Ob das in der Familie liegt?

Etwas später schlendere ich Richtung Dorfplatz und sehe Fran in ihrem Schaufenster stehen. Sie dekoriert um auf Silvester.

Das Glöckchen über der Tür bimmelt hell, als ich eintrete.

»Hi, Fran. Toll machst du das. Du hast ein Händchen für Schaufenstergestaltung.«

»Eve! Wie schön, dich zu sehen. Wie war euer Fest?« Sie kommt zu mir und umarmt mich so herzlich, als würden wir uns bereits ewig kennen.

»Herrlich, einfach nur toll. Die Geschenke sind total gut angekommen.«

»Das freut mich. Wollen wir einen Tee trinken? Ich habe gerade welchen aufgesetzt. Komm mit nach hinten in die Küche.«

Kurz darauf sitzen wir an dem kleinen Wandklapptisch auf gemütlichen, alten Holzstühlen und nippen am Earl Grey.

»Gefällt es dir immer noch gut hier?«, fragt sie. »Wie ist es so in London? Wohnst du alleine oder bei deinen Eltern? Wie sieht dein Alltag aus? Ach, entschuldige, ich bin furchtbar neugierig. Und hier gibt es nicht so viele Frauen in meinem Alter. Die meisten wollen eben in die Großstadt.«

Ich lache und versuche, alle Fragen nacheinander zu beantworten. »Ja, mir gefällt Hope Valley sehr. Es ist zauberhaft hier. Ein enormer Kontrast zu London. Ich wohne alleine und bin gern in der Natur. Nur fehlt mir oft die Zeit dafür. Ich arbeite sehr viel, mache so einige Über-stunden und es bleibt kaum was hängen. Das Leben in

London ist teuer und in der Stadt ist immer was los. Man kommt irgendwie nie zur Ruhe.«

»Oje, das hört sich nicht erstrebenswert an. Also für mich nicht. Ich würde das Dorf vermissen, den nahen Wald, die Ruhe. Selbst das schlechte Netz hat seine Vorteile. Man ist nicht immer erreichbar. Für jemanden, der online arbeiten muss, ist das allerdings nicht das Gelbe vom Ei. Hast du deinen eigenen Friseursalon?«

»Nein, leider nicht. Die Pacht ist horrend und eine Immobilie kann ich nicht bezahlen. Selbstständig zu sein ist mein Traum, aber in London kann ich das vergessen. Außerdem ist die Konkurrenz riesig.«

»Und du hast dich nie getraut«, sagt Fran frei heraus.

Ich mag ihre direkte Art. »Unabhängig von der Kohle, die mir fehlt, auch das, ja.«

Fran dreht ihre Tasse in den Händen und ihr Blick richtet sich nach innen. »Ich bin in Manchester aufgewachsen. Mein Vater war CEO in einer großen Firma. Hat viel gearbeitet. Zu viel. Er ist ziemlich früh an einem Schlaganfall gestorben. Meine Mom hat diesen Verlust fast nicht verkraftet und ist ohne mit der Wimper zu zucken mit mir hierher aufs Land gezogen. Ich habe die Schule abgeschlossen, eine Lehre als Verkäuferin absolviert, nebenher gekellnert und alles gespart, um diesen Laden hier eröffnen zu können. Das ist mein Traum gewesen. Auch ich liebe dieses Dorf, aber hier gibt es so gut wie keine Jobs. Was ich damit sagen will: Ich habe nicht darüber nachgedacht, ob ich vielleicht scheitern könnte. Das wäre auch gar keine Option gewesen. Es *musste* klappen. Also habe ich mein Herzblut reingesteckt, habe das wenige Geld investiert und so viel wie möglich selbst gemacht.«

»Respekt! Du hast dir deinen Traum erfüllt. Mit Erfolg.«

»Ja, ist das nicht toll?« Sie strahlt mich glücklich an. »Ich kann ganz gut davon leben und meine Mutter finanziell ein bisschen unterstützen.« Mit einem Mal wird sie ernst. »Eve, ich erzähle dir das alles, weil ich glaube zu spüren, dass in dir ein Funke entzündet werden will.«

»Kann schon sein …«

»Probieren geht über studieren. Und wer weiß? Vielleicht eröffnest du den tollsten Friseurladen in ganz London.«

»London …«, murmele ich. Und während ich daran herumdenke, sträubt sich etwas in mir. Nicht London. Nein. Der Gedanke fühlt sich … falsch an.

Fran blickt versonnen zur Decke. »Egal wo. Es müsste bezahlbar sein. Oxford vielleicht? Oder Brighton? Dort soll es sehr schön sein.«

»Hope Valley?«, denke ich laut.

»Warum nicht? Ich habe gehört, neben dem Hotel soll ein Laden vermietet werden. Der steht schon seit Jahren leer, weil der Besitzer verstorben ist. Die Erben leben in Birmingham. Irgendwann im November haben sie sich wohl entschlossen, zu vermieten.« Sie runzelt die Stirn. »Oder verkaufen? Ich bin mir nicht sicher.«

KIR ROYAL MIT ÜBERRASCHUNG

Eve

Der letzte Tag des Jahres ist angebrochen.

Meine Tante hakt sich bei mir unter und gemeinsam spazieren wir durch das Dorf Richtung Adams Haus.

»So wie dieses Jahr habe ich den Jahreswechsel noch nie gefeiert«, sage ich versonnen und erinnere mich an die wilden Partys, die Unmengen von Menschen am London Eye oder im Victoria Embankment an der Themse. Dort gibt es die besten Blicke auf das Feuerwerk. An Silvester brodelt die Stadt. Einheimische und Touristen fiebern dem spektakulären Feuerwerk um Mitternacht entgegen. Hotels, Pensionen und Ferienwohnungen sind Monate im Voraus ausgebucht, genauso wie beliebte Restaurants und Clubs.

»Wie hast du Silvester sonst verbracht?«, will Tante Mabel wissen.

»Anders. Nicht so … ruhig. Mit vielen Freunden, fremden Menschen. Party, Tanzen, viel Alkohol.«

»Klingt nach Spaß. Wärst du jetzt gerne dort?«

»Weiß nicht.«

In Hope Valley scheint man dem neuen Jahr gelassen entgegenzusehen. Alles ist ruhig, hinter den Fenstern sieht man die Kaminfeuer flackern, Familien am Tisch sitzen. Selbst im einzigen Hotel scheint keine Party zu steigen. »Nein, ich glaube nicht. Es ist zwar immer toll, aber auch stressig gewesen. Doch so ruhig wie hier …? Das ist schon ein komisches Gefühl.«

»Ja, ja, die Erwartungen und die eingetretenen Pfade. Das sind die Stolperfallen des Lebens.« Sie tätschelt meine Hand auf ihrem Unterarm. »Sieh es so, Schätzchen: Im Zweifelsfall wird es eine Erfahrung.«

»Hm, ja. Erfahrungen …«, murmele ich meine Gedanken heraus.

»Du hast noch viel Zeit, um sie zu sammeln, Liebes. Aber was macht dich so nachdenklich?«

Im Gleichschritt schlendern wir an den immer noch mannshohen Schneebergen am Rand der Straße vorbei. Das gleichmäßige Knirschen unserer Stiefel auf dem Schnee ist irgendwie beruhigend.

»Ach, ich weiß auch nicht. Mir kommt mein früheres Verhalten so spleenig vor. Schöner, schlanker, interessanter. Fünf Pfund zu viel haben mich an den Rand einer Depression gebracht, der Inhalt meines Kleiderschrankes erschien mir wichtiger als tiefsinnige Gespräche. Ich war neidisch auf andere Frauen, wollte so sein wie sie. Meine Ziele hatten allesamt etwas mit reichen Männern und Wohlstand zu tun. Tante Mabel? Wieso schäme ich mich jetzt dafür und warum kommt mir das alles so total bescheuert vor?«

»Ach Eve … Das hat herzlich wenig mit bescheuert sein zu tun. Ganz im Gegenteil. Man lernt im Leben immer dazu. Und beinahe nichts könnte einen Menschen so sehr erschüttern wie der selbstkritische Blick nach innen und eine möglicherweise daraus folgende Erkenntnis. Das braucht Mut.«

»Mut?«

»Ja. Sehr viel davon sogar. Mut für die Bereitschaft, sich ernsthaft mit sich selbst auseinanderzusetzen, seine bisherigen Wege infrage zu stellen, seine Ideale, Überzeugungen und Gewohnheiten auf Links zu drehen. Oder unabhängig von Ängsten das zu tun, wofür man brennt. Weißt du, es besteht immer die Möglichkeit, zu erkennen, dass man auf dem Holzweg sein könnte. Aber dann würde der Mensch zwangsläufig handeln müssen. Er ahnt es vielleicht, daher meidet er diesen Schritt. Außerdem ist es unbequem, unter Umständen sogar mit finanziellen Belastungen oder dem Gefühl des drohenden Scheiterns verbunden. Oder auch mit der Ausgrenzung aus gesellschaftlichen, beruflichen und familiären Strukturen. Im schlimmsten Fall kommt alles zusammen. Und das riskieren für einen kompromisslosen Blick nach innen? Das scheut der Mensch. Im Grunde seines Herzens ist er auf Harmonie und Gewohnheit bedacht. Alles folgt seinen Regeln. Das Leben plätschert angenehm dahin, man spart und arbeitet für den Urlaub, für das Haus, das neue Auto, für die Familie, die Enkelkinder. Man baut sich ein Nest, passt sich an, schwimmt mit dem Strom und fühlt sich im lauwarmen Gesellschaftstümpel pudelwohl. Weil man ein Teil davon ist. Wenn eine innere Stimme gelegentlich mahnt oder ein Bauchgefühl Veto einlegt, wird das gern ignoriert und als *eine Phase* abgetan. Schutzmechanismus. Ein Teil von etwas zu sein, bedeutet auch, beschützt zu werden. Wie in einer Herde. Ein ausgestoßenes Rudeltier ist zwangsläufig zum Tode verurteilt, weil die Sicherheit des Rudels fehlt. Aber ich schweife ab. Im Prinzip will ich sagen: Alles läuft gut, oder? Nun gut, es könnte besser sein. Doch der Blick zum Nachbarn oder in andere Länder zeigt dann oft, dass es einem eigentlich prima geht. Warum etwas aufs Spiel setzen, in dem es sich bequem leben lässt? Was schon immer gut funktioniert hat, wird es auch weiterhin tun. Wozu ein Blick nach innen?«

Ich blase die Wangen auf. »Okay, ich habe echte

Schwierigkeiten, dir zu folgen, fürchte ich. Du meinst, ich sollte mich nicht schämen, wie ich war?«

»Richtig.«

»Und den Mut haben, in mich selbst zu blicken?«

»Genau. Aber das hast du bereits getan.« Sie sieht mich schmunzelnd von der Seite an. »Liege ich richtig?«

»Möglich. So bewusst ist mir das nicht gewesen. Die ganze Situation ist … ist einfach komisch. Adam entspricht überhaupt nicht dem Typ Mann aus meinen Vorstellungen. Er lebt zurückgezogen und ärmlich in einem winzigen Dorf. Glamour, Mode und Geld sind ihm egal. Das ist alles so unendlich weit weg von meinem Leben in London und von der Eve, die ich war. Und trotzdem fühlt es sich richtig an.«

»Veränderung ist das Salz in der Suppe des Lebens. Man muss sich nur darauf einlassen.«

Ich lege den Arm um ihre Schultern und drücke sie kurz an mich. »Tante. Du bist toll.«

»Danke. Ich habe dich auch gerne hier.«

Das letzte Stück bis zu Adams Haus verbringen wir schweigend, jeder in seine Gedanken versunken. Gleichzeitig fühle ich mich mit Tante Mabel auf eine Art verbunden, die mir schon fast unheimlich ist. Ich kann mir in diesem Moment nicht vorstellen, sie für längere Zeit nicht zu sehen.

Und ich spüre, dass der Abend ein besonderer für Adam ist, weiß aber nicht, wieso.

Obwohl heute Silvester ist, hatte ich nicht das Bedürfnis, mich wie sonst an diesem Tag in Schale zu werfen. Haare sind frisch gewaschen und zu einem Zopf gebunden, auf dem Gesicht ein Hauch von Make-up, Jeans, Bluse statt Pulli, dazu ein Paar schwarze Lederstiefel.

Vor Adams Haus steht der Wagen seines Vaters.

»Ein ungewohntes Bild. Nobelkarosse vor altem Holzhaus«, murmle ich und Mabel klopft an.

Penny bellt, Richard weist sie mit dunkler Stimme zurecht und kurz darauf wird die Tür geöffnet.

Wow! Der Mann könnte ein Gentleman aus einem Hollywoodstreifen sein. Schwarzer Anzug, weißes Hemd, die oberen zwei Knöpfe offen. Die schwarzen Schuhe glänzen. Er ist ein Bild von einem Mann.

»Mabel, Eve. Wie schön. Darf ich bitten?« Richard begrüßt uns herzlich, tritt zur Seite und öffnet die Tür vollständig.

Sogleich springt Penny schwanzwedelnd an mir hoch und ich wehre sie lachend ab. »Hey, nicht so stürmisch, junge Dame. Du hast wohl die Party deines Lebens, was?« Ich gehe in die Knie und streichle sie. Gleichzeitig blicke ich mich um. Wie wundervoll Adam und sein Vater das Wohnzimmer und die offene Küche geschmückt haben.

Der alte Esstisch erstrahlt in neuem Glanz durch die festliche Dekoration. Kerzen und Teelichter in unterschiedlichen Größen und Farben, Teller, Besteck, verschiedene Gläser für Wasser und Wein, Tannenzweige, dunkelrote Servietten mit Ornamenten in goldenen Serviettenhaltern. Das flackernde Feuer im Kamin und große Stumpenkerzen in den Fenstern auf Kommoden und dem Kaminsims tauchen den Raum in einen warmen, gelborangenen Lichtschein.

»Es duftet unsagbar gut!«, sage ich und blicke mich nach Adam um. »Ich wusste gar nicht, dass er kochen kann. Wo ist er eigentlich?«

»Im Bad.« Richard hilft uns aus den Mänteln und deutet zum Tisch. »Zur Begrüßung gibt es einen Kir Royal. Wenn die Damen sich setzen mögen?« Er rückt einen Stuhl zurück, wie es Kellner in gehobenen Restaurants zu tun pflegen.

»Oha, wie aufmerksam«, sagt meine Tante mit verschwörerischem Unterton, stupst mir sanft mit dem

Ellenbogen in die Seite und nimmt galant auf dem Stuhl Platz. »Und kochen kann er auch.«

Richard rückt mir den Stuhl neben Mabel zurecht. »Lady Eve?«

Ich unterdrücke den Gedanken, was der Mann außer Kochen sonst noch kann, spiele das Spiel mit und flöte grinsend: »Sehr aufmerksam, Mr Slater. Vielen Dank.«

»Es ist mir ein Fest.« Er setzt sich uns gegenüber. Der Stuhl neben ihm wartet auf Adam. Wie wir alle.

Mein Magen knurrt. In Anbetracht der Tatsache, dass heute Abend kalorientechnisch viel geboten wird, habe ich zum Frühstück lediglich ein Schälchen mit Früchteporridge gegessen.

»Was duftet denn so gut? Ich muss zugeben, ich habe einen Bärenhunger.«

»Ein bisschen Fisch, eine Suppe, Fleisch und was Süßes. Aber ich bezweifle, die Kochkünste deiner Tante übertroffen zu haben.«

Ich kichere. »Man muss die Messlatte ja nicht unbedingt so hoch hängen.«

Wieder blicke ich über meine Schulter Richtung Schlafzimmer und halte nach Adam Ausschau.

»Er kommt sicher gleich.« Richard hebt sein Glas. »Ich denke, er nimmt es uns nicht übel, wenn wir schon ein Schlückchen nehmen.«

Wir prosten uns zu. Die Mischung aus Sekt und Likör aus schwarzen Johannisbeeren schmeckt nach mehr. Aber auf leeren Magen steigt mir das eine Glas wahrscheinlich sofort in den Kopf. Also nippe ich lediglich daran.

»Mabel. Eve. Auf euch und eure bezaubernde Familie.«

Mit diesen Worten erhebt sich Richard, greift über den Tisch nach Mabels Hand und haucht ihr einen Kuss auf den Handrücken.

»Oh, du Charmeur!«

Ach wie süß, Tantchen wird rot.

Die beiden sehen sich verliebt in die Augen. Das ist so rührend, dass ich leise ins Glas seufze.

Richard setzt sich, Penny springt von ihrem Platz vor dem Kamin auf und hinter mir fällt eine Tür ins Schloss. Mabel sagt: »Da bist du ja, wir dachten schon, du machst noch ein Schläfchen.«

Adam.

Mit dem Glas in der Hand drehe ich mich freudig um und will ihn begrüßen.

Dann frieren meine Gesichtszüge ein, als hätte ich den Kopf in flüssigen Stickstoff gesteckt.

Der Mann, der vor der Schlafzimmertür steht, sieht aus wie Adam, bewegt sich wie Adam und duftet nach ihm. Auch Penny begrüßt ihn, wie sie ihr Herrchen immer begrüßt, selbst wenn er nur kurz aus dem Zimmer geht.

Aber es ist nicht Adam. Da steht ein glatt rasierter, feiner und höllisch attraktiver Kerl mit kurzen Haaren. Im Anzug.

Irgendetwas klirrt, Penny zuckt zurück.

»O nein!«, rufe ich erschrocken aus und springe auf. »Das tut mir leid. Der schöne Kir Royal!«

Auf dem Holzboden vor mir liegen Scherben in einer rot schimmernden Pfütze. Ich gehe in die Hocke und greife mit zittrigen Händen nach einem großen Bruchstück, kriege es nicht richtig zu fassen und schneide mich.

»Aua!« Ich stecke den Zeigefinger in den Mund.

Richard kommt mit Schippe und Besen, Mabel mit einem Geschirrtuch.

»Ist nur ein Glas, Eve«, sagt Adam-und-doch-nicht-Adam und zieht mich hoch. »Zeig mal.«

Er nimmt sanft meine Hand in die seine, begutachtet den Finger, nimmt eine Stoffserviette vom Tisch und wickelt sie um den Schnitt.

»Adam?«, hauche ich ungläubig. Er ist es. Kein Zweifel. Ich würde ihn unter Millionen von Männern herausriechen. »Dein Bart. Deine Haare … Wo ist deine Jeans? Dein kariertes Hemd?«

Adam und sein Vater wechseln einen Blick. Beide lächeln. Dann sieht mir Adam wieder in die Augen. »Ich will dir zeigen, wer ich bin. Oder war. Eve … Das bin ich. Und meine Narben. Nichts ist mehr versteckt.«

Ich sehe keine Narben. Nur ihn. Seine warmen braunen Augen, die Zärtlichkeit und auch die Unsicherheit in seinem Blick. Adam ist schön. Ja, anders kann ich es nicht beschreiben. Er sieht so atemberaubend gut aus, dass es mir komplett die Sprache verschlägt.

Er lächelt, tritt nah zu mir und flüstert mir ins Ohr: »Du könntest mir mit ein oder zwei Worten verraten, ob dir dieser Adam auch gefällt.«

»Ja«, hauche ich heiser und nehme sein Gesicht in meine Hände. »O ja. Endlich kann ich dein Gesicht sehen.«

Ich nehme eine Hand weg. Die Narbe zieht sich von der Schläfe hinunter fast übers gesamte Gesicht. Das scheint ihm unangenehm zu sein und seine Hand zuckt nach oben, will sie verdecken, doch ich hindere ihn daran.

»Nicht. Bitte. Lass mich dich ansehen.« Zart streiche ich mit dem Finger über die Narbe. »Du bist perfekt für mich, Adam Slater«, flüstere ich, stelle mich auf die Zehenspitzen und küsse ihn.

Ich nehme nichts mehr um mich herum wahr. Nicht das Prasseln des Feuers, nicht die Gerüche aus der Küche, nicht die Anwesenheit von Richard und Tante Mabel. Da sind nur noch er und ich.

Weit entfernt von uns – am Tisch – hüstelt es verhalten.

»Wenn ihr dann so weit wärt, können wir alle anstoßen«, sagt Adams Vater.

»Natürlich«, erwidere ich fahrig, bringe es fertig, zu lächeln, und drehe mich zum Tisch.

Ein bisschen zu schnell. Ich knicke um, kann mich aber an der Stuhllehne halten. Der Stuhl kippt ein bisschen, fällt aber nicht. »Hoppla, gerade noch mal gut gegangen, was?«

»Alles in Ordnung?« Mabel sieht mich besorgt an.

»Ja, ja, alles okay.«

»Ist das Kir Royal?«, fragt Adam. Er steht am Stuhl neben seinem Vater. Offensichtlich hat er überlegt, mir zu Hilfe zu eilen, deswegen sitzt er noch nicht.

In diesem Moment wird mir ganz komisch.

Ein Déjà-vu-Gefühl überrollt mich wie eine Dampfwalze. Irgendjemand hat mich in einen Film gesteckt und den schnellen Rücklauf eingeschaltet.

Meine Finger klammern sich immer noch an die Stuhllehne. Es fehlen nur Barbies lange, blonde Haarsträhnen auf der Lehne.

Hastig ziehe ich meine Hand zurück, als hätte ich mich verbrannt – wie damals.

Verschütteter Sekt, zerbrochenes Glas – wie damals das Tablett mit Champagnergläsern.

Die Jeans klebt mir feucht vom verschütteten Kir Royal am Knie – wie damals der Kunstlederrock.

Vor mir steht ein atemberaubend gut aussehender Mann in einem schwarzen Anzug – wie damals im französischen Restaurant.

Und dann fällt es mir auf.

Scharf ziehe ich die Luft ein und schlage die Hände vor den Mund.

»Nein!«, hauche ich und trete so hastig einen Schritt zurück, dass ich gegen den Stuhl stoße und er umgefallen wäre, hätte Mabel nicht beherzt zugegriffen.

Adam sieht mich irritiert an. »Was ist passiert? Hast du einen Geist gesehen? Brennt es?« Er dreht sich um. Die anderen auch. Doch da ist natürlich nichts.

»Du bist … Mein Gott! Du bist *er*!«, wispere ich durch die Finger hindurch.

»Er?« Er macht Anstalten, auf mich zuzukommen. »Eve, du sprichst in Rä…«

»Stopp. Bleib, wo du bist. Ich muss erst mal verdauen, dass du dieser Mann von damals bist. Das kann ich nämlich nicht glauben. Das gibts doch nicht. Oder doch?«

Ich muss mich täuschen. Eine Ähnlichkeit, mehr nicht. Das Gehirn spielt einem ja oft Streiche. Ein paar ähnliche Situationen – Schwupps, Déjà-vu.

Angestrengt versuche ich, mich zu erinnern, starre Adam an.

Verdammt, ich täusche mich nicht! Er ist es. Der arrogante Mistkerl von damals.

Tante Mabel steht auf, legt einen Arm um mich und führt mich zum Tisch, als wäre ich nicht mehr ganz zurechnungsfähig.

»Setz dich, Eve. Tief durchatmen. So ist es gut. Und jetzt erzähl uns, was damals geschehen ist.«

»Puh, ja, okay.« Ich setze mich, nehme einen langen Schluck vom Kir Royal, den mir jemand neu eingeschenkt haben muss, und atme erneut durch. »Also … Vor etwa anderthalb Jahren haben wir Ethans Geburtstag gefeiert. Mein Bruder. Er ist dreißig geworden. Wir hatten einen Tisch in einem ziemlich edlen, französischen Restaurant.«

Adam hat sich ebenfalls gesetzt. Er sieht mich verwundert und gleichzeitig angespannt an, seine Ellenbogen aufgestützt, das Kinn auf den Fäusten.

»Weißt du noch den Namen des Restaurants?«, will Richard wissen.

»Nein. Ich erinnere mich nicht mehr. Es war in der Nähe vom Bahnhof Liverpool Street.«

Richard nickt. »Vielleicht das Didiere La Chapelle?«

»Ja! Genau das.«

»Das kenne ich gut.« Adams Stimme klingt rau. Ich sehe ihn an und bin mir jetzt so sicher wie die Tatsache, dass mein zweiter Zeh größer ist als mein erster: Adam ist der arrogante Schönling, der wollte, dass ich den Champagner bezahle.

»Ich erinnere mich. Du warst dort, ihr wart zu sechst am Tisch.« Ich stocke, wollte sagen, dass ich ihn unbedingt kennenlernen wollte. Nein, das muss nicht sein. Besser, ich beschränke mich auf reine Fakten. »Euer Tisch lag auf dem Weg zur Toilette. Ich bin mit einem Kellner zusammengestoßen und ihm ist das Tablett voller …«

»… Champagner runtergefallen.« Adam runzelt die Stirn, nimmt die Hände runter, legt die Unterarme auf den Tisch und verschränkt die Finger.

»Ja. Du erinnerst dich?«

»Nein!«, stößt meine Tante überraschend aus und ich zucke erschrocken zusammen. »*Ist* das die Möglichkeit? Ihr *kennt* euch bereits?«

Adam schüttelt amüsiert den Kopf und fährt sich anschließend mit den Händen übers Gesicht. »Kennen ist übertrieben. Sie hat mich nach allen Regeln der Kunst beschimpft. Ich vermute, so einen Vorfall hat das Restaurant bis dahin noch nicht erlebt.«

»Na hör mal«, begehre ich auf. »Ich habe dich überhaupt nicht beschimpft. Das war mehr ein … beiläufiger … Ratschlag.«

»Du meintest, ich solle mir mit meinem Scheißgeld eine Seele kaufen. Und wenn ich mich recht erinnere, hast du meine Begleitung als eine schlechte Parodie der …«

»… Hilton-Schwestern bezeichnet.« Ich grinse ertappt. »Das hat mein Hirn wohl ausgeblendet.«

Adam reibt sich das Kinn und sieht mich verschmitzt an. »Du hast einen wirklich engen Lederrock getragen. Und ein verdammt weit ausgeschnittenes Shirt. Und du bist stark geschminkt gewesen. Vielleicht warst du auch ein bisschen … schlanker?«

»Äh … Hallo?! Drei Pfund. Das kann man gar nicht sehen!«, kontere ich entrüstet.

»War ein Scherz, Eve. Aber du hast mich verwirrt, den Spieß umgedreht. Hast geflucht wie ein Bauarbeiter. Ich erinnere mich an Aussagen wie: Bei Ihnen ist wahrscheinlich sogar die Zahnseide vergoldet. Oder ich solle mir mein blasiertes Lächeln am besten in die Sektpfütze kippen.«

Mabel kichert in ihr Glas.

Nicht lustig, Tante. Echt nicht.

»Daran kannst du dich noch erinnern?«

»Hätte ich auch nicht gedacht, aber eben schießt mir so einiges wieder in den Kopf. Auch deine Bezeichnung: Kack-Moët-Prickelbrühe.«

Meine Tante bricht in schallendes Lachen aus und Richard schmunzelt. Adam, selbst kurz vorm Lachen, hebt die Schultern. »Lacht nicht. Das hat sie wirklich alles gesagt.«

»Hm, kann ich ihr nicht verübeln, Sohn. Deine frühere, etwas selbstgefällige Art ist mir noch gut in Erinnerung.« Richard greift zu seinem Champagnerglas. »Eve, ein Toast auf dich und darauf, dass du bist, wie du bist. Das darfst du durchaus als Kompliment verstehen. Endlich mal ein Mädchen, das sich traut, dem großen Zampano den Marsch zu blasen. Da wäre ich gern dabei gewesen.«

Meine Wangen glühen. Ich werfe Adam einen schüchternen Seitenblick zu – und zucke leicht zusammen, als er über den Tisch greift und meine Hand nimmt. Aber ich ziehe sie nicht zurück.

Mabel steht auf. »Ich richte die Vorspeise. Richard? Hilfst du mir?«

Dann sind Adam und ich allein am Tisch. Er sieht mich mit einer Zärtlichkeit im Blick an, die mir tief bis ins Herz geht. O ich empfinde so viel für diesen Mann. Ich kann immer noch nicht glauben, dass er der Kerl von damals sein soll. Bis auf das Aussehen liegen Welten zwischen den beiden.

»Eve«, sagt er leise und streicht mit dem Daumen über

meinen Handrücken. »Du hattest mit allem recht, was du damals zu mir gesagt hast. Ich war ein eingebildeter Scheißkerl. Oberflächlich, arrogant und … gefühllos. Einer, dem Luxus und Verschwendung über alles ging.«

Ich lache leise auf und schüttele den Kopf. »Und ich war eine nicht so reiche, dafür umso neidischere junge Frau, die dachte, alles, was sie braucht, sei ein ebensolcher Mann.«

»Glaube mir, in *den* Adam hättest du dich garantiert nicht verliebt.«

SILVESTER IN HOPE VALLEY

Adam

Der kulinarische Genuss an diesem besonderen Abend endet mit *Egg custard tarts*. Die Vanilletörtchen mit Beeren-Sahne-Häubchen sind köstlich.

Das Beste vom Abend jedoch, der visuelle Leckerbissen, sitzt mir gegenüber, streicht sich hin und wieder eine Strähne hinters Ohr und lächelt mir verlegen zu, während sie eine Kuchengabel mit Sahne darauf zwischen ihre Lippen schiebt.

Mein Herz schlägt für Eve auf eine Art wie für noch keinen Menschen auf dieser Welt. Dass ich so empfinden kann, überrascht mich selbst.

Jetzt, wo endlich alles ausgesprochen ist, kann ich es vollumfänglich zulassen.

»Du magst den Nachtisch?« Mein Dad richtet sich an Eve. Er hat sich die Speisenfolge selbst ausgedacht und nach jedem Gang begierig auf unser Urteil gewartet. Obwohl er und ich zusammen gekocht haben, muss auch ich mein Statement abgeben. Nur die Törtchen hat er allein gezaubert.

»Sehr!« Eve schließt für einen Moment genussvoll die

Augen. »Fast besser als Trifle. Der Hauch von Muskat in der Vanille ist ein Träumchen, Richard.«

»Es ist noch eines da. Möchtest du?« Er macht Anstalten, ihr das letzte Stück auf den Teller zu geben, doch Eve streckt abwehrend die Hände von sich.

»Oh, nein, danke, aber ich bekomme nichts mehr hinunter. Die anderen Gänge waren ausgezeichnet, und ich habe viel zu viel vom Lachstatar, der Cremesuppe und vom Filet Wellington gegessen. Ich platze gleich.«

Mabel lehnt sich ganz undamenhaft zurück – ich mag die Frau – und legt eine Hand auf ihren Bauch. »Ich platze mit. Eine gute Gelegenheit, zum Dorfplatz zu spazieren.«

Eve wendet überrascht den Kopf zu ihr. »Zum Dorfplatz?«

»Willst du nicht das Feuerwerk sehen?«, beantworte ich ihre Frage, und Mabel grinst sie verschmitzt an.

»Hey, Tante, davon hast du mir ja gar nichts erzählt.«

Sie zwinkert ihrer Nichte zu und nippt am Wein. »Überraschung, Schätzchen. Aber wir haben noch Zeit. Es ist ja erst kurz vor zehn.«

Mein Vater nickt. »Wenn wir uns gegen elf auf den Weg machen, ist das ausreichend, denke ich.«

»Ein Feuerwerk …«, sagt Eve glücklich lächelnd. »Hätte ich hier nicht vermutet. Das ist mein erstes Silvester in Hope Valley.«

Schweigen. Die Worte klingen nach. Ich führe sie fort.

»Und vielleicht nicht dein letztes, Eve«, sage ich leise und wir sehen uns tief in die Augen. Der Moment hat etwas Besonderes. Ein stiller Augenblick, in dem mehr gesagt wird, als Worte es könnten.

Und ausgerechnet in diesen wunderbaren Moment hinein klingelt das Telefon.

Alle bis auf meinen Dad sehen mich an, warten, dass ich aufstehe.

»Der Anruf ist für dich, Mabel«, sage ich. »Das Telefon

liegt auf der Kommode neben der Tür. Wenn du bitte das Gespräch entgegennehmen würdest?«

»Für mich? Es weiß doch niemand, dass ich hier bin.«

Mein Vater steht auf, holt das Telefon und reicht es ihr. »Doch, ich denke schon. Nimm ab, Mabel.«

Eve sieht mich stirnrunzelnd an. »Adam?«, flüstert sie. »Was ist hier los?«

Schmunzelnd hebe ich die Schultern. Ein Gentleman genießt und schweigt.

»Hallo? Mabel Middleton hier. Ja. Ja. Woher …? Ah, okay. Aber … Wie bitte?!« Ihre Augen weiten sich. »Das glaube ich einfach nicht, Fran! Bist du dir sicher? Wer?« Sie schlägt eine Hand vor den Mund. Mit offenem Mund sieht sie erst mich an, dann Richard, dann Eve. Dann wieder mich. »Was? Ja, bin noch dran. Ich kann das gar nicht fassen. Fran … Danke. Wie? Nicht dir? Doch, weil … Egal. Okay, wir sehen uns. Nachher. Ja. Und wie!«

Mit dem Telefon in der Hand steht sie einen Moment stocksteif im Raum, legt es zurück auf die Kommode und stürmt auf Eve zu. Die weicht erschreckt zurück, hat jedoch keine Chance. Mabel drückt sie an sich. »O Eve. Alles wird gut. Ich habe es immer gewusst. Aber …« Sie lässt die verblüffte Eve los und stellt sich vor mich.

»Du!« Ihr Zeigefinger schwebt vor meiner Nase, in ihrem Gesicht zeichnet sich Freude, aber auch ungläubiges Staunen ab.

»Ich, Ma'am?« Mir das Grinsen zu verkneifen, fällt jetzt echt schwer.

»Du warst das. Du und …« Sie wechselt zu Dad und stemmt beide Fäuste in die Hüften. »… dein Vater!«

»Ähm, könnte mich mal jemand aufklären?«, wirft Eve vorsichtig ein.

Mabel dreht sich auf dem Absatz herum. »Eve! Dein Spendenkonto ist voll. Wir haben den Betrag erreicht. Gerade eben!«

Ich reiße die Augen auf. Dann geht mein Blick zu Adam. Der zuckt fröhlich mit den Schultern.

»Ernsthaft? Wie? Ich meine, wer?« Sie wirft mir einen irritierten Blick zu. »Das war Fran? Wieso weiß sie das? Und wieso sagst du, es waren Adam und Richard?«

»Fran verwaltet mit deinem Bruder das Spendenkonto. Und dann haben zwei Herren einen größeren Betrag überwiesen, und ein Vögelchen hat ihr gezwitschert, wo ich und du, Eve, an diesem Abend erreichbar sind.«

»Zwei Herren …« Man sieht förmlich den Groschen bei Eve fallen. »Adam?«

»Ich bekenne mich schuldig und hoffe, du verzeihst mir. Meinem Vater gehört die Slater Corporation.«

»Bitte!?«, fragt sie nach.

»Slater, der internationale …«

»… der Getränkekonzern. Ich kenne die Firma. Jeder in England kennt sie. Aber was hat das mit euch … Moment. Nee, oder?«

Ich erhebe mich und deute mit der flachen Hand auf meinen Vater. »Darf ich vorstellen: Richard Slater, Inhaber der Slater Corporation.«

Mein Dad hebt die Hand und lächelt verschämt. »Junge, mach nicht so ein Aufsehen darum. Da ist nichts dabei. Die Sache ist einfach erklärt. Adam war der CEO und hat sich nach seinem Unfall aus dem Familienunternehmen zurückgezogen. Dennoch gehört ihm ein beträchtlicher Teil der Firmenaktien.«

Eve ist sprachlos, schüttet das halb volle Weinglas auf Ex runter und sieht mich an, als wäre ich ein Außerirdischer. Fuck, ist mir das peinlich. Was als Überraschung gedacht gewesen ist, wirft jetzt einen unbehaglichen Schatten auf den Abend.

»Eve, bitte verzeih, ich …«

»Verzeihen? Adam, das … Entschuldige bitte, aber ist … ist dir das gerade *unangenehm*? Muss es nicht. Ich bin …

Keine Ahnung, was ich bin. Froh, glücklich. Und entsetzt. Ich kann und will das Geld von dir nicht annehmen, Adam. Das ist einfach eine zu hohe Summe. Das geht doch nicht, ich …«

Ping!

Mein Vater schlägt mit der Kuchengabel leicht gegen ein Wasserglas, als würde er eine Rede halten wollen.

»Eve, verzeih, wenn ich dich unterbreche. Ich denke, es besteht Erklärungsbedarf, denn du bekommst durchaus nichts geschenkt.«

»Nicht?« Sie zieht die Brauen hoch. »Das ist … gut. Dann kann ich die Summe abstottern und …«

»Nein«, sage ich lächelnd und wende mich an Dad. »Wenn du erlaubst, fahre ich fort. Eve, Slater fördert seit vielen Jahren soziale Projekte und spendet für gute Zwecke. Wie jedes Großunternehmen hat auch Slater einen Teil seines Gewinns für gute Zwecke budgetiert. Erst letztes Jahr haben wir einem kleinen Jungen ermöglicht, mit seiner Familie zu Spezialisten in die USA zu fliegen. Dort konnte er die dringend notwendige Operation erhalten, die ihm das Leben rettete. Auch da gab es eine offizielle Spendenaktion. So wie bei dir. Im Namen von Slater wurde demnach eine Spende getätigt. Nicht mehr und nicht weniger. Und wenn es deinem Gewissen hilft: Sie ist steuerlich absetzbar.«

Eve sitzt steif wie ein Brett am Tisch und starrt mich entgeistert an. Hinter ihrer hübschen Stirn arbeitet es und in ihren Augen stehen Tränen. »Ich weiß nicht, was ich sagen soll. Das ist … das ist …«

»… eine Neuigkeit, die du unbedingt deinen Eltern mitteilen solltest.« Mabel steht auf und holt das Telefon. »Hier. Ich denke, du weißt die Nummer auswendig.«

Die nächste halbe Stunde ist außerordentlich emotional. Selbst meinem Dad steigt das Wasser in die Augen.

Mabel und ich haben mittlerweile die Plätze getauscht.

Ich sitze dicht bei Eve und habe einen Arm um sie gelegt. Sie telefoniert mit ihrer Mom, ihr ganzer Körper zittert vor freudiger Aufregung und sie lacht und weint gleichzeitig.

Mein Vater hält Mabel im Arm. Sie lehnt sich an ihn, lächelt, schnieft in regelmäßigen Abständen und tupft sich mit einer zerknüllten Serviette die Tränen weg. Dad drückt ihr einen Kuss auf den pinkfarbenen Kopf.

Eve sagt: »O Mom, ich würde dich jetzt so gerne umarmen und mit dir und Dad ins neue Jahr feiern. Ich bin so glücklich, dass ich keine Worte finde.«

Dem kann ich nur beipflichten. Mir geht es genauso. Ganz genauso. Jetzt in diesem Moment. Nicht nur, weil sich bei mir die Dinge zum Guten wenden, auch habe ich meinen Vater schon lange nicht mehr so lächeln sehen. In seinen Augen liegt der warme Schimmer der Liebe. Und wenn er und Mabel sich ansehen, sind ihre Gefühle füreinander fast körperlich spürbar.

Welch ein unfassbar wunderbarer letzter Tag in diesem Jahr.

»Dir auch«, höre ich Eve sagen. »Grüß Dad von mir und … Was ist denn bei euch eigentlich los? Habt ihr Gäste? Echt? Oha, so viele? Seit wann denn das? Ist ja cool. Mom … Das ist das beste Silvester meines Lebens.« Sie sagt noch ein paar Worte, dann legt sie auf. »Irre. Meine Eltern haben kurzerhand die komplette Nachbarschaft eingeladen. Ihr müsst wissen, dass in der Straße viele ältere Menschen wohnen. Die meisten hocken zum Jahreswechsel allein bei sich zu Hause und kurz nach zwölf gehen die Rollläden runter und die Lichter aus. Jetzt feiern sie zusammen, jeder hat was mitgebracht. Noch mal: Irre! Es ist die letzten Tage so viel passiert, dass mein Glücksfass gerade überläuft.«

»Nicht nur deins, Schätzchen.« Mabel tupft sich eine letzte Träne weg und klopft dreimal kurz auf den Tisch. »So, und jetzt wird es Zeit, zum Dorfplatz zu gehen.«

· · ·

»Zehn. Neun. Acht …« Die Stimmen der geladenen Gäste klingen wie eine.

Das Jahr endet mit einer traumhaft klaren Nacht voller Sterne am Himmel, klirrender Kälte und jeder Menge Menschen. Offenbar hat sich das ganze Dorf zu dieser Stunde versammelt.

Silvester in Hope Valley. Nicht nur für Eve ist es das erste Mal, auch für mich.

Der Dorfplatz ist in ein Lichtermeer aus Lampions, Weihnachtsbaumbeleuchtung, Wunderkerzen und funkelnden Ketten an allen Häusern getaucht, die den Schnee märchenhaft glitzern lassen.

Irgendjemand drückt mir ein Sektglas in die Hand. Mein »Danke« geht in einem lauten Knall und großem Gejohle unter.

»Frohes neues Jahr, Eve.« Ich sehe ihr in die Augen. Dort liegt meine Zukunft.

»Frohes neues Jahr, Adam.«

Dann küssen wir uns unter dem Gesang der Dorfbewohner. Wie aus einer Stimme erklingt das Lied *Auld Lang Syne* und gräbt sich tief in unsere Herzen.

In dieser Nacht finden wir keinen Schlaf.

Wir lieben uns immer wieder, dazwischen naschen wir von den Resten des Silvestermenüs, im Schneidersitz auf dem Bett, kochen uns Tee und kuscheln uns splitterfasernackt vor dem Kaminfeuer zusammen unter einer Decke auf Bodenkissen ein.

»Ich will, dass die Nacht ewig dauert«, flüstert Eve und das Feuer spiegelt sich in ihren Augen. »Es ist zu schön, um wahr zu sein.«

»Das ist unser Weihnachtswunder«, sage ich leise und streiche ihr über die sanfte Rundung ihrer Hüfte.

Eve setzt sich auf und sieht mich unvermittelt an.

»Adam, das ist alles so … unwirklich. Kneif mich mal, bitte.«

»Wenn du darauf bestehst …?« Grinsend komme ich der Aufforderung umgehend nach und zwicke sie zärtlich in eine ihrer beiden, supersüßen, steil aufragenden Brustwarzen.

»Autsch, du … du …«

»Umwerfender Kerl? Sexy Typ? Traummann?«

Sie lacht auf und kneift mich kurz in die Nase. »Jetzt nicht größenwahnsinnig werden, ja? Aber mal ernsthaft. Das ist doch alles total strange, oder? Als ich dich in diesem französischen Restaurant gesehen habe, wusste ich sofort: Der ist es. Der Mann deines Lebens. Wie der Abend geendet hat, weißt du ja. Und jetzt sind wir hier. Irre!«

»Den Adam von damals hättest du nicht gewollt. Das wäre nicht gut gegangen, du wärst kreuzunglücklich gewesen.«

»Umso mehr genieße ich es jetzt«, haucht sie und fährt mir zärtlich mit allen fünf Fingern durch meine Haare. »Offenbar hat alles seine Zeit. Es sollte vor anderthalb Jahren nicht sein mit uns. Wir haben beide noch etwas lernen müssen.«

Ihr Blick fasert an mir vorbei ins Leere. In diesem Moment wird mir bewusst, dass es etwas gibt, worüber wir uns beide klar werden müssen. Möglich, dass auch ihr diese Frage durch den Kopf geistert.

Ich greife neben mich und schenke uns aus der Thermoskanne Tee in unsere Tassen und reiche ihr eine.

»Eve? Wie geht es weiter mit uns? Ich meine … Du verbringst hier deinen Urlaub und wirst demnächst abreisen.«

»Übermorgen. Ich will eigentlich …« Ihre Stimme bricht, sie nimmt einen Schluck Tee. »Ich möchte nicht gehen, Adam. Aber ich muss.«

Ihr Blick hat etwas Endgültiges. Nur für einen

Moment. Und der bohrt sich mir in die Magengrube wie ein heißes Schwert.

»Du musst?«

»Ja. Sogar ganz unbedingt«, sagt sie jetzt breit lächelnd und fährt mir mit beiden Händen durch die Haare. »Es gibt so unglaublich viel zu regeln. Ich muss einen Nachmieter finden, meinen Job kündigen und …« Sie hebt eine Schulter und legt schmunzelnd den Kopf schief. Oh, wie entzückend sie doch ist. »Einen Lagerraum für meine Möbel suchen. Ich kann schlecht Mabels kleines Haus vollstellen, oder?«

Aus einem Impuls heraus ziehe ich sie an mich und bedecke ihr Gesicht mit Küssen. Dazwischen schimpfe ich mit ihr.

»Du kleines Biest! Wie kannst du mir nur so einen Schrecken einjagen. Eve! Also wirklich, du …« Ich lege meine Hände auf ihre Schultern und drücke sie ein Stück von mir weg, sodass ich sie ansehen kann. »Du bist das Süßeste, Wundervollste und Schönste, was mir passieren konnte. Wie sollte ich jemals wieder ohne dich sein können? Du … du musst nicht zu Mabel ziehen, ich habe Platz. Auch für ein paar Möbel. Hinten in der Scheune …«

»Scht.« Sie legt mir einen Finger auf die Lippen. »Wir haben alle Zeit der Welt, Adam. Überstürzen wir nichts, ja? Lass mich erst einmal alles regeln und bei Mabel unterkommen. Das Angebot mit der Scheune klingt allerdings verlockend. Das spart Geld. Und das werde ich möglicherweise brauchen. Schließlich habe ich dann keinen Job mehr bis …« Sie stockt und eine kleine Falte bildet sich zwischen ihren Augenbrauen.

»Ich bin ganz Ohr.«

Eve zieht die Knie an und schlingt die Arme darum. »Es gibt da so einen leer stehenden Laden neben dem Hotel. Hat mir Fran erzählt. Die Erben wollen das Haus entweder verkaufen oder getrennt vermieten. Also

Wohnung und das Geschäft getrennt. Und vielleicht könnte ich einen Friseursalon eröffnen. Der Gedanke ist noch frisch und … Ach Adam. Ich bin dabei, mein altes Leben hinter mir zu lassen und neu anzufangen. Mir ist immer noch, als träume ich das alles nur.« Sie gähnt verhalten. Kein Wunder, es ist bereits kurz vor Sonnenaufgang.

Ich stehe auf und ziehe sie mit mir hoch, schlinge die Decke um sie.

»Lass uns schlafen gehen«, hauche ich in ihre warm-weiche Halskuhle. Sie legt ihren Kopf an meine Brust und nickt.

»O ja, ich glaube, ich bin hundemüde, kann gar nicht mehr denken. Hey, was …?«

Ich hebe sie hoch und trage sie ins Schlafzimmer wie eine Braut. Dort lege ich sie aufs Bett und wir kuscheln uns dicht aneinander.

»Schlaf schön, wunderbare Eve. Und träum was Angenehmes.«

»Gute Nacht, Adam«, flüstert sie leise, ihre Hand auf meinem Oberkörper. Zart streicht sie über meine Brand-narben. Die Bewegungen werden langsamer, bis sie schließ-lich ganz aufhören.

Eve atmet langsam und gleichmäßig.

Das Mondlicht wirft silbriges Licht auf ihre Haare. Sie seufzt leise auf und strampelt die Decke weg. Ihr ist warm, mir auch. Allein der Anblick ihres nackten Körpers, der jetzt nur noch zum Teil unter der Bettdecke steckt, erweckt sofort den Mann in mir. Doch ich begnüge mich damit, sie anzusehen. Nur ihre Schulter, ein Arm, ihr Becken und ein um die Decke geschlungenes Bein gucken heraus.

Ein Glücksgefühl durchströmt mich, und ich bin so wach wie noch nie. Wie bezaubernd sie doch ist, so fried-lich schlafend, eine Hand auf meiner Brust, direkt auf meinem Herzen. Ihre Lippen leicht geöffnet. Lächelnd streiche ich ihr eine feine Strähne aus dem Gesicht. Ich möchte sie für alle Zeit betrachten, ihr beim Atmen zusehen und in diesem warmen Wohlgefühl baden wie in einem Schaumbad. Eine unglaubliche Ruhe überkommt mich, und ich weiß, dass ich angekommen bin.

Eve und ich … Wir haben beide schwere Wege gehen müssen, um zueinanderzufinden, da bin ich mir sicher. Dieser Prozess ist nötig gewesen, um zu reifen. Um bereit zu sein für die Liebe, bereit, unsere falschen Ideale und Vorstellungen vom Leben, wie es zu sein hat, über Bord zu werfen.

Und die nächste Zeit wird uns geschenkt, um uns klar zu werden, ob diese zarte, gerade erwachende Liebe dem Alltag standhalten kann.

Der erste Tag meines neuen Lebens hat begonnen. Mit Eve an meiner Seite.

Ich kann wieder frei und unbeschwert atmen, weil mein Herz jetzt leicht ist. Nach so langer Zeit.

Meine Zukunft liegt neben mir, und jede Zelle meines Körpers ist mit so starken Gefühlen zu ihr erfüllt, dass ich glaube, es kaum aushalten zu können, sie nicht zu wecken. Ihr immer wieder zu sagen, wie verliebt ich in sie bin. Ich will nicht mehr ohne sie sein. Die Erkenntnis ist schmerzvoll schön, denn jeder Atemzug, jede Minute, jede Stunde und jeder Tag meines Lebens haben mich letztendlich zu ihr geführt, mich auf sie vorbereitet.

Jetzt ist unsere Zeit.

Jetzt und für immer.

EPILOG

Hope Valley, Februar

Eve

ey, Dad. Was gibt's?« Ich lege die Einkaufstaschen in meinen kleinen Wrangler-Jeep und schließe die Heckklappe.

Heute bin ich mit Einkaufen dran. Tante Mabel hat mir eine Liste mitgegeben. Zum Glück bekomme ich alles im Gemüseladen, der neben Gemüse so ziemlich alles für den täglichen Bedarf führt, was man braucht. Einen Discounter gibt es hier nicht. Wer einen Großeinkauf tätigen will, fährt nach Bakewell.

»Stell dir vor, deine Mom möchte ihren Geburtstag im Mai in Hope Valley feiern. In dem kleinen Hotel. Könntest du uns drei Zimmer buchen?«

»Ich? Warum könnt ihr das nicht selbst? Aber wieso drei? Und ernsthaft, sie will ihn hier feiern? Nimmt sie seit Neuestem irgendwelche Drogen?«

Dad lacht. »Bei Gelegenheit frage ich sie. Ach Eve, ich kann es immer noch nicht fassen, dass deine Mutter und Mabel das Kriegsbeil begraben haben. Und das nur, weil Elinda im Bett deiner Tante so gut geschlafen hat wie lange nicht mehr. Seitdem hängt an unserem Kopfende ein Traumfänger an der Wand. Aber ich schweife ab. Würdest du dir im Hotel die Zimmer ansehen und die besten auswählen? Ethan und Ruby kommen auch. Ach ja, für Ethan vielleicht ein Familienzimmer. Er bringt Frau und die Kinder mit.«

Die ganze Familie in Hope Valley? Die Überraschungen reißen nicht ab. Alles wendet sich zum Guten.

»Klar, kann ich machen. Aber jetzt muss ich los, bevor der Laden über Mittag schließt, Dad. Grüß mir Mom, ja? Ach, ich freue mich so auf euch.«

Ich setze mich hinters Lenkrad, verstaue das Handy in meiner Hüfttasche und fahre breit grinsend los.

Tja, wer hätte gedacht, dass meine Mutter jemals von der Vorstellung abkommt, Mabel sei eine Hexe oder total verrückt. Seit meine Eltern wieder in London sind, telefonieren die beiden regelmäßig, tauschen Rezepte aus und unterhalten sich über Gewürze, Rezepte und Kräutermischungen. Für welches Zipperlein sie gut sind, wie sie zur Aromatherapie verwendet werden können und so weiter.

So ist das eben, vieles verliert seinen Schrecken, wenn man es näher betrachtet. Zwar wurde Mom durch meinen Unfall und die nachfolgende Krise dazu gezwungen, aber es hat die Familie auch wieder zusammengeführt. Und mich nach Hope Valley dirigiert − und zu Adam.

Ich blinzele gegen vereinzelte Sonnenfäden, die von einem fast wolkenlosen Himmel durch die Windschutzscheibe fallen, und setze die Sonnenbrille auf. Heute ist ein eisiger, aber herrlicher Tag und ich freue mich nachher auf einen langen Spaziergang mit Adam und Penny. Danach werden wir zusammen kochen und ich werde die Nacht bei ihm verbringen. Adam ist der Mann, der für mich bestimmt ist. Er ist es immer gewesen. Doch wir haben beide erst zu uns selbst finden müssen, bevor wir füreinander bereit waren.

Und mittlerweile habe ich nicht mehr das Gefühl, zu träumen. Ich bin nur noch glücklich und neugierig auf das Leben und gespannt, was es mir alles zu bieten hat.

Ganze vier Wochen bin ich in London gewesen. Vier Wochen Sehnsucht nach Adam, nach diesem idyllischen Dorf, nach der Ruhe, die hier über allem liegt. Londons Schnelllebigkeit, die Hektik und die vielen Menschen sind kaum auszuhalten gewesen. Leider hat es länger gedauert als gedacht, einen Nachmieter sowie einen Termin für den Möbeltransport zu finden. Zudem musste ich noch drei Wochen arbeiten, weil mein Resturlaub nicht ausreichte, um sofort zu gehen.

Jetzt bin ich hier, lebe in dem hübschen Zimmer bei Tante Mabel und morgen treffe ich mich im Café mit den Besitzern des leer stehenden Ladens. Zwar kann ich ihn nicht erwerben, aber eine Pacht ist zu stemmen. Meine Ersparnisse werden für die Einrichtung draufgehen, zusätzlich habe ich die Zusage der Bank für einen kleinen Kredit. Adam wollte mich zwar finanziell unterstützen, doch das habe ich abgelehnt. Ich will und werde es allein schaffen.

Ich betrete den Laden und muss lächeln. Die Verkäuferin sitzt hinter der Theke auf einem Barhocker, wartet, dass jemand bezahlen möchte, und liest Zeitung. Das gäbe es in einer Großstadt nicht.

Als ich mir einen Korb schnappe, hebt sie den Kopf und wir nicken uns zu.

»Der Brokkoli ist ganz frisch reingekommen. Eier auch«, informiert sie mich. Ich bedanke mich und sie versinkt wieder über den tagesaktuellen Nachrichten aus aller Welt.

Eier stehen auch auf dem Zettel. Aber zuerst kümmere ich mich um das Gemüse. Was steht noch mal gleich auf der Liste? Ich ziehe sie aus der Hosentasche. Grünkohl, Feldsalat, Möhren und Wirsing. Alles klar.

Am Putzmittelregal stehen zwei ältere Frauen und unterhalten sich leise über das Neueste aus Hope Valley, eine junge Mutter schiebt in aller Seelenruhe einen Kinderwagen durch die Gänge, und vor dem Brokkoli steht eine junge Frau und scheint zu überlegen, welchen sie nehmen soll.

»Am besten den hier.« Ich halte ihr einen Brokkolikopf hin. »Die Schnittstelle sieht frisch aus.«

»Danke.« Sie strahlt mich aus unglaublich grünen Augen an, nimmt das Gemüse entgegen und legt es in ihren Korb. Ihre Haare sind fast schulterlang und kringeln sich fröhlich um ihren Kopf. Sie ist mir sofort sympathisch. »Den nehm ich. Kennen wir uns? Bist du vielleicht Eve aus London?«

»Ja«, entgegne ich und wundere mich einmal mehr, wie gut doch der Dorffunk funktioniert. »Die bin ich. Hallo …«

»Entschuldige, ich bin ein Stoffel.« Sie streckt mir eine Hand hin. »Ich bin Holly. Herzlich willkommen in Hope Valley, Eve.«

»Hi, Holly. Schön, dich kennenzulernen. Es gibt hier wohl mehr Frauen in meinem Alter, als ich gedacht hätte. Jetzt kenne ich schon zwei. Dich und Fran.«

Holly … Wo habe ich den Namen neulich gehört? Es will mir nicht einfallen.

»Ja, das finde ich auch. Wir sollten uns mal alle treffen und einen Frauenabend machen. Wenn ihr möchtet, könnt ihr auch zu mir kommen.«

»Ja, warum nicht?« Wie einfach und ohne Vorbehalte man hier doch Kontakte knüpfen kann.

»Hast du heute schon was vor?«

Na, die macht aber gleich Nägel mit Köpfen. Mag ich.

»Leider ja. Ich treffe mich mit Adam zu einem Spaziergang. Wir wollten Olivia besuchen.«

»Olivia?« Sie zieht die Brauen hoch und wirkt plötzlich sehr interessiert.

»Ja, die alte Kräuterfrau. Im Dezember hat sie mich mit ihrem Jeep auf den letzten Drücker ins Krankenhaus gebracht. Und zu Weihnachten kam sie kurz vorbei und hat uns tolle Kräutermischungen geschenkt. Ich möchte sie so gern wiedersehen.«

Das habe ich schon die ganze Zeit vor, doch immer kam etwas dazwischen. Die letzten zwei Wochen bin ich kaum zum Luftholen gekommen.

»Die Olivia mit der Hütte im Wald? Olivia Finch?«

Wieso sagt sie das so komisch?

»Sie heißt Finch? Das wusste ich nicht. Aber ja, genau die. Es wird wahrscheinlich nur eine Olivia mit einer alten Hütte im Wald geben.«

In diesem Moment kommen die beiden Frauen auf uns zu, die sich eben noch angeregt ausgetauscht haben, und bleiben vor uns stehen.

»Mylady«, sagt die eine und deutet eine Verbeugung an. Die andere tut es ihr gleich.

Holly strahlt auch sie an. »Grüße Sie recht herzlich, Mrs Meyer, Mrs Parker. Richten Sie Ihrer Familie schöne Grüße von mir aus. Mrs Meyer, danke für den Erbseneintopf, er hat wunderbar geschmeckt. Jordan konnte gar nicht genug davon bekommen. Sie müssen mir bei Gelegenheit unbedingt das Rezept geben. Ich lasse es mir nicht nehmen, es selbst nachzukochen.«

Mrs Meyer und Mrs Parker erröten und verabschieden sich.

»Mylady?«, murmele ich. Plötzlich erinnere ich mich. »Du bist … Sie sind …? Das ist mir jetzt ein bisschen peinlich. Ich wusste nicht …«

Holly lacht auf und legt mir eine Hand auf den Arm, an dem mein Korb hängt. »Um Gottes willen, Eve. Behandle mich bitte nicht wie eine Hochwohlgeborene. Ich habe auch nur in den Adel hineingeheiratet.« Sie zuckt mit den Schultern. »Wir sind ganz normale Menschen. Und weißt du was? Ich freue mich wie verrückt, mich auch genauso zu verhalten und so gesehen zu werden. Hast du am Donnerstag Zeit? Da habe ich sturmfreie Bude. Meine Schwiegereltern sind auf einem Empfang und Jordan ist auf einer Geschäftsreise.«

»Übermorgen? Äh, ja, klar. Bei dir ist dann genau wo?«

»Auf Rosehill Castle. Ach, das wird fein. Ich sage gleich Fran Bescheid. Bis Donnerstag, Eve. Oh, Moment.« Sie zieht einen Kugelschreiber aus ihrer Handtasche und schreibt ihre Telefonnummer in ein kleines Notizbuch, reißt die Seite heraus und gibt sie mir. »Ruf mich an, wenn was dazwischenkommt, ja? Dich erreiche ich ja bei Mabel. Richtig?«

»Ähm … Ja, richtig.« Ich stecke den Zettel in meine Hosentasche.

»Super! Ich freu mich.« Sie hebt den Daumen, will abdrehen, überlegt es sich jedoch anders. »Das wäre jetzt fast untergegangen. Wir hatten von Olivia geredet. Ich fürchte, den Besuch kannst du dir sparen.«

»Was? Ist ihr etwas passiert?«, stoße ich aus. Gleichzeitig weiß ich jedoch, dass mir Mabel bestimmt gesagt hätte, wenn es so wäre. Bis jetzt haben wir mit keiner Silbe über Olivia gesprochen. Außerdem lächelt Holly. Ich bin verwirrt.

»Nein, nein, es ist ihr nichts passiert. Nur … Himmel, wie fang ich an? Also, es ist so: Auch ich habe Olivia kennengelernt, als ich vor zwei Jahren nach Hope Valley gekommen bin. Ich war in ihrer gemütlichen Hütte, bin mit der Kutsche gefahren, habe Rambler gestreichelt. Olivia hat mich in ihrer Hütte aufgenommen, als ich mich in dunkelster Nacht bei einem Schneesturm im Wald verirrt habe. Und doch …« Sie nagt auf der Unterlippe und hat den Blick nach innen gerichtet, als suche sie die richtigen Worte.

»Und doch?«, hake ich nach. Was für ein seltsames Gespräch.

»Wie soll ich sagen?« Sie blickt mich etwas Hilfe suchend an. »Unsere Olivia … Sie gibt es nicht wirklich. Ja, ich habe genauso entgeistert geguckt, als ich es erfahren habe. Es gab sie mal. Manche sagen, die Geschichten von der Heilerin, die vor über hundert Jahren in einer Hütte im Wald lebte, sind frei erfunden, manche behaupten, sie wären überliefert. Manche hielten sie für eine Hexe, andere für eine weise, gute Frau, die Kräuter und Beeren sammelte, Marmelade einkochte und Kräuter für alles Mögliche denen gab, die sie brauchten. Sie hat jedem eine Schlafstelle gegeben, der es brauchte, Menschen geholfen, die um Hilfe baten. Sie muss so etwas wie die gute Seele von Hope Valley gewesen sein. Mittlerweile sind diese Geschichten wohl in Vergessenheit geraten oder werden als Märchen abgetan. Aber ich habe Olivia kennengelernt.« Sie sieht mich ergriffen an. »Und du auch. Eve? Wir werden uns viel zu erzählen haben.«

Sie drückt meine Hand ganz fest, lächelt glücklich und geht mit federndem Schritt zur Kasse. Ziemlich perplex starre ich ihr hinterher. Ich muss unbedingt mit Mabel reden.

»Beth?!«, reißt mich eine laute Stimme aus meiner Regungslosigkeit. »Ich hab den Pfeffer vergessen, kannst du mal schnell ein Glas holen?«

Pfeffer … Ja, der steht auch auf der Liste.

Wenig später stehe ich mit einem übervollen und ziemlich schweren Korb an der Kasse. Die beiden älteren Damen sind immer noch da, vertieft in ein Gespräch mit der Verkäuferin.

Alle drei sehen mich an, als wäre ich plötzlich etwas Besonderes.

»Kennst du die Frau des Earls von früher?«, fragt Mrs Meyer mit großen Augen.

»Äh, nein, wir haben nur eine gemeinsame Bekannte.«

»Ach?« Die Verkäuferin beugt sich über den Tresen, ihre vollen Brüste liegen jetzt auf der Zeitung. »Wen denn?«

»Olivia. Aber …«

Alle drei werfen sich einen amüsierten Blick zu, ich verstumme und Mrs Parker fragt: »Sprichst du von Olivia, der Kräuterhexe?«.

»Nun, ich würde sie nicht so bezeichnen, das ist irgendwie … abwertend. Aber ja, von der spreche ich. Ich wollte sie besuchen.«

Jetzt bin ich gespannt.

»Besuchen?« Die Verkäuferin lacht schallend und ihr Busen wogt. »Ach Eve! Ich glaube, da bist du jemandem auf den Leim gegangen. Olivia Finch ist nur eine Geschichte, die man sich hier erzählt. Ein Märchen für Kinder. Vielleicht hat sich jemand als sie ausgegeben, denn Olivia ist nur der Fantasie entsprungen.«

Mrs Parker lächelt milde. »Die Geschichten um Olivia sind in unserer Gegend so bekannt wie in ganz England die Märchen von Jack und der Bohnenranke, Tom Thumb oder dem Naturgeist Yallery Brown. Und wie wir alle lernen, sobald wir älter werden: Märchen haben nichts mit der Realität zu tun.«

DANKE

Tausend Dank an alle LeserInnen, dass Ihr meine Romane so liebt und sie Euch glücklich macht. Danke für die unzähligen Rückmeldungen via E-Mail und in Form von Bewertungen. Was wäre ein Schriftsteller nur ohne Euch? Ihr, liebe Leserinnen und Leser, seid mit Euren Feedbacks, Postings, persönliche Nachrichten und Rezensionen meine Herzenssache, meine Motivation und mein Ansporn, Euch noch lange mit meinen Büchern zu bewegen, zu berühren, Euch ein Lächeln zu schenken – und die Welt mit meinen Romanen ein klein bisschen schöner zu machen.

Eure
Jo Berger

Wie hat dir EIN HAUCH VON SCHNEE UND LIEBE gefallen?

WORTWECHSELEIEN

Bleib laufend auf dem Laufenden, mal ernst, mal mit Gefühl und mit Humor, mal ohne Sinn und Verstand, aber immer mit einem Lächeln.

Jo bei Facebook: JoBergerAutorin
Mehr cooler Lesestoff & Gratis Lovestory im Newsletter:
www.jo-berger.com/newsletter
Quasseln bei Instagram:
www.instagram.com/jo.berger.autorin
Stöbern auf der Webseite: www.jo-berger.com
Beschwerden und Begeisterung richten an: kontakt@jo-berger.com

Ich freue mich auf Dich!
Deine
Jo Berger

ÜBER DIE AUTORIN

In meinen Romanen geht es um die ganz große Liebe, um Lebenslust, Sinnlichkeit, Glück und große Gefühle. Natürlich immer mit Happy End. Es geht um Frauen in den Achterbahnen des Lebens, um Traummänner, beste Freundinnen und Lebensträume.

Und eines ist garantiert:
Lachen, weinen, seufzen und
wunderbare Bilder im Kopf.
Ganz einfach Bücher,
die ein gutes Gefühl hinterlassen.

Für alle meine VIP-Leser gibt es das E-Book als exklusives Willkommensgeschenk.

Irish Break – Ein harter Weg ins Glück

Anmelden zum Newsletter via jo-berger.com

Eigentlich ist die gebürtige Irin Aeryn immer noch verliebt in ihren Greg. Sie leben gemeinsam in seiner Villa im traumhaften Tampa, Florida, und ihr Leben im Luxus könnte nicht schöner sein. Aeryn liebt ihr Leben, ihren Job als Kosmetikern und … Ja, wenn da nur nicht Gregs Eifersucht wäre. Das und die Tatsache, dass sie ihm nichts rechtmachen kann, egal, wie sehr sie sich anstrengt. Im Gegenteil, seine Wutausbrüche werden immer schlimmer. Aber Aeryn gibt die Hoffnung nicht auf.

Doch dann muss sie ihre Lektion auf die harte Tour lernen.

Zum Glück hat sie ihre Freundin Emily an ihrer Seite.

Liebe Grüße
Deine Jo Berger

KENNST DU SCHON ...?

EIN BESINNLICHER, HUMORVOLLER UND HERZERGREIFENDER WEIHNACHTSROMAN ÜBER DIE LIEBE UND DEN WAHREN ZAUBER VON WEIHNACHTEN.

Schneeflockenküsschen - Ein Weihnachtsmärchen

Eine tiefe, unumstößliche Wahrheit drängte sich an die Oberfläche und Amelie wurde klar, dass es keiner Worte bedurfte, um diese Wahrheit zu erkennen. Mit dem Herzen.

Ryan Malone ist Besitzer eines Weihnachtswunderlandes und versendet jedes Jahr Weihnachtskarten. Auch an Amelie. Er kann sie nicht vergessen, und doch muss er es tun.

Weihnachten ist für Amelie Stone schon lange nicht mehr das Fest der Liebe. Im Gegenteil, sie meidet alles, was damit zu tun hat. Als überzeugter Single und eiskalte Chefin des exklusiven New Yorker Modelabels »Stylish Amy« hat sie vor den Feiertagen jede Menge zu tun. Zumindest bis unvermittelt eine Frau auftaucht, die behauptet, ein Weihnachtsengel zu sein. Zu allem Überfluss steht Amelie plötzlich vor Ryan, Inhaber von „Malones Christmas Wonderland". Ihr Ex!

E-Book und Taschenbuch überall erhältlich
Weiterblättern zur Leseprobe

Leseprobe „Schneeflockenküsschen"

Ein bisschen Puderzucker aufs Leben streuen oder …

… der Zauber der Weihnacht
liegt auf einem
wohlgeformten Sixpack

AMELIE

Amelie zog den Mantel fester um sich.

»Nirgends ist man mehr sicher vor diesem rührseligen Weihnachtsquatsch! An jeder Ecke steht ein abgehalfterter Santa Claus, der sich sein mageres Einkommen aufbessern will, überall Tannenzweige, Glitzersterne und kitschige Nussknacker. Im Übrigen erkenne ich keinen Sinn in diesem Mistelzweig-Hype. »Wusstest du, dass Misteln giftig sind?«

Amelie nippte an ihrem Glühwein und verzog das Gesicht. Sie war vom Fest der Liebe so weit entfernt wie vom Mittelpunkt der Erde. Und sie mochte diese Jahreszeit nicht. Es war kalt, windig und ungemütlich. Und jetzt fiel auch noch dieses weiße Zeug vom Himmel.

»Du hast aber auch immer was zu meckern«, gab ihre Freundin Sophie zu bedenken. »Nur, weil du Weihnachten nicht magst, musst du ja nicht den anderen die Vorfreude verderben. Ach ja, vorhin ist ein Bus an mir vorbeigefahren mit einem deiner Werbeplakate darauf. Nett, aber es würde besser ins Frühjahr passen. Meer, Palmen und Frauen in Bikini und Weihnachtsmützen … Na ja.«

»Ich verderbe nichts, ich stelle fest. Unabhängig davon fallen die Plakate auf, sie polarisieren. Leider konnte sich kein einziges, verdammtes Shoppingcenter dazu bereit erklären, sie aufzuhängen.« Amelie schloss ihre kalten Finger um die warme Tasse und schüttelte den aufkeimenden Groll ab. »Sei doch froh, dass ich hier mit dir stehe und wir uns noch einmal sehen, bevor du in der Jingle-Bells-Glückseligkeit versinkst und zu den schmalzigen Klängen von *Last Christmas* engelsgleich über den gefrorenen Asphalt schwebst. Auf Hawaii war es entschieden gemütlicher.«

Zur Untermalung ihrer Worte zupfte sie an ihrem mit Goldfäden durchwirkten Kaschmirschal herum und zog die fellbesetzte Mütze aus der eigenen Kollektion etwas tiefer ins Gesicht.

Es war verdammt kalt. Der Wind wehte unangenehm eisig durch die Gänge des Weihnachtsmarktes am Columbus Circle und stach ihr wie spitze kleine Nadeln ins Gesicht. Normalerweise setzte sie bei diesen Temperaturen nur einen Fuß vor die Tür, um ins nächste Taxi zu springen. Doch Sophie hatte nicht lockergelassen und darauf bestanden, sie unbedingt noch vor dem Weihnachtsfest zu sehen.

»Nur ein Glühwein«, hatte sie gesagt und Amelie hatte zugestimmt. Wurde sie jetzt etwa rührselig? Nur, weil sie Sophie die letzten Wochen nicht gesehen hatte? Praktischerweise lag der Weihnachtsmarkt direkt unterhalb des Gebäudes, in dem Amelie ihre Firma hatte. Ein Katzensprung zwar, aber bei diesen Temperaturen für sie ein riesiges Zugeständnis an die Freundschaft zu Sophie.

»Und warum bist du dann nicht einfach auf Hawaii geblieben?«, fragte Sophie schnippisch.

»Dortgeblieben?« Amelie runzelte die Stirn. »Bist du von allen guten Geistern verlassen? Die Geschäfte rufen!«

»Was anderes gibt es wohl für dich nicht mehr, oder? Kannst du die Vorweihnachtszeit nicht einmal ein bisschen genießen?«

Amelie ignorierte Sophies mitleidigen Blick. »Genießen? Das hier?« Sie beschrieb mit dem Arm einen Bogen. »Definitiv nicht! Das überlasse ich dir und allen anderen. Ehrlich gesagt, kann ich so gar nicht nachvollziehen, was du daran findest, auf Weihnachtsmärkten herumzustehen oder dich um diese Zeit ins Shoppinggetümmel zu stürzen. Du weißt genau, ich bin nicht der Typ, der durch überfüllte Geschäfte tingelt und das perfekte Spielzeug für die lieben Kleinen sucht. Es ist mir unverständlich, wie du das aushältst. Und das auch noch mit jährlich wachsender Begeisterung. Zum Glück bin ich aus der Nummer mit Kindern und Weihnachtsbaum und dem ganzen Irrsinn raus!«

Die Menschenmenge, die sich durch die Gänge schob, machte sie kirre. Dazu die Kälte, der Wind, klebrig süßer Glühwein. Entnervt blickte sie auf die Uhr.

»Schade. Ich wollte dich einladen, morgen mit mir und meiner Familie …«, hörte sie ihre Freundin sagen.

»Du liebe Güte!« Amelie stellte mit Entsetzen fest, dass sie bereits viel zu lange hier tatenlos herumstand.

In einer Stunde würden zwei Mitarbeiter der Werbeagentur eintreffen, um ihr die bisherigen Erfolgszahlen der Weihnachtskampagne zu präsentieren und das Frühjahrs- sowie ein eventuelles Herbstshooting zu besprechen. Amelie hatte sich vorgenommen, einen satten Rabatt herauszuschlagen. Bei drei Aufträgen in Folge hielt sie das für durchaus angemessen.

Es war Zeit, ins Büro zurückzukehren. Auch wenn Tessa und Sophie ihr immer wieder in den Ohren lagen, nicht zu viel zu arbeiten und öfter eine Pause einzulegen. Pausen! Amelie kannte keine Pausen. Erst recht nicht kurz vor Weihnachten. Außerdem vergrub sie sich gern in die Welt der Zahlen und Kollektionen. Sie liebte es, sich bis mitten in die Nacht hinein mit Arbeit zu umgeben.

Gut, und gelegentlich ein paar schöne Stunden mit Patrick, ihrem Key-Account-Manager, zu verbringen.

»Schätzchen, nicht böse sein, aber letztes Jahr hat mir gereicht. Ich habe keine Lust auf Plätzchen, plärrende Kinder und Katzenhaare. Und erinnere dich bitte, dein Schwiegervater hätte mich da schon am liebsten auf den Mond geschossen. Ich habe noch tagelang von seinem erhobenen Zeigefinger geträumt. Sei so gut und verlange nicht noch einmal von mir, dass ich gute Miene zu diesem heuchlerischen Spiel mache. Ach, was freuen wir uns doch alle auf das Fest, Bescherung unter dem Weihnachtsbaum. Und in der Zeit futtern sich alle beseelt aus ihren Billigjeans raus. Danke, aber nein danke. Das muss ich mir beim besten Willen nicht mehr antun.« Amelie stellte die Tasse am Stand ab und warf dem rotbäckigen Mann mit Nikolausmütze hinter der Theke einen galligen Blick zu. »Das geht zurück. Schmeckt grauenvoll. Haben Sie etwa das Spülwasser untergerührt? Wundern würde es mich nicht.«

Plötzlich bemerkte sie, wie Sophie sie ungläubig anstarrte und wie ein Fisch an Land nach Luft schnappte.

»Was ist?« Amelie schulterte ihre Gucci-Tasche.

»Du bist so … so fies! Mein Vater meint es nur gut. Okay, er ist etwas starrsinnig und rechthaberisch, aber er hat ein gutes Herz. Etwas, was ich dir mittlerweile abspreche. Im Übrigen weiß ich, dass ich ein paar Kilo zugelegt habe. Na und? Ich fühle mich wohl, so wie ich bin, mitsamt den kleinen Rundungen – auch wenn ich dich ein klein wenig um deine Figur und deine dunklen Locken beneide.« Sie strich wie zur Bestätigung eine ihrer dünnen, blonden Strähnen aus dem Gesicht. »Du kannst tonnenweise Erdnussbutter essen und hast selbst in deinen engen Bleistiftröcken einen Wahnsinnsbody. Und deine tollen Beine sind so lang, dass du nicht mal High Heels bräuchtest. Abgesehen davon kann ich auf diesen unpraktischen Dingern gar nicht laufen. Ja, sogar um deine Karriere beneide ich dich ein wenig, aber … Aber das ist alles nichts, wofür ich meinen Mann und meine beiden Kinder hergeben würde. Denn das ist mein wahres Glück, eine Wärme, die von innen kommt. Du wirst immer kälter und … herzloser, Amelie, und immer unerträglicher. Du bist … Nein, das sage ich jetzt besser nicht. Für mich ist unsere Freundschaft hier und jetzt beendet! Ruf mich nie wieder an, wenn du mal zufälligerweise wieder einen deiner sentimentalen Momente hast. Am besten, du suchst dir eine Freundin, die genauso tickt wie du.« Brüsk drehte sich Sophie um und stakste davon.

Amelie sah ihr überrumpelt hinterher, bis Sophie in der Menschenmenge verschwand. Die brachte es tatsächlich fertig, ihr die Freundschaft aufzukündigen? Wegen eines gefühlsduseligen Festes? Nach fast sieben Jahren?

Die erste Verblüffung legte sich schnell. Im Prinzip hatte Sophie recht. Sie waren zu verschieden. Menschen, die an Dinge wie Gott und den Weihnachtsmann glaubten, hielt sie sowieso für höchst lebensunfähig.

ELISA

»Mal ehrlich … Plätzchen überall! Um die Weihnachtszeit herum gibt es wahre Köstlichkeiten wie Zimtsterne, Vanillekipferl. Haselnusskekse und Kokosmakronen. Außer im Himmel. Ich finde das ziemlich unfair. Da unten wird gebacken, dass es fast bis in den Himmel duftet, und wir bekommen nichts davon ab. Wer hat sich das ausgedacht, bitte?« Elisa verschränkte die Arme.

»Wer wird sich das wohl ausgedacht haben?«, fragte Gabriel. »Du kamst ganz gut mit den Himmelsgütern klar, bevor du das erste Mal auf der Erde warst, und du wirst es weiterhin tun. Und außerdem, wo hast du Vanillekipferl gegessen? Du warst im Sommer unten, da bekommst du die nicht.«

»Hab ich auch nicht.« Elisa schlug missmutig mit den Flügeln und registrierte, wie Gabriel aus Sicherheitsgründen mit dem Stuhl außer Reichweite rutschte. Er hatte bereits auf schmerzhafte Weise erleben dürfen, wie es sich anfühlte, wenn sich ihre riesigen Flügel verselbstständigten. Meistens dann, wenn sie aufgeregt oder zornig war.

»Entschuldige, ich pass schon auf«, sagte sie hastig und versuchte, die Flügel anzulegen, was ihr ausnahmsweise gelang. »Ich hatte mir ein Video angesehen, wie man sie zubereitet. Diese Vanillekipferl müssen fantastisch schmecken. Sie sehen aus wie Halbmonde, sind weich und knusprig zugleich und auf ihnen liegt ein zarter Puderzuckermantel.«

Die Lust auf menschliche Nahrung war beinahe übermächtig. Immer wenn sie an warmes Dinkelbrot mit dick Butter darauf dachte, bekam sie schlechte Laune. Das himmlische Leben war karg, farb- und geruchlos. Sie fragte sich, warum sie die Einzige zu sein schien, die den weltlichen Genüssen einen solch hohen Stellenwert einräumte und es gar nicht mehr erwarten konnte, auf die Erde hinuntergeschickt zu werden.

»Wo bist du heute eingeteilt?«, wollte Gabriel beiläufig wissen und kritzelte irgendetwas in sein Notizbuch.

»Nirgends«, sagte Elisa und spielte mit einer Feder ihres Flügels. »Mir ist todlangweilig. Was schreibst du da?«

»Ich schreibe nicht, ich zeichne. Es will mir einfach nicht gelingen, eine Schäfchenwolke zu malen. Du könntest Josie helfen, die Ausstattungskammer aufzuräumen. Irgendein Alphaengel hat vor seinem ersten Auftrag eine Verwüstung angerichtet.«

»Ah, ja. Oder nein, aufräumen? Im Übrigen ist *Kammer* ein klein wenig untertrieben, Gabriel. Die Bezeichnung *Saal* träfe es eher. Oder Stadion oder Bahnhofshalle oder XXL-Ultra-Klamottendepot. Nun gut, dann helfe ich Josie. Vielleicht verliere ich dabei die Lust auf den Geschmack von salziger Butter auf meiner Zunge.« Elisa seufzte schwer. »Sag mal, vermisst du das Essen nicht? Ich meine, du bist ein Betaengel und hattest ein Leben als Mensch. Du solltest dich an den Geschmack deiner Lieblingsspeisen erinnern, ihr Aroma vermissen. Stattdessen malst du Wolken und bist rundum zufrieden. Macht dich das nicht nachdenklich?«

Gabriel zwinkerte. »Besser, als sie zu putzen, oder? Außerdem finde ich es genial, keinen Hunger zu haben. Ich muss nicht kochen, nicht abwaschen, nicht ...«

»Ah, da seid ihr ja.« Die weiße Tür zum Zimmer schob sich auf und der Herr persönlich trat herein.

Elisa sprang sofort von dem kleinen Hocker auf und ihre Flügel schlugen aufgeregt. Sie hatte ihren Boss schon eine Weile nicht mehr gesehen und sein Erscheinen traf sie unvorbereitet.

»Beruhige dich, Elisa«, lächelte Gott, »Es ist auch nicht nötig aufzustehen. Wenn du hörst, was ich mit dir vorhabe, wirst du dich sowieso setzen müssen.«

Er legte einen Laptop auf einen freien Tisch und startete HeavensTube. Neugierig trat Elisa näher. »Ein Auftrag?«

»Sehr richtig. Aber zuerst zeige ich dir Tessa.«

»Ist das mein Schützling?«

»Nicht so ungeduldig. Wann endlich legst du das ab?«

Gabriel lachte kurz auf. »Niemals. Das bekommst du nicht aus ihr raus.«

»Du musst es ja wissen, *Beta*engel!« Elisa stemmte die Fäuste in die Hüften.

»Ein Betaengel zu sein hat durchaus seine Vorteile. Wir waren schließlich mal Menschen, im Gegensatz zu euch Alphas. Zum Beispiel ...«

»Ruhe jetzt!« Gott startete eine Liveübertragung.

Das Bild zoomte von oben auf eine Stadt mit vielen Wolkenkratzern. Dicke Schneeflocken tanzten fröhlich durch den von Millionen Lichtern erhellten Abend. Die Kamera führte sie hinein durch ein Fenster eines hohen Gebäudes, direkt vor ein Büro. Neben der Tür prangte der Schriftzug *Stylish Amy* in goldenen, geschwungenen Lettern auf einem serviertablettgroßen Schild. Hinter der Tür saß eine Frau an einem Schreibtisch.

Wie alt mochte sie sein? Fünfunddreißig vielleicht. Jünger? Sie hatte kurze, aschblonde Haare und in ihrem blassen Gesicht zeichnete sich bleierne Müdigkeit ab.

In diesem Moment hob sie mit spitzen Fingern eines der fünf Tücher hoch, die sie einzeln in kleine, rote Tüten mit dem Firmenaufkleber packte.

»Gott, sind die hässlich! Na, wenigstens Patrick bekommt was Hübsches. Warum wohl …« Die Kolleginnen aus der Buchhaltung würden sich sicher total freuen. Für den einzigen Mann bei *Stylish Amy* packte Tessa eine rot glänzende Krawatte ein.

»Wo ist das? Ist das Tessa? Ist sie mein neuer Schützling? Und wer ist Patrick?«, wollte Elisa wissen.

»New York, Manhattan. Ja, das ist Tessa Lind … Sieh weiter zu.«

In diesem Moment schwang die Tür auf und Tessa legte hastig das Tuch zur Seite.

»Hallo, Tessa.« Die attraktive hochgewachsene Frau grüßte knapp, ohne aufzublicken, und ging mit energischen Schritten in das nebenan liegende Büro.

»*Sie* ist dein Auftrag. Amelie Stone«, erklärte Gabriel. »Inhaberin eines kleinen, jedoch aufstrebenden und exklusiven Modelabels. Vor fünf Jahren begann Amelie, ihr Unternehmen aufzubauen, und mittlerweile produziert sie neben Bademode und mondäner Sommerbekleidung auch Schals und …«

»Solche wie das geschmacklose Halstuch von Tessa?«

»Genau. Würdest du mich bitte nicht unterbrechen?«

»Verzeih. Aber ist es wichtig, dass ich alles darüber weiß?«

»Schon. So verstehst du besser, wie Amelie tickt. Kann ich jetzt weiter ausführen?«

»Bitte.« Elisa verdrehte die Augen.

»Also … Neben Schals und Tüchern gehören auch Handschuhe und extravagante Kopfbekleidung zum Angebot. Amelie steckt viel Geld in Werbekampagnen und hat nur eines im Sinn: nach oben zu kommen und zu einem der führenden Modelabels weltweit zu werden. Sie ist auf einem guten Weg, denn zwischenzeitlich steht *Stylish Amy* für Qualität und Luxus und wird von den Reichen und Schönen spazieren getragen. Und jetzt hofft sie, in der kalten Jahreszeit die Umsätze der Bademode zu steigern. Erst vor zwei Wochen ist Amelie von einem längeren Aufenthalt von Hawaii zurückgekehrt. Dort beaufsichtigte sie das Fotoshooting für ihre Kampagne. Und sie ist stolz auf ihre provokante Idee, ausgerechnet zur Weihnachtszeit die Menschen mit überdimensionalen Plakaten und mehrseitiger Werbung in Zeitschriften von Palmen, Meer und entspannten Frauen in der neuesten Amy-Bikini-Kollektion auf andere Gedanken zu bringen. Winter im Süden, Entspannung statt vorweihnachtlicher Hektik, Cocktails am Strand statt verwässertem Glühwein auf dem Weihnachtsmarkt.«

Elisa legte den Kopf zur Seite. »Wenn ich es recht überlege, klingt Letzteres gar nicht so schlecht oder?« Sie erntete einen vernichtenden Blick und zog die Schultern hoch. »Okay, ist ja schon gut. Habe verstanden.«

»Richtig«, brummte Gabriel. »Weiterhin muss Amelie den Zauber der Weihnacht und ihren Glauben an die Liebe wiederfinden. Sie ist im Laufe der Jahre zu einem gefühllosen Workaholic mutiert, der gerade seine einzige Freundin verloren hat.«

Elisa legte die Hände an ihre Brust und riss die Augen

auf. »Oh je, die Arme. Es muss furchtbar sein, wenn ein lieber Freund stirbt. Und das kurz vor Weihnachten. Wie schrecklich. Hatte sie Familie? Wie …?«

»Stirbt?«, unterbrach Gabriel und schüttelte lachend den Kopf. »Nein, Amelie Stone wurde die Freundschaft aufgekündigt.«

»Das ist doch aber auch ganz schrecklich, oder? So kurz vor …«

Gott hob die Hand. »Keine Zeit für lange Reden. Sieh weiter zu! Den Rest erkläre ich dir später.«

Hat dir die Leseprobe gefallen?
Dann hol dir jetzt Schneeflockenküsschen. Überall erhältlich als E-Book oder Taschenbuch.

GESAMTER LESESTOFF

Irland-Reihe (jeder Band beinhaltet eine in sich abgeschlossene Liebesgeschichte)

Irish Hope: Wer die Liebe nicht sucht. (auch als Hörbuch)

Irish Heat: Wohin die Liebe dich führt.

Irish Home: Weil es wahre Liebe gibt.

Highland Lovestory-Reihe (Jeder Band ist in sich abgeschlossen)

New Year Love – Nottingham Bad Boy

Spring Love Touch – Highland Dream Boy

Late Summer Hope – Highland Gentleman

Cold Winter Heart – Highland Hero

Summer Hope Passion – Ein Highlander zum Verlieben

Happy – In Love with a Highland Dad (auch als Hörbuch)

Prince – In Love with a charming Highlander (auch als Hörbuch)

Only since i love you: Highland Destiny

Weitere Romane

Ein Hauch von Schnee und Liebe – Weihnachten in Hope Valley

Ein Hauch von Schnee und Glück – Winter in Hope Valley

Zitronenblau – unverblümt verliebt

In the Arms of an Irish Man

Dear Mr. Stranger – Verliebt in einen Fremden

Ein Hauch von Schnee und Glück

Liebe auf Friesisch: Das Meer in unseren Herzen

Glück ist Liebe, Honey

Mit Mandelkuss und Liebe

Du und ich und das Haus am Meer

Schneeflockenküsschen

Himmelreich mit Herzklopfen

Summertime Feelings (Himmelreich-Band)

Ein Engel für Jule

Manhattan Millionär - Luxus oder Liebe?

Hummeln im Bauch

Zwei-Herzen-Reihe: Kurzgeschichten (je ca. 60 Seiten)

Zwei Herzen im Regen

Zwei Herzen für Mr. Cooper

Zwei Herzen auf der Suche

Zwei Herzen in Irland

Sammelband aus allen 4 Short Stories: Zwei Herzen auf der Suche nach Liebe

Sonstiges

Das liegt am Wetter: Satirisches aus dem Frauenleben (auch als Hörbuch)

Anmerkung: Alle meine Romane sind in sich abgeschlossen und mit Happy End. Das ist mir wichtig, denn als ich vor gefühlt hundert Jahren Titanic gesehen habe, hätte ich das Ende am liebsten umgeschrieben. Seitdem gilt für meine Romane immer und ausschließlich: Happy Ends, bitte.

Bei meinen kurzen Geschichten aus dem Frauenleben in »Das liegt am Wetter« gibt es zwar keine Happy Ends, dafür kann es schon mal sarkastisch, selbstironisch, entlarvend deutlich zur Sache gehen.